KB041576

성 당 평 전

| **일러두기** |

1. 이 책에 실린 고유명사들을 포함한 외국어들은 이탈리아어와 국내 가톨릭 표기
   관례를 기본으로 하였습니다.
2. 고유명사의 원어는 본문에 처음 나올 때 병기하는 것을 원칙으로 하였습니다.

성 당 평 전

✝

이 탈 리 아

성 당 기 행

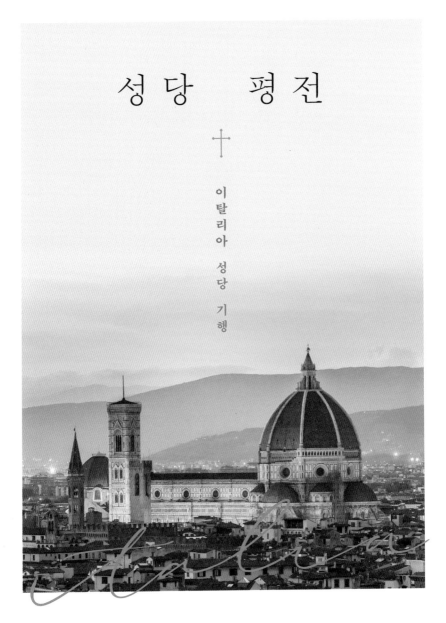

글 최의영 · 우광호

시공사

그곳에 배어 있는 것은 나무의 나이테처럼,
1천 년 세월 동안 켜켜이 쌓인 무수한 간절함이었다

서기 1000년의 이탈리아로 가는 길

'온다.' 기차 창밖으로 이국의 풍경이 다가온다. 시인 기형도가 「정
거장에서의 충고」에서 노래했듯 "모든 길이 흘러온다." 그 흘러오
는 길을 밟으며 왔다. 멀리 왔다. 손목시계의 창유리를 손톱 끝으
로 톡톡 두들겼다.

"시계가 고장났나?"

오후 5시 30분. 세상에는 어둠이 가득했다. 기차를 타고 중앙
역에 내렸을 때 마중 나온 것은 어둠이었다. 고작 5시를 넘겼을 뿐
인데, 한밤중이라니. 하지만 시계는 고장 나지 않았다. 착각이었
다. 이탈리아의 겨울엔 오후 5시부터 땅거미가 지기 시작한다. 멀리
광장에서 환하게 조명받는 시계탑이 보였다. 나의 시간은 초라한
데……. 세간의 조명으로 화려하게 빛나는 시계탑에 뜬금없이 질투
가 일었다. 손목시계를 오른손으로 감싸 문지르며 시계탑이 있는

광장으로 걸음을 옮겼다. 그 광장 한쪽에 성당이 있었다.

여행길……. 목적지는 성당이다. 성당에는 생생한 삶의 이야기, 삶의 역사가 녹아 있었다. 그 이야기를 듣기 위해, 성당으로 향하는 길잡이를 '대화'로 리부팅했다. 영국의 역사학자 에드워드 핼릿 카 Edward Hallett Carr는 역사란 "과거와 현재와의 끊임없는 대화"라고 했다. 역사가 녹아든 성당의 이야기는 단순한 사실의 나열이 아니어야 할 것이다. 현재와 대화하지 않는 성당 이야기는 죽은 이야기가 될 것이다. 그래서 이 책을 통해 떠나는 이번 여행은 성당을 중심으로 삶을 꾸렸던 이탈리아 역사와의 즐거운 대화가 되었으면 한다.

나는 이 대화를 하기에 앞서 옷깃을 여몄다. 이탈리아 성당들을 여행하면서 한없이 작아지는 나 자신의 모습을 발견한 것이다. 인간은 수백 년 역사를 가진 위대한 건축물 앞에 서면 티끌이 된다. '생각하는 먼지'가 된다. 생각할 줄 안다는 단 하나의 이유로 티끌은 위대하게 존재한다. 성당이 고결한 것은 건축물 그 자체 때문이라기보다, 위대한 티끌들이 수백 년 공들여 빚어낸 삶의 역사이기 때문이다.

이 책에 나온 이탈리아 성당들은 5년에 걸친 발품의 산물이다. 여름과 겨울 자투리 시간이 날 때마다 이탈리아를 찾았다. 이 책은 크게 피렌체Firenze, 나폴리Napoli, 베네치아Venezia, 바리Bari, 밀라노Milano 장으로 구분되었고, 각 장은 그 인근의 도시까지 아울러 그 지역의 크고 작은 성당들을 비롯한 종교적 문화유산을 소개하고 있다. 이탈리아에서 가장 유명한 곳은 물론 지금까지 알려지지 않았던, 국내 최초로 소개되는 성당들을 만날 수 있다. 한 권에 80곳의 이탈리아 성당들이 소개되는 것은 처음일 것이다.

독자들은 이 책으로, 앉아서 유럽의 역사와 문화를 기행하는 기회를 갖게 될 것이다. 나 또한 보석 같은 성당 이야기를 접하고 어린아이처럼 팔짝거리며 즐거워했다. 그 들뜬 마음으로 한 곳이라도 더 찾아보겠다고 발품을 판 덕에, 많은 성지들을 독자들에게 알릴 수 있게 되었지만, 다른 한편 해설이 충분하지 못했다는 아쉬움이 있다. 또 몇몇 도시 성당들은 공부의 부족으로 여기에 싣지 못했다. 볼로냐Bologna, 아시시Assisi, 오르비에토Orvieto, 트렌토Trento, 페라라Ferrara, 페루자Perugia, 라벤나Ravenna, 산마리노San Marino 공화국 등의 성당들은 훗날을 기약하기로 했다. 또한, 로마Roma와 시칠리아Sicilia의 성당들은 그 자체로 분량이 많아 아직 엄두도 내지 못하고 있다.

이제 긴 여행의 첫걸음을 뗀다. 행장을 꾸렸다. 옛날 선비들은 여행을 떠날 때 벼루와 붓을 행장에 넣었다던가……. 나는 행장에 성경과 아우구스트 프란츤August Franzen의 『세계교회사』, 폴 존슨Paul Johnson의 『기독교의 역사』 등 몇 역사책들을 챙겼다.

최대한 짐을 가볍게 하고 간편한 옷차림으로 집을 나섰다. 바로 버스가 도착했다. "이 버스, 어디로 가나요?" 기사 아저씨가 말한다. "서기 1000년의 이탈리아로 갑니다." 버스에 올랐다. 버스 창문으로 쏟아지는 햇살이 따듯하다. 나는 지금 르네상스의 들뜸 가득한 피렌체로 '간다.'

2020년 겨울
최의영, 우광호

목차

피렌체,
환희와 낙관주의
Firenze

나폴리,
세월을 살아낸 성소
Napoli

베네치아,
물 위의 희망
Venezia

바리,
남쪽의 빛
Bari

밀라노,
부활과 안식
Milano

피렌체,
환희와
낙관주의

우리는 지난 수천 년 동안 인류가 경험하지 못한
새로운 아침의 시대를 살아가고 있다고 말한다.
7백 년 전 이탈리아 피렌체 사람들도 똑같은 말을 했다.
"우리는 지금까지와 전혀 다른 새로운 시대를 살아가고 있다.
우리는 지금 새로운 아침을 맞고 있다."

피렌체의 아침

1927년 경성방송국이 설립되어 본격적인 라디오 방송이 시작됐다. 라디오는 당시 대중들에게 충격, 그 자체였다. 방송을 처음 접한 사람들은 라디오를 이리저리 둘러보며 마치 요술 상자 보듯 했다. 새로운 매체와 전화·전기의 등장을 바라보며 당시 지식인들은 말했다. 이제 새로운 시대, 새로운 아침이 열렸다고.

그로부터 1백 년이 지난 지금. 우리는 라디오를 요술 상자로 바라보던 이들이 꿈도 꾸지 못하던 또 다른 세계에 살고 있다. 인공지능 전기밥솥이 밥을 대신해주고, 걸어 다니면서 전화하고, 집 안에 앉아서 원하는 물건을 구입하고, 세계 각국 사람들과 실시간 영상 대화를 한다. 그래서 우리는 또 말한다. 우리는 지난 수천 년 동안 인류가 경험하지 못한 새로운 아침의 시대를 살아가고 있다고.

7백 년 전 이탈리아 피렌체 사람들도 똑같은 말을 했다.

"우리는 지금까지와 전혀 다른 새로운 시대를 살아가고 있다. 우리는 지금 새로운 아침을 맞고 있다."

미술사가 에른스트 곰브리치Ernst Gombrich, 1909~2001는 『곰브리치 세계사』에서 이렇게 적고 있다. "중세가 별이 빛나는 아름다운 밤이라면, 이탈리아 피렌체에서 시작된 이 새로운 시대는 아침에 비유할 수 있다."

그런데 14세기 초 피렌체 사람들이 느끼던 '새로운 시대'와 오늘날 우리가 생각하는 그것 사이에는 미래를 보는 시각에서 온도 차가 있다. 미래를 불안한 눈으로 바라보는 우리와 달리, 7백 년 전 피렌체 사람들은 환희와 낙관주의로 들떠 있었다.

요한 하위징아Johan Huizinga, 1872~1945는 『중세의 가을』에서 "르네상스 시대를 열면서 당시 이탈리아에서 현재의 삶에 대한 환희가 최초로 터져 나왔다"고 말했다. 당시 사람들의 기록에도 이런 분위기가 감지된다. 에라스뮈스Desiderius Erasmus, 1466?~1536는 한 친구에게 보낸 편지에서 이렇게 썼다.

"나는 잠시만이라도 젊어지는 기분입니다. 가까운 미래에 황금시대가 도래하리라는 것을 감지할 수 있기 때문입니다. 나는 새로운 부흥, 새로운 전개가 있을 것이라고 확신합니다."

그렇다면 14세기 초, 피렌체에선 어떤 일이 있었던 걸까. 역사를 이야기로 풀어내는 탁월한 능력을 가진 저널리스트, 피터 왓슨Peter Watson, 1943~의 『생각의 역사』에 의하면 14세기에 피렌체 인구는 9만

- 피렌체 미켈란젤로 광장에서 바라본 피렌체 전경

5천 명이었다. 당시 이탈리아 인구 규모로 볼 때 밀라노, 베네치아, 파리와 어깨를 나란히 하는 대도시였다. 자연히 상업 활동이 활발히 일어났다. 피복 공장이 270곳, 목각 공장이 84곳, 비단 공장이 83곳, 금 세공소가 74곳이었다. 도로는 백 퍼센트 포장됐고, 근대식 배관 시설을 갖춘 궁전과 화려한 저택들이 건축됐다. 관공서 장부에는 우물, 쓰레기 처리, 화장실 관리에 대한 자료가 가득한데, 도시 기반 시설이 오늘날과 견주어도 손색이 없었음을 알 수 있다. 피렌체 사람들은 높은 수준의 삶을 영위했다.

어떻게 이런 일이 가능했을까. 돈 때문이다. 금융업과 상업이 발달하면서 피렌체로 돈이 몰려들었고, 부를 축적한 신흥 엘리트 계급이 나타났다. 이제 신분이 아닌 부가 계급 구분의 기준이 되었다. 돈만 있으면 기사 작위도 받을 수 있었고, 높은 수준의 교육을 받을 수 있었으며, 귀족처럼 큰 집을 짓거나 영지를 구입할 수도 있었다. 또한 이들은 종교적으로 경건했다. 앞 세대에 있었던 흑사병의 대유행은 사람들을 종교적 성향으로 기울게 했다.

경건하며 풍부한 지식과 합리적인 교양을 갖춘, 돈 많은 신흥 엘리트 계급은 피렌체를 전혀 다른 모습으로 바꿔놓기 시작했다. 돈이 많으면 사람들은 문화적 차원에 눈을 돌리게 마련이다. 그 열매를 우리는 르네상스Renaissance라고 부른다. 이제 피렌체에서 지금까지 보지 못했던 르네상스 문화와 예술, 건축이 꽃피기 시작한다. 그 맨 앞줄에 피렌체 대성당Duomo di Firenze인 산타 마리아 델 피오레 대성당Cattedrale di Santa Maria del Fiore이 있다.

그 당시엔 도시와 도시 간 자존심 싸움이 대단했다. 피렌체와

˭ 피렌체 대성당 큐폴라에서 바라본 피렌체 전경
˭˭ 피렌체 거리

인접한 피사Pisa에서는 2백 년 전인 1063년부터 대성당을 짓고 있었다. 토스카나Toscana주의 또 다른 경쟁 도시, 시에나Siena는 이미 30년 전에 기념비적인 대성당을 축복한 상태였다. 피렌체 사람들이 '우리도!'를 외쳤고, 시 의회는 대성당 건축 계획을 만장일치로 통과시켰다. 첫 망치 소리가 울렸다. 1296년의 일이다.

피렌체에 도착하자마자 가장 먼저 달려간 곳이, 산타 마리아 델 피오레 대성당이었다. 피렌체의 아침. 사람들이 분주히 길을 오가고 있었다.

땀과 믿음으로
천천히 완성하다

산타 마리아 델 피오레 대성당
Cattedrale di Santa Maria del Fiore

한국을 여행하는 외국인이라면 한글과 세종대왕에 대한 정보는 알고 있는 것이 좋다. 그래야 거리를 걸을 때 보이는 한글 간판에 담긴 의미와 한국 문화를 이해할 수 있기 때문이다.

마찬가지로, 이탈리아 피렌체를 여행하는 사람이라면 적어도 세 사람의 이름을 기억할 필요가 있다. 캄비오Arnolfo di Cambio, 1240?~1310?, 브루넬레스키Filippo Brunelleschi, 1377~1446, 기베르티Lorenzo Ghiberti, 1378~1455. 이탈리아를 여행하다 보면 로마, 시에나, 볼로냐, 베네치아, 피렌체 등 대부분의 도시에서 캄비오, 브루넬레스키, 기베르티의 흔적들을 만날 수 있다. 특히 세 사람은 피렌체에서 더 친근한 모습으로 다가온다.

1296년 피렌체 사람들은 지금까지도 없었고 앞으로도 없을 이탈리아 최대 규모 성전을 건축하기로 결정한다. 자! 이제 그 지휘봉은 누구에게 맡겨질까.

여러 사람이 물망에 올랐지만, 당대 최고의 건축가이자 예술가인 캄비오를 능가하는 사람은 없었다. 성전 건축 총지휘 임명장을 받아 든 캄비오는 결심한다.

"내 인생 전체를 걸겠다. 1천 년 뒤 사람들도 경탄할 엄청난 규모의 예술을 보여주겠다."

시작은 활기찼다. 캄비오는 설계를 시작하고, 성전의 기초를 닦고, 물자를 수송하는 등 공사 전반을 지휘했다. 밤낮없이 이어지는 강행군이었다. 하지만 캄비오에게 주어질 영광은 보류된다. 캄비오의 역할은 큰 밑그림을 그리는 것, 거기까지였다. 공사를 시작하고 6년 후인 1302년 갑자기 쓰러져, 세상을 떠났다. 이후 작업은 지지부진한 상태로 이어진다. 게다가 흑사병이 창궐하면서 그나마 미미하게 들리던 망치 소리마저 끊어진다. 피렌체 인구가 6만 명으로 추락했다. 하지만 피렌체의 경제적 저력은 만만찮았다. 게다가 피렌체 사람들은 흑사병의 고통을 잊게 할 이슈가 필요했다. 대성당 건축이 다시 활기를 띤 이유다. 1368년 대성당 최종 설계가 마무리되었으며 곧이어 공사가 재개되었다. 지오토Giotto di Bondone, 1267?~1337, 피사노Andrea Pisano, 1270?~1348? 등 당대 최고의 건축가들이 바통을 이어받으며 공사에 매달렸다. 결국 공사를 시작하고 110년이 지난 1412년, 둥근 지붕을 제외한 모든 공사가 마무리된다.

그런데 여기서 문제가 발생한다. 상상을 초월한 거대 성당 위

˚ 지오토의 종탑에서 바라본 피렌체 대성당 쿠폴라

에 얹을 돔(dome, 반구형 지붕이나 천장으로, 소탑 끝에 있을 땐 '큐폴라'로도 부름)이 문제였다.

'어떻게 되겠지 뭐.'

덜컥 규모만 크게 만들어놓고 문제 해결은 나중에 하겠다는 이 방식, 분명 무모했다. 하지만 그 무모함이 새로운 창조를 가능하게 한다.

피렌체 사람들은 돔 문제를 해결해줄 구원투수를 찾아냈다. 훗날 근대 건축공학의 아버지로 불리는 브루넬레스키였다. 그는 동시대인들이 생각지도 못했던 새로운 방법을 적용하여, 16년 만에 지름 42미터, 높이 136미터의 웅장한 돔을 완성해낸다. 얼개틀 없이 천장을 서로 다른 두께의 두 겹으로 만들어 제 무게를 스스로 지탱하게 한 것이다. 세계 7대 불가사의에 이어 여덟 번째 기적으로 불리는 돔은 이렇게 완성됐다.

돔의 외관에서 웅장함을 느낄 수 있다면, 돔 안쪽에서는 화려함의 극치를 만날 수 있다. 천장화는 제대가 있는 곳에서 위로 올려보아도 되지만, 극적으로 감상하는 방법은 큐폴라로 올라가는 것이다. 바로 눈앞에서 펼쳐지는 바사리Giorgio Vasari의 장엄한 회화의 향연을 볼 수 있을 것이다. 성당은 이 밖에도 다양한 예술품들로 채워졌다. 기베르티의 〈성유물함〉, 도나텔로Donatello, Donato di Niccolò di Betto Bardi, 1386~1466의 〈막달라 마리아〉, 미켈란젤로Michelangelo di Lodovico Buonarroti Simoni, 1475~1564의 〈피에타〉 등이 그것이다.

"다 이루어졌다(요한 19, 30)." 착공한 지 140년 만인 1436년, 교황 에우제니오 4세는 일곱 명의 추기경, 서른일곱 명의 주교, 피렌

‾ 큐폴라 내벽에 미켈란젤로의 제자 바사리가 그린 〈최후의 심판〉

⎺ 피렌체 대성당 전경

체 시의원, 주요 외교사절, 그 밖의 모든 피렌체 시민들과 함께 성전 봉헌식을 거행한다. 성당 이름은 산타 마리아 델 피오레로 정해졌다. '꽃의 성모 마리아'라는 뜻이다.

여기서 센스 있는 사람은 눈치챘을 것이다. 도시 이름 '피렌체'와 대성당 이름의 '피오레'가 발음이 비슷하다는 것을 말이다. 그렇다. 피렌체라는 이름은 '꽃'이란 뜻의 이탈리아어 피오레Fiore에서 유래했다. 꽃이 피렌체이고, 피렌체가 꽃이다. 그래서 대성당의 이름 '꽃의 성모 마리아 대성당'은 피렌체 사람들에게 '피렌체의 성모 마리아 대성당'과 동의어로 받아들여졌다.

140년에 걸쳐 창작된 미술과 음악이 있는가. 산타 마리아 델 피오레 대성당, 일명 피렌체 두오모(Duomo, 이탈리아어로 대성당이라는 뜻이며, Cattedrale, Basìlica도 대성당을 가리키는 단어임)는 140년의 땀과 신앙이 결집된, 참으로 천천히 완성된 예술이었다.

아주 천천히 건축된, 그래서 수많은 사람의 동참과 기도가 차곡차곡 쌓인 이 대성당은 3월 25일 축복됐다. 그날은 '천천히 구원 섭리'의 출발점, 주님 탄생 예고 대축일이었다. 피렌체 두오모는 6백 년 동안 피렌체에 천천히 존재했고, 앞으로도 아주 오랜 시간 동안 그 자리에 천천히 머물 것이다.

대성당 안에 천천히 들어섰다. 6백 년 동안 켜켜이 쌓인 시간을 천천히 둘러보았다.

보통 사람을 위한 천국의 문

산 조반니 세례당
Battistero di San Giovanni

이탈리아 대성당들을 여행하다 보면 한 가지 흥미로운 사실을 발견하게 된다. 대성당 바로 옆에 대부분 작은 부속 경당이나 세례당이 딸려 있다는 것을 말이다. 피사 대성당이 그렇고, 파도바Padova, 크레모나Cremona도 마찬가지다.

피렌체도 다르지 않다. 산타 마리아 델 피오레 대성당 정문 앞에도 진복팔단(산상 설교에 나오는 여덟 가지 참행복)을 의미하는 팔각형의 아담한 산 조반니 세례당('산 조반니'는 피렌체의 수호성인 '세례자 요한'을 가리키는 이탈리아어)이 있다.

왜일까. 큰돈 들여 건축한 대성당이 있는데, 어째서 별도의 작은 경당(세례당)이 필요했을까. 이유는 다음과 같다.

첫째, 커도 너무 컸다. 대성당은 대축일 미사나 큰 행사 때 주로 사용됐다. 그나마 어쩌다 봉헌되는 미사에는 귀족과 특권층이 주로 참례했다. 대성당은 서민들을 위한 공간이 아니었다. 물론 피렌체 전체 시민을 위한 대규모 모임과 설교, 미사가 대성당에서 열리기도 했지만 이례적인 일이었다.

둘째, 작은 규모의 세례식을 수시로 열 공간이 필요했다. 세례당 자체가 필요했다는 말이다. 중세 이탈리아인의 삶에서 유아세례는 빼놓을 수 없는 큰 의미를 지닌다. 한국 사회의 백일잔치, 돌잔치를 떠올리면 이해가 쉬울 것이다. 유아세례는 하나의 잔치였

- 산 조반니 세례당

으며, 한 인간이 공동체 일원으로 진입하는 중요한 의식이었다. 그래서 유아세례가 이뤄지는 세례당은 서민 삶의 출발점이자, 축제의 장이었다.

피렌체의 귀족과 부유한 상인들은 이러한 서민의 소망과 여론을 의식하지 않을 수 없었다. 빈번한 이웃 도시와의 전쟁, 특히 밀라노와의 전쟁을 잘 수행하기 위해서라도 시민들의 호응이 절실했다. 피렌체의 권력자와 부유층이 서민을 위한 공간인 세례당 건축에 공을 들인 이유다. 그들은 최대한 화려하고 아름답게 세례당을 건축하기로 결정한다.

대충 생색만 내서는 곤란했다. 최대한 정성이 들어갔다는 표시가 나야 했다. 그래서 피렌체 부유층(상인 조합)은 1401년 세례당 북쪽 문 제작을 당대 최고의 예술가에게 의뢰하기로 결정한다. 여기에 전제조건이 붙는다. 소요 비용은 최소!

그래서 도입한 방법이 서바이벌이다. 일곱 명이 경쟁에 뛰어들었다. 흥미진진하게 진행된 경쟁에서 마지막 결승전까지 올라온 사람은 브루넬레스키와 기베르티였다. 웅장한 면에서는 브루넬레스키가, 섬세하고 화려한 점에서는 기베르티가 우세를 보였다. 누가 우승했을까.

피렌체 상인 조합은 고심 끝에 기베르티의 손을 들어준다. 표면적으로는 기베르티의 섬세함이 세례당에 어울린다는 이유였지만, 속내는 다른 곳에 있었다. 기베르티는 브루넬레스키보다 30퍼센트 저렴한 비용으로 문을 제작하겠다고 했다. 우승자 기베르티는 약속대로 저렴한 비용으로 최대한 화려한 북쪽 문을 제작하여 의뢰

천국의 문

인들을 만족시킨다.

　이때 밀라노 총독이 사망하여 피렌체가 전쟁의 위협에서 벗어나는 일이 일어난다. 피렌체 사람들은 밀라노 총독의 사망이 세례당 북쪽 문 제작 때문이라고 믿었다. 이에 피렌체 정부는 기베르티에게 세례당의 동쪽 문 제작도 추가 의뢰했다. 기베르티는 북쪽 문 제작 경험을 최대한 살려, 자신의 모든 예술적 역량을 동쪽 문에 쏟아붓는다. 이 문이 유명한 '천국의 문'이다.

　아담과 이브에서 시작해 구약성경 10대 명장면을 표현한 이 문

세례당 내 천장 모자이크

피렌체, 환희와 낙관주의

은 청동 바탕에 금박을 입힌 것으로 초기 르네상스 양식의 한 획을 긋는 명작으로 평가받고 있다. 미켈란젤로가 이 작품을 보고 "천국에 들어가는 문으로 사용해도 손색이 없다"며 감동한 이야기는 유명하다. 그래서 이 문은 지금까지 '천국의 문'으로 불리고 있다. 현재 세례당의 문은 복제품으로, 진품은 두오모 미술관에 가면 만날 수 있다.

세례당의 볼거리는 '천국의 문' 하나가 아니다. 세례당 안으로 들어가면 천장과 둘레가 온통 황금빛 모자이크로 장식돼 있다. 그 황금빛 속에서 그리스도의 구원 역사, 그리고 수많은 성인 성녀들의 응답 역사가 쏟아진다.

천국의 문. 세례당의 문 이름이 이보다 더 절묘할 수는 없다. 그리스도교에서 말하는 세례는 천국으로 들어가는 첫 관문 아닌가. 구원과 응답의 역사가 완벽히 표현되고 구현된 곳, 세례자 요한 세례당은 지상으로 내려온 작은 천국이었다. 하지만 이 천국은 미완의 천국이다. '이미 그러나 아직'의 천국이다.

천국의 문, 그리고 천장의 황금빛 모자이크가 말하고 있었다. 땅에서는 흐린 거울에 비친 모습처럼 어렴풋이 보지만, 마지막 날에는 얼굴과 얼굴을 마주 보리라는 것을 말이다. 그리고 내가 지금은 부분적으로만 알지만 마지막 날에는 신께서 나를 온전히 아시듯 나도 온전히 나 자신을 알게 되리라는 것을 말이다(1코린 13, 12 참조).

광장의 활기 속 비극의 역사

피렌체 정치 1번지, 시뇨리아 광장은 활기로 가득했다. 관광객들은 이국의 낯선 풍경을 스마트폰에 담느라 분주했고, 젊은이들은 삼삼오오 모여 노래를 부르며 낭만을 쏟아내고 있었다.

14세기에 건축된 이래 지금까지 6백 년 넘게 시청사로 사용되고 있는 베키오 궁전이 위용을 뽐내며 그 활기를 내려다보고 있었다. 넵튠 분수와 미켈란젤로의 다비드 복제품 등 북적이는 예술품들도 광장의 활기에 일조하고 있었다.

하지만 이 활기 속에 비극이 공존하고 있음을 알고 있는 사람은 얼마나 될까. 광장 중심부의 넵튠 분수 앞 바닥에는 지름 1미터 가량 되는 원형 명판이 있다. 명판에 새겨진 내용을 요약하면 이렇다.

"이곳에서 1498년 5월 23일, 사보나롤라 수사가 부당한 판결을 받고 교수형을 받은 뒤 화형에 처해졌다. 사보나롤라 수사에 대한 추모의 뜻을 담아 이 기록을 남긴다."

˗ 시뇨리아 광장에 있는 사보나롤라 수사에 대한 처형 기록 명판

피렌체 사람들은 왜 한 수도자의 죽음을 삶의 중심부에 기록으로 남겼을까. 피렌체 사람들이 잊지 않고자 했던 것은 무엇일까.

15세기 후반, 도미니코회 수사인 사보나롤라Girolamo Savonarola, 1452~1498는 피렌체를 완벽한 하느님의 나라로 만들고자 했다. 그래서 메디치 가문과 각을 세우고, 피렌체 시민들에게 경건한 신심으로 살아갈 것을 요청했다. 화려한 옷을 입지 말라고 했고, 여성들이 몸에 치장하는 장신구도 배격했다. 또 그는 신앙과 관련 없는 모든 서적을 불온하다고 여겼다. 그래서 이러한 모든 허영의 물건들을 불태우는 의식을 주도하기도 했다.

여기까지는 문제가 없었다. 하지만 그의 도덕적 엄격주의가 교회를 향하면서 문제가 발생한다. 그는 사제들의 도덕적 일탈을 신랄하게 비판했다. 그보다는 조심스러웠다 해도, 교황청의 타락에 대한 비판도 서슴지 않았다.

교황청은 처음에는 사보나롤라의 강론을 대수롭지 않게 여겼다. 하지만 발언 수위가 점점 더 높아져 그는 피렌체가 타락한 교황청으로부터 독립해야 한다고까지 역설했다. 이러면 상황이 달라진다. 돈 많은 피렌체가 독립한다면 교황청이 재정적으로 큰 피해를 받을 수 있었다. 교황청이 움직였다. 1497년 교황 알렉산더 6세는 사보나롤라 수사를 파문하고 강론 금지를 명령한다.

시뇨리아 광장 전경, 베키오 궁전

하지만 사보나롤라는 강론을 멈추지 않았다. 하늘을 우러러 한 점 부끄럼 없다고 스스로 생각했다. 이때부터 피렌체 여론이 양분된다. 파문 받은 수사의 강론을 듣는 것이 올바르냐의 문제였다. 피렌체 시민들은 구원의 대리자인 교황에 충성할 것인지, 아니면 사보나롤라 수사를 따를 것인지 선택해야 했다.

이때 사보나롤라의 엄격한 도덕주의에 염증을 느낀 이들이 있었다. 사보나롤라 때문에 권력을 잃은 이들은 더더욱 그를 싫어했다. 이들은 군중을 배후에서 선동했고, 마침내 성공한다. 피렌체 정부는 수도원 기도실에 있던 사보나롤라와 그의 측근들을 체포했다. 고문이 이어졌고, 사보나롤라는 자신의 주장이 이단이라고 자백할 수밖에 없었다. 사형이 선고되었고, 교황청은 즉각 이를 허락했다.

1498년 5월 23일. 시뇨리아 광장에서 수많은 피렌체 시민들이 지켜보는 가운데 사보나롤라와 두 명의 수사가 교수형에 처해진다. 많은 여성 신자들이 그 모습에 숨죽여 오열했다. 시신은 불태워졌고, 뼛가루는 베키오 다리 인근의 강에 뿌려졌다. 몇몇 여성 신자들은 물결 따라 이리저리 흩어지는 사보나롤라 수사의 뼛가루를 수거해 말린 후, 소중히 집에 모셨다. 사보나롤라는 마지막으로 이런 유언을 남겼다.

"예수님이 내 죄를 위해 죽으셨는데, 보잘것없는 내 생명 하나 그분을 위해 바치는 것이 뭐가 두렵겠는가?"

활기 가득한 시뇨리아 광장의 중심에 서서, 사보나롤라 수사가 죽어가던 날의 비참함을 떠올렸다.

군중의 판단은 늘 옳은가. 우리는 신의 섭리를 안다고 자신 있게 말할 수 있는가. 악마는 혹시 내가 올바르다고 생각하는, 그 선을 통해 유혹하는 것은 아닐까. 흘러가는 역사 자체가 신의 섭리라고 믿어야 하는가. 나는 어떻게 역사를 개척해나가야 할까. 종교적 신념이란 도대체 무엇일까. 우리 각자가 가진 신념은 절대적으로 올바른 것일까, 아니면 자기 함정에 빠진 것일까. 우리는 과연 올바른 신앙을 살아가고 있는가.

꼬리에 꼬리를 무는 생각 끝자락에 뜬금없이 시뇨리아 광장에 서 있는 자체가 감사하게 여겨졌다. 피렌체에 오지 않았다면, 이런 혼돈스러운 묵상조차 불가능했을 테니 말이다.

한 가문이
묻힌 곳

산 로렌초 성당
메디치 경당

Basilica di San Lorenzo
Cappelle Medicee

"만 석 이상의 재산은 사회에 환원하라. 주변 백 리 안에 굶어 죽는 사람이 없게 하라. 흉년이 든 해에는 땅을 늘리지 마라⋯⋯."

조선 중기와 후기에 걸쳐 3백 년, 12대 동안 만석꾼이었던 경주 최씨 가문의 가훈은 부자가 어떻게 천국으로 가는 바늘귀를 통과할 수 있는지 보여준다. 경주 최씨 가문은 일제강점기 때 독립운동을 지원하고, 한국전쟁 후에는 인재 양성을 위해 대학을 설립했으며, 언제나 소외된 이들을 위해 재산을 아끼지 않았다.

우리나라에 경주 최씨 가문이 있듯이 이탈리아 피렌체에는 메디치 가문이 있다. 당대 최고의 부자였으며, 레오 10세와 클레멘스 7세 등 네 명의 교황을 배출했고, 프랑스 왕실에 두 명을 시집보낸

명문가다. 메디치 가문은 소위 졸부가 아니었다. 부를 제대로 나눌 줄 알았다. 그래서 당시 사람들은 메디치 가문 사람들을 '나라의 아버지', '위대한 자' 등으로 부르며 따랐다. 마음으로 메디치 가문을 존경한 것이다.

이런 메디치 가문이라면 피렌체에 그들만의 전용 성당 하나쯤 가질 자격이 충분하다. 그렇게 생겨난 성당이 산타 마리아 노벨라역에서 도보로 10분쯤 걸리는 곳에 위치한 산 로렌초 성당과 메디치 경당이다. 성당 안으로 들어서기 전에 먼저 메디치 가문이 어떻게 부를 쌓았으며, 한 가문을 위한 전용 성당 건축이 어떻게 가능했는지 알아보자.

14세기 후반 조반니 디 비치 데 메디치Giovanni di Bicci de' Medici, 1360~1429라는 사람이 있었다. 그는 지적이고 인품이 뛰어난, 매력적인 사람이었던 것으로 보인다. 일개 로마 은행의 평사원으로 직장생활을 시작했음에도 대지주의 딸과 결혼한 것을 보면 말이다. 새댁이 가지고 온 지참금이 종잣돈이 됐다. 그는 아내의 돈으로 자신의 이름을 딴 '메디치 은행'을 세웠는데, 그의 성실함을 신뢰한 교황청은 메디치 은행을 주거래 은행으로 결정한다. 막대한 돈이 그의 수중으로 들어와 더 많은 부를 쌓게 되었다. 그런데 그는 다른 부자들과 달랐다. 민중의 입장을 지지하는 편에 섰다. 이후 여론의 지지를 받아 피렌체 최고 행정관에 임명되었는데, 귀족에게 유리한 세금 제도를 철폐했으며, 상당한 돈을 피렌체 정부에 기부했다.

이러한 가문의 전통은 그의 아들 코시모 데 메디치Cosimo de'

˚ 산 로렌초 성당
˚˚ 메디치 경당

피렌체,   환희와 낙관주의

Medici로 이어졌고, 특히 코시모의 손자인 로렌초 데 메디치Lorenzo de' Medici에 이르러서는 모든 이들로부터 존경받는 가문으로 자리 잡는다. 이들은 미켈란젤로, 도나텔로 등 예술가들을 적극 후원하여 르네상스를 이끌어가기도 했다.

그 메디치 가문의 맨 위 꼭짓점에 있는 조반니 디 비치 데 메디치로 다시 거슬러 올라가보자.

노인이 된 그는 자신을 비롯해 후손들이 묻힐 가족묘를 구상한다. 처음에는 많은 돈을 기부하고 피렌체 대성당에 자리를 마련할 생각이었지만, 난관에 봉착했다. 성직자와 소수 귀족이 모두 묫자리를 예약해놓았기에, 대성당과 산타 크로체 성당 등에는 선금을 내고도 자리를 구하기 힘들었던 것이다.

이 시점에 조반니 디 비치는 당시 화재로 부분 전소된 산 로렌초 성당을 떠올린다. 피렌체에서 가장 오래된(393년 설립) 유서 깊은 성당이었음에도, 가난한 이들이 주로 거주하는 지역에 있어 심각한 재정난을 겪고 있는 성당이었다. 당연히 보수는 엄두도 낼 수 없었다. 주임 신부는 성전 재건축을 위해 후원자들을 찾아다녔으나, 아무도 관심을 기울이지 않았다. 이때 조반니 디 비치가 성전 리모델링을 지원하겠다고 선뜻 나섰다. 대신 조건을 붙였다.

"나를 비롯해 가문의 후손들이 모두 이 성당에 묻힐 수 있는 권리를 주셨으면 합니다."

이렇게 산 로렌초 성당은 메디치가 사람들이 대대로 묻히는 메디치 가문 영묘 성당이 된다.

1421년부터 1426년까지 5년간 위대한 건축가 브루넬레스키가

⁻ 산 로렌초 성당 내부

재건축을 주도하였는데, 성당 전면부가 조금 묘하다. 화려한 장식물과 대리석 조각으로 치장한 피렌체의 다른 성당들에 비해 지극히 단순하다. 마치 현대 건축물을 보는 듯하다. 사실 이는 의도한 것이 아니었다. 건축 당시 성당 정면은 미켈란젤로가 설계안을 제출했으나 공사가 진행되지 않았고, 그렇게 미완성 상태로 지금까지 내려오고 있는 것이었다. 그럼에도 지금 더 높은 평가를 받고 있으니, 미완성이 완성보다 더 의미 있는 완성이 된 셈이다.

성당 돔 아래 위치한 메디치 경당은 메디치 가문의 영묘인 '군

주의 경당Cappella dei Principi'과 '신 제의실Sacrestia Nuova'로 이뤄져 있다.
그곳에서 우리는 메디치가 사람들의 묘석과 문장이 있는 화려한
대리석을 만날 수 있다.

경당에서 밖으로 나와 산 로렌초 성당 정문으로 들어서면 소박
한 외관에 어울리는 또 다른 소박한 품격을 만난다. 수수한 옷을
입었는데도 왠지 모를 기품이 느껴지는 모습이랄까. 이유가 있다.
성전 오른쪽 청동 강론대는 천재 조각가 도나텔로가 제작했으며,
왼쪽에 위치한 옛 제의실은 도나텔로와 브루넬레스키가 함께 만들

었다.

또 이 성당은 스마트하다. 성당 2층에는 메디치 가문 출신 교황 클레멘스 7세가 1만 권에 이르는 고문서를 보관하기 위해 설립한 라우렌치아나 도서관Biblioteca Medicea Laurenziana이 있다. 또한 조각 등 미술에 관심 있다면 성당 지하 박물관을 가봐야 한다. 르네상스 조각이라는 새로운 영역을 창조해낸 피렌체 출신 조각가 도나텔로의 무덤을 만날 수 있다.

산 로렌초 성당과 메디치 경당에서 이탈리아의 위대한 부자 메디치 가문과 함께한 두 시간. 성당 밖으로 나왔다. 흐린 하늘 때문인지 두 시간 동안이나 머문 낯익은 풍경이 이상하게도 생소해 보여 서먹서먹했다. 서먹함의 이유는 날씨 탓만은 아닐 것이다. 그렇다. 고향에서 멀리 왔다.

경주 교동에 가면 최씨 가문이 대대로 살았던 고택이 있다고 들었다. 경주에 다녀오려 한다. 형산강 경치가 아름다울 것이다.

⁻ 산 로렌초 성당 내부 회랑

예술, 죽음 그리고 신앙

산타 크로체 성당
Basilica di Santa Croce

위인전 성당이다.

산타 크로체 성당(성 십자가 성당)에는 미켈란젤로, 갈릴레오 갈릴레이, 마키아벨리, 오페라 작곡가 로시니 등 '빛나는 별들'이 잠들어 있다. 가묘이긴 하지만 단테도 이곳에 모셔져 있다.

각 한 사람의 이름만으로도 전 세계 관광객들을 불러 모을 내공이 충분한데, 무려 3백여 명의 위인들이 함께 다닥다닥 붙어 잠들어 있다. 이처럼 위대한 인물들을 한 군데 불러 모은 이 성당의 주인은 성 프란치스코San Franciscus Assisiensis, 1182~1226이다.

중세 후기 피렌체는 도미니코회와 프란치스코회라는 두 마리 말이 끄는 마차였다. 도시 서쪽 산타 마리아 노벨라 성당에는 도미

ⁿ 산타 크로체 성당

니코회가, 동쪽 산타 크로체 성당에는 프란치스코회가 각각 자리를 잡고 선의의 영성 경쟁을 벌였다.

산타 크로체 성당이 프란치스코회 성당이 된 사연은 이렇다. 성 프란치스코는 1210년경 피렌체를 방문하여 현 산타 크로체 성당 터에 작은 경당을 지었는데 훗날 프란치스코회가 그곳에 성 십자가를 경배하는 대형 성당을 건축했다. 1294년부터 짓기 시작하여 1443년에 완공한 이 성당은 길이 115미터, 폭 74미터로 프란치스코회 소유 성당 중 최대 규모를 자랑한다.

이 넓은 공간 안에는 영적 창조물들이 가득하다. 성당 내부 건물 및 부속 건물 형태로 바론첼리 경당, 바르디 경당, 파치 가 경당 등이 있는데 이곳에서 성모 마리아의 대관식과 프란치스코의 일생을 그린 지오토의 프레스코 작품, 치마부에Cimabue, Bencivieni di Pepo, 1240?~1302?의 십자가 등 위대한 작품들을 한꺼번에 만날 수 있다.

원래 산타 크로체 성당은 프란치스코회 성당답게(프란치스코회는 가난과 청빈을 주요 정신으로 한다) 장식이 거의 배제된 단순한 형태의 건물이었는데, 르네상스와 19세기를 거치면서 화려하고 장엄하게 꾸며졌다. 1864년엔 성당 꼭대기에 성 십자가를 두 천사가 모신 형태의 성상과 그 아래 다윗의 별 대리석 조각이 설치됐다.

예술의 걸작과 위인들의 무덤, 기도하는 예배당을 함께 둘러볼 수 있는 산타 크로체 성당에선 과거의 환희(미술품), 현재의 고통(죽음), 미래의 영광(신앙)에 대한 묵상이 저절로 이루어진다.

묘와 묘, 그리고 또 이어지는 묘……. 한참을 머물렀다. 성당 안으로 스며들던 빛이 하나둘 꺼져가고 있었다.

˗ 산타 크로체 성당 내부
˗˗ 미켈란젤로의 묘

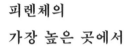

피렌체의
가장 높은 곳에서

산 미니아토 알 몬테 수도원 성당

Chiesa di San Miniato al Monte

서울 명동대성당이 천주교 서울대교구의 안방이라면, 약현성당(중
림동성당)은 사랑방 같은 곳이다. 언덕 위에 위치한 약현성당은 웅
장한 명동대성당과는 또 다른 편안함으로 다가온다. 명동대성당이
아버지라면, 약현성당은 어머니의 품처럼 따뜻하다.

피렌체에서 그 약현성당을 만난 것은 행운이었다. 피렌체의 명
동대성당이 산타 마리아 델 피오레 대성당이라면, 피렌체의 약현
성당은 산 미니아토 알 몬테 수도원 성당이다.

그런데 피렌체 여행객 중에는 산 미니아토 알 몬테 성당의 한적
함과 편안함을 체험하지 못한 이들이 많다. 대부분의 여행사 프로
그램에 이 성당이 빠져 있기 때문이다.

피렌체 여행 계획이 있다면 '쉼'이라는 여행의 목적을 완성시켜
주는 힘을 가진 이 성당을 꼭 찾아볼 것을 권한다. 거리도 멀지 않
다. 피렌체에 가면 도시 전망을 보기 위해 반드시 들르는 곳이 미켈
란젤로 언덕인데, 그곳에서 걸어서 5분만 올라가면 산 미니아토 알
몬테 수도원 성당을 만날 수 있다.

몬테San Monte가 산山을 의미하니 '산 위의 성 미니아토 성당'이라
는 뜻이다. 성 미니아토는 국내에서 '성 미니아San Minia' 혹은 '성 미

- 산 미니아토 알 몬테 성당

니아스San Minias'로 표기하는 성인이고 10월 25일이 축일이다.

　서기 250년경, 그리스도교가 들불처럼 유럽 전역으로 번져갈 무렵이었다. 군인 혹은 동방의 왕자로 전해지는 미니아스는 로마 데키우스 황제 시절 배교를 거부하고 전교 활동을 계속하다가 체포되어 목이 잘려 순교한다.

　피렌체 최초의 순교자였다. 『피렌체 연대기』를 쓴 피렌체 역사가 조반니 빌라니에 의하면 성 미니아스는 순교 직후, 잘려나간 자신의 머리를 들고 약 3킬로미터를 걸어가 쓰러졌다고 한다. 그 쓰러진 자리에 성인의 무덤이 만들어졌으며, 13세기 후반 무덤 위에 성 미니아스의 영성을 따르는 수도원과 성당이 지어졌다. 그 성당이

- 산 미니아토 알 몬테 성당에서 바라본 피렌체 전경

바로 산 미니아토 알 몬테 수도원 성당이다.

이탈리아 각 지역 성당을 다니다 보면 왕관을 들고 있는 젊은 왕자, 혹은 종려나무 가지로 된 관을 쓴 성자, 잘린 머리를 들고 있는 성인의 모습을 자주 보게 되는데 모두 성 미니아스를 표현한 것이다. 산 미니아토 알 몬테 수도원 성당에 가면 2천 년 가까운 세월 동안 전해 내려오는 성인의 유골과 그의 일생에 관련된 생생한 성화들을 만날 수 있다. 성당 내부와 외벽에 왕관을 들고 있는 미니아스 성인의 성화 및 모자이크가 몇 개나 되는지 세어보는 것도 흥미로울 것이다.

명동대성당보다 앞서, 1892년에 건축된 약현성당은 우리나라 최초의 서양식 벽돌 건물이다. 명동대성당이 생기기 전, 신앙인들은 고단한 하루를 마치고는 약현성당을 바라보며 축복을 빌었다. 약현성당은 하느님이 머무는 거룩한 곳이었고, 하느님의 나라가 구체적으로 구현되는 곳이었다.

피렌체 시민들도 그랬을 것이다. 피렌체의 가장 높은 곳에 위치한 산 미니아토 알 몬테 수도원 성당을 그렇게 바라봤을 것이다. 산 미니아토 알 몬테 수도원 성당은 금융과 산업이 비약적으로 발전하던 13세기 서민들의 고단한 삶을 보듬어준 피렌체의 어머니 같은 성당이었다.

산 미니아토 알 몬테 수도원 성당을 등지고 서면, 피렌체 도심 전경이 한눈에 들어온다. 피렌체 두오모가 그 속세의 중심에 서 있었다. 권력과 명예, 돈의 중심에 서서 신앙의 고귀함을 외치고 있었다. 그 모습을 피렌체의 가장 높은 곳에서 산 미니아토 알 몬테 성당이 따뜻한 시선으로 바라보고 있었다.

기도하는
세기의 예술가들

두오모 오페라 박물관
산 마르코 미술관
Museo dell'Opera di Santa Maria del Fiore
Museo di San Marco

로마에는 바티칸 박물관이 있다. 프랑스 파리에는 루브르가, 스페인 마드리드에는 프라도가 있다. 그렇다면 피렌체에는?

사람들은 우피치 미술관Galleria degli Uffizi을 말한다. 그럴 만하다. 루브르 박물관, 바티칸 박물관, 프라도 미술관과 견줄 자격이 충분하다. 14~16세기 이탈리아 르네상스 화가뿐 아니라 17세기 이후 쟁쟁한 독일 프랑스 화가들의 작품 2500여 점을 소장 전시하고 있다. 그래서 우피치에 가면 보티첼리의 〈비너스의 탄생〉을 비롯해 레오나르도 다빈치Leonardo da Vinci, 1452~1519, 미켈란젤로, 라파엘로Raffaello Sanzio, 1483~1520, 지오토의 걸작들을 감상하는 눈의 호사를 누릴 수 있다. 우피치는 피렌체의 자랑이다.

그러나 나는 다른 곳들을 그 앞에 세우고자 한다. 두오모 오페라 박물관과 산 마르코 미술관을. 왜? 대성당과 피렌체 내 도미니코회 수도원을 장식했던 미술품들이 모두 이곳에 있기 때문이다. 피렌체의 그리스도교 신앙유산은 우피치가 아닌 이 두 박물관에 모조리 있다고 보면 된다. 그래서 우피치만 가고, 두오모 오페라 박물관과 산 마르코 미술관을 가지 않는 것은 주객이 전도된 것이다. 실제로 두오모 오페라 박물관과 산 마르코 미술관은 신앙의 도시 피렌체의 자부심이다.

두오모 오페라 박물관에는 도나텔로의 〈막달라 마리아〉 등 다수의 미술품이 있는데, 그중 가장 눈길을 끄는 것은 미켈란젤로의 〈피에타〉다. 우리가 알고 있는 로마 성 베드로 대성당의 〈피에타〉와는 전혀 다른 모습이다. 24세의 청년 미켈란젤로가 제작한 성 베드로 대성당의 〈피에타〉에서 섬세하고 우아한 구상적 아름다움이 느껴진다면, 90세의 미켈란젤로가 피렌체에서 제작한 〈피에타〉에서는 추상적 비장미가 감지된다.

한 작품을 만들고는 평생 자신의 작품을 복제하고 재생산하는 화가나 조각가들이 많다. 미켈란젤로는 달랐다. 죽을 때까지 끊임없는 자기 혁신을 통해 〈피에타〉의 절정을 완성한다. 죽음을 앞둔, 그래서 삶을 어느 정도 관조할 수 있게 된 미켈란젤로가 제작한 피에타를 감상해보자.

마치 현대 조각을 보는 듯하다. 어떤 이는 이 작품을 두고 미완성이라고 말한다. 하지만 미완성이냐 완성이냐는 중요하지 않다. 미완성이 완성보다 더 완전한 메시지를 전달하고 있다면 그것은

- 두오모 박물관 내부
-- 산 마르코 미술관

ⁿ 피렌체의 두오모 오페라 박물관에 있는, 미켈란젤로의 〈피에타〉

미완성을 넘어서는 진정한 완성이 아닐까. 눈길을 끄는 것은 예수의 성시다. 땅으로 무너지고 있다. 뒤틀리고 꺾인 몸은 장정 한 사람과 성모 마리아, 막달라 마리아까지 셋이서 떠받치고도 감당 못 해 당장이라도 주저앉을 것 같다. 그런데 예수의 시신을 떠받치는 중심인물이 마리아가 아니다. 니고데모Nicodemus라고 알려진 예수 뒤의 남성이 예수를 쓰러지지 않게 붙잡고 있는데, 모델이 미켈란젤로 자신이다. 예수의 지극한 고통에 동참하는 미켈란젤로. 예수의 무너지는 몸을 마지막까지 붙잡고 있는 미켈란젤로. 죽음을 앞둔 노인 미켈란젤로가 느꼈을 삶의 무게와 고통이 찡하게 전해진다.

발걸음을 떼지 못하고 한참 머물렀다. 6백 년 전 90세 천재 예술가가 죽음을 앞두고 성취해낸 삶의 의미와 기도가 수백 수천의 화살이 되어 가슴으로 찌르고 들어왔기 때문이다.

두오모 오페라 박물관에서 미켈란젤로의 〈피에타〉를 만났을 때와 비슷한 충격을 산 마르코 미술관에서도 받았다. 산 마르코 광장에 있는 도미니코회 수도원으로 들어간 후 안뜰 회랑을 지나 계단을 오르면 미술관이 나타나는데, 이곳이야말로 영감으로 가득 찬 곳이다.

특히 도미니코회 수도자였던 프라 안젤리코Fra Angelico, 1387~1455의 걸작 프레스코화 〈수태고지〉 앞에서는 할 말을 잃었다. 은은한 미소를 띤 성모 마리아와 천사가 드러내는 그 숭고한 고전적 아름다움이란……

프라 안젤리코는 '천사 수사님'이라는 뜻이다. 이름만 봐도 그

- 프라 안젤리코의 〈수태고지〉

가 어떤 삶을 살았는지 짐작할 수 있다. 실제로 그는 살아 있는 천
사였다. 교황 요한 바오로 2세는 1982년 프라 안젤리코를 복자품에
올리면서 이런 말을 했다.

"그에게 미술은 간절한 기도 그 자체였다."

천사 수사님의 기도 손에 내 손을 함께 포갤 수 있었던 것은 큰
기쁨이었다.

노벨라, 새로움   산타 마리아 노벨라 성당
Basilica di Santa Maria Novella

13세기 후반, 극동에서는 송나라에 이어 원나라가 패권을 잡고, 그 와중에 고려와 일본이 전란에 휩싸이는 등 혼란이 이어지고 있었다. 대형 A급 태풍이 몰아치는 험악한 바다였다.

비슷한 시기, 유럽의 이탈리아 피렌체 상황은 전혀 달랐다. 미풍조차 불지 않는 평화로운 분위기의 잔잔한 호수였다. 당시 피렌체에선 르네상스가 막 꽃을 피우고 있었다. 여윳돈이 넘쳐나고 예술에 대한 열정이 솟구치던 시절이었다. 피라미드, 콜로세움, 솔로몬 성전이 그렇듯 평화기에는 항상 대형 건축 붐이 일게 마련이다. 피렌체도 마찬가지였다. 피렌체의 도미니코회가 야심찬 결정을 내린다. 지금까지의 성당과는 차원이 다른 새로운 성당을 세우겠다는 것이 그것이다. 그렇게 1278년 따뜻한 봄날, 새로운 성모 마리아 성당, 산타 마리아 노벨라 성당을 건축하는 첫 삽 뜨기 행사가 열린다.

앞서 밝혔다시피 피렌체에서는 도미니코회와 프란치스코회가 영성 경쟁을 벌이고 있었다. 도미니코회가 산타 마리아 노벨라 성당을 건축하기 시작하자, 프란치스코회가 산타 크로체 성당 건축에 들어갔다. 두 성당이 비슷한 시기에 지어지면서, 어느 정도 경쟁의식이 발동했으리라.

프란치스코회는 이탈리아에서 자신들이 소유한 최대 규모의 성당을 설계했다. 이에 맞서 도미니코회는 외형적 규모가 아닌 새로움과 화려함을 선택한다. 기공식 이후 2백 여 년에 걸친 노력 끝에 1360년경 모습을 드러낸 산타 마리아 노벨라 성당은 확실히 기존 성당과 달랐다. 실제로 새로웠다.

피렌체의 성당들은 대성당을 제외하곤, 대부분 고만고만한 형태를 보이는데, 산타 마리아 노벨라 성당은 외양부터 다르다. 정면부 아래층은 로마 개선문, 위층은 그리스 신전의 전형적인 모습이다. 또 외벽은 기하학적 문양을 색 대리석으로 표현해 화려함을 극대화했다. 이른바 좋은 것들을 모두 끌어모아 새로움을 창조해낸 퓨전 성당이다.

내부로 들어가면 그 독특함이 더욱 두드러진다. 미켈란젤로가 왜 이 성당을 '나의 신부'라고 부르며 사랑했는지 짐작할 수 있었다. 단언컨대 피렌체에서 가장 내부가 아름다운 성당이다. 20여 개의 경당은 기를란다요Benedetto Ghirlandajo, 1458~1497의 〈성모 마리아와

- 산타 마리아 노벨라 성당

⎯ 산타 마리아 노벨라 성당 내부
⎯⎯ 프레스코화로 화려하게 장식
      된 중앙 제단
⎯⎯⎯ 마사초의 〈성 삼위일체〉

성 요한의 생애〉 등 화려한 프레스코화로 빽빽이 채워져 있다. 성당 내부뿐 아니라, 성당 정면 왼쪽 통로로 나가면 큰 회랑이 있는데, 그곳 스페인 경당에 있는 안드레아 디 보나이우토Andrea di Bonaiuto의 〈교회의 승리〉, 〈십자가의 길〉 등의 대형 프레스코화는 보는 이들을 압도한다.

하지만 이 모든 것을 능가하는, 보물 중의 보물은 마사초Masaccio, 1401~1428의 〈성 삼위일체The Trinity〉이다. 회화 역사상 단시점 원근법을 최초로 적용한 걸작이다.

그림을 본 그 당시 사람들은 충격받았을 것이다. 지금까지 보아오던 모든 성화와 달리 이 그림은 입체였다. 그들은 듣도 보도 못한 이 3D 그림을 통해 진짜 예수 그리스도의 수난이 눈앞에서 펼쳐지는 듯한 감동을 느꼈을 것이다.

그 감동은 그림이 담고 있는 내용으로 인해 깊이를 더한다. 그림 아래 해골은 죄를 지은 아담 혹은 죽음을 피할 수 없는 모든 인간을 의미한다. 그림 위 글자는 '나도 한때 당신과 같았다. 당신들은 지금의 내가 될 것'이라는 뜻이다. 섬뜩한 경고다. 그 해골 위에 성부·성자·성령 성삼위가 장엄하게 계시다. 우리는 이 그림을 통해 위안을 받을 수 있다. 비록 죽을 운명이지만 성삼위의 섭리 속에서 구원받을 수 있기 때문이다.

만약 삼위일체 신을 3D로 생생하게 느끼고 싶다면, 그림으로부터 6미터 떨어진 지점이 가장 좋다. 작가가 그 지점에서 가장 입체적으로 보이도록 그렸기 때문이다. 단시점이기 때문에 한쪽 눈을 감고 보면 더욱 놀라운 3D 입체 삼위일체 영상을 체험할 수 있다.

화려함을 맘껏 만끽한 후 성당을 나오니, 그곳에 현실이 있었
다. 문득 피렌체의 모든 성당과 명소를 둘러본 뒤, 마지막으로 산타
마리아 노벨라 성당을 찾아오길 잘했다는 생각이 들었다. 머릿속
을 떠나지 않는 성당의 잔상 때문에 피렌체에서 만난 모든 것을 화
려하고 아름답게 추억할 수 있을 것 같았기 때문이다.

피렌체의 밤 산타 마리아 델 카르미네 성당

Chiesa di Santa Maria del Carmine

해가 기울고 있었다. 마음이 급했다. 서둘러야 했다. 피렌체에서 꼭 방문하고 싶었던 성당 목록이 아직 채워지지 않았다. 13세기 피렌체에서 유명했던 소상공인, 펠리체 브란카치Felice Brancacci, 1382~1450를 만나야 했다.

브란카치는 입지전적 인물이다. 소규모 가내 수공업자로 사회에 첫발을 뗀 그는 비단 장사로 많은 돈을 벌었고, 그렇게 쌓은 재력으로 정부 고위직까지 진출한다.

오늘날도 마찬가지지만 돈 많은 상공인은 성당 혹은 수도회의 평신도 총회장직을 맡는 것이 일반적이다. 브란카치도 피렌체 가르멜 수도회 재속회 회장직을 맡는다. 그는 회장 직위에 걸맞게 뭔가를 해야 했다. 그래서 아름다운 경당을 지어 가르멜 수도회 성당에 기증하는데, 그렇게 생겨난 경당이 브란카치 경당Cappella Brancacci이다.

그런데 경당이 위치한 장소가 눈길을 끈다.

대한민국 서울에는 부유층이 강남에 집중되어 있지만, 8백 년 전 피렌체에서는 아르노강을 기준으로 북쪽에 부자들이 몰려 살았다. 신분에 따라 미사 참례 성당도 구분되어 있었다.

강북 대성당은 귀족과 부자들이, 강남 성당은 서민들이 주로 찾았다. 그 강남의 대표적인 서민 성당이 산타 마리아 델 카르미네 성당이고, 이 성당의 부속 경당이 브란카치 경당이다. 브란카치는 서민 밀집 지역에 경당을 봉헌하고 누구나 찾아올 수 있도록 개방한, 선한 부자 청년이었다.

1345년에 만들어진 '낡은 다리Ponte Vecchio'를 건너 강남으로 향했다. 도시 계획이 깔끔하게 잘된 강북에 비해 피렌체 강남 거리는 좁은 골목길이 거미줄처럼 얽혀 있는 형태다. 골목을 뱅뱅 돌았다. 그러고 나서도 몇 번이나 길 가는 사람에게 물어서 간신히 산타 마리아 델 카르미네 성당과 브란카치 경당을 찾을 수 있었다.

서민 성당답게 소박했다. 문도 평범한 이탈리아 가정집의 그것이었다. 소박하고 낡은 겉옷이 그 옷은 입은 사람의 내면과 곧바로 연결되는 것은 아니다. 성당의 내면은 탁월함을 품고 있었다. 이 성당에는 마사초가 그린 〈낙원에서의 추방〉, 〈성전세〉 등 미술사 최고봉의 작품들이 가득하다. 소박하고 한적한 서민 성당에서 이런 명작들을 감상할 수 있다는 것은 행복이었다. 하지만 그 행복을 긴

˙ 산타 마리아 델 카르미네 성당

시간 만끽할 순 없었다.

성당 밖을 나오니 어느새 밤이 내리고 있었다. 물러서지 않을 것 같았던 강렬한 밝음도 결국 힘에 부치는 듯, 스멀거리며 뒷걸음 치고 있었다. 하루 종일 피렌체의 화려함에 취해 이리저리 뛰어다 니다 보니 몸은 녹초가 되어 있었다. 몸의 피곤함과 함께 알지 못 할 우울함과 무기력이 밀려왔다. 힘들게 발걸음을 옮겨 미켈란젤로 언덕으로 향했다.

그곳에 피렌체의 야경이 있었다. 생기가 조금씩 되돌아왔다. 고 요했다. 편안했다. 파란만장했던 대낮의 화려함, 아름다움은 온데 간데없고 밤의 적막만 남았다.

화려함 그리고 아름다움이란 무엇인가. 어쩌면 아름다움이란 포근한 것도 아니고, 우리의 마음에 평화를 주는 것도 아닐지 모른 다. 아니, 정반대라고 할 수 있다. 아름다움은 우리를 들뜨게 만들 고, 휘어잡아 흔들며, 동요하게 한다.

밤에는 모든 것이 가라앉는다. 요동치던 모든 것이 가라앉아 깊고 깊은 차원으로 내려간다. 십자가의 성 요한San Juan de la Cruz, 1542~1591이 「어두운 밤」에서 노래했다.

향기로운 밤.
나를 보는 사람도
내가 보는 사람도 없는 은밀한 곳.
등불도 길잡이도 없지만
가슴속에서 타오르는 불이 있다.

그 불은 달빛보다 더 밝은 빛으로
가는 길을 비춘다.
사람의 발길이 닿지 않는
내가 너무도 잘 아는 이가
나를 기다리는 곳.
오 밤이여. 감미로운 길잡이여.

밤이 주는 희망을 만나려고 참 멀리도 왔다.
피렌체의 밤이 깊어가고 있었다.

피렌체,   환희와 낙관주의

중세 장인의 진면목

시에나 대성당
Duomo di Siena (Cattedrale Metropolitana di Santa Maria Assunta)

문제: 다음 중 한국에는 드물고, 이탈리아에서는 많이 볼 수 있는 것은?

①와인 ②축구 경기장 ③한 땀 한 땀 공들인 명품 ④광장

정답은 ④번. 이탈리아에 넘치는 것이 있다면 그것은 '광장'이다. 이탈리아에는 대도시건 소도시건 대부분 큰 광장을 끼고 있다. 그 광장 중의 광장이 14세기에 시계가 멈춘 도시 시에나에 있는, 세계에서 가장 아름다운 광장 중 하나로 손꼽히는 캄포 광장Piazza del Campo이다.

오전 7시경 피렌체에서 버스를 타고 출발해서 시에나에 도착했다. 소요시간은 약 한 시간 30분. 버스 정류장에서 걸어 5분 정

도 가니, 캄포 광장이 모습을 드러냈다. 평범한 광장의 모습이 아니다. 조개껍데기를 뒤집어놓은 모습으로, 뛰어난 심미적 안목을 지닌 사람이 설계했다는 인상을 받았다. 14세기에 이토록 현대적인 광장 디자인이 가능했다는 사실이 놀라웠다. 광장을 가득 메운 사람들이 마치 오랜 세월 풍파를 이겨낸 조개가 품어낸 진주처럼 보였다.

광장 자체도 아름다운 데다, 그 광장을 102미터 높이의 만자의 탑(1348년 완공), 푸블리코 궁전, 조각가 야고포 델라 퀘르치아Jacopo della Quercia의 〈가이아의 분수〉 등의 예술작품이 둘러싸고 있다. 이것들이 광장을 좀처럼 떠나고 싶지 않게 만든다.

사실 시에나에 온 목적은 다른 곳에 있었다. 광장에 모였던 사람들이 영원을 갈구했던 곳, 시에나에서 가장 성스러운 장소인 시에나 대성당을 만나야 했다. 성당의 원래 이름을 우리말로 옮기면 '성모 승천 대주교좌 대성당'이다.

대성당은 서민들의 삶의 터전인 캄포 광장 바로 옆에 있었다. 광장에서 걸어 1, 2분 걸렸을까. 중세의 좁은 골목을 돌아 나오니 그곳에 시에나 대성당이 위용을 드러내고 있었다.

명불허전名不虛傳. 미술사 책의 '이탈리아에서 가장 화려한 고딕 양식 대성당'이라는 말이 그냥 허투루 나온 말이 아니었다. 흑색, 백색, 녹색, 황색 대리석으로 조화롭게 장식된 화려한 외관, 화려함의 극치를 보여주는 파사드(건물의 주된 출입구가 있는 정면부)는 눈길을 사로잡기에 충분하다. 성당을 둘러싼 살아 움직이는 듯한 화려한 조각들은 또 어떤가. 그 아름다움 위로 몇 조각의 구름이 흘러

- 캄포 광장
-- 시에나 대성당

- 시에나 대성당 내부
-- 피콜로미니 도서관

피렌체,   환희와 낙관주의

가고 있었다. 뜬금없이 판타지 소설 혹은 영화의 한 장면이 떠올랐다. 거대한 용이 성당 머리 위로 당장이라도 솟구치는 그런 모습 말이다.

시에나 대성당의 진면목은 여기에 그치지 않는다. 이탈리아의 몇몇 이름난 대성당이 화려한 외관에 비해 썰렁한 내부 모습을 보이는 반면, 시에나 대성당은 내부까지 감탄스러웠다. 안으로 들어가면서 '와' 소리가 절로 나왔다. 호화로운 조각을 새긴 팔각형의 대리석 설교단, 흑색과 백색의 줄무늬가 절묘한 조화를 이룬 기둥들, 벽을 가득 채운 프레스코화, 바닥의 화려한 모자이크, 금으로 장식된 돔, 게다가 성당 북쪽 회랑에 있는 피콜로미니 도서관 Biblioteca Piccolomini의 화려한 프레스코화까지……. 이러한 화려함은 대성당 부속의 경당에도 고스란히 이어졌다. 중세 이탈리아 미술 장인들의 한 땀 한 땀 정성이 그곳에 있었다.

만일 성당 건축이 기도라면, 중세 이탈리아 시에나 백성들은 제대로 기도했다. 하느님의 집을 인간이 가진 최대한의 능력으로 아름답게 세우는 과정도 기도가 아니겠는가.

범어사의 탱화와
성당의 제단화

시에나의 두오모 오페라 박물관
Museo dell'Opera metropolitana del Duomo

어린 시절, 부모님 손을 잡고 부산 범어사를 찾았을 때의 일이다. 어머니는 부처님 앞에서 오랜 시간 기도하셨다. 그런데 기억에 남은 것은 어머니의 기도하는 모습이 아니라, 탱화다. 부처님 주위로 수많은 보살이 서 있는 모습에서 말로 설명하기 힘든, 경이로운 느낌을 받았던 기억이 지금도 생생하다.

훗날 대학에 들어가 불교 관련 논문을 쓰게 된 것도 아마 그때의 체험 때문이었을 것이다. 어린 시절 봤던 탱화의 정확한 이름을 알게 된 것도 그때였다. 범어사 나한전 석가모니 후불탱화. 중앙의 석가모니불을 중심으로 아난, 가섭 등 10대 제자와 문수보살 등 네 보살, 그리고 불법에 귀의하는 사람들을 수호하는 사천왕이 둘러

서 있다. 불교에 관심이 없더라도, 혹은 탱화에 관심이 없더라도 이 그림은 처음 보는 이를 압도하는 힘이 있다. 특히 석가모니를 중심으로 전체를 휘감는 붉은빛에선 범접하기 힘든 신적 경이로움마저 느껴진다.

 그 탱화의 느낌을 다시 만난 것은 이탈리아 시에나 두오모 오페라 박물관에서였다. 대성당 옆에 위치한 그곳은 중세의 시에나 신앙인들의 열망이 표현된 또 하나의 장소였다. 두초Duccio di Buoninsegna, 1255?~1319의 대표 제단화인 〈장엄한 성모〉와 범어사의 탱화, 실로 비숭하지 않은가.

"단체 셀카 한 장 찍겠습니다. 자, 모이세요."

아기 예수를 안은 성모 마리아를 중심으로 그리스도교의 보살들이 단체 셀카를 찍는 모양새다. 중앙에는 성모 마리아가 곱슬머리 아들을 보듬고 있고, 주위로 성인들과 천사들이 친근감 있게 셀카 찍듯이 얼굴을 모으고 있다. 성모자 왼쪽과 오른쪽 상단에 있는 천사들은 다음 단체 사진을 찍기 위해 대기하는 것처럼 보인다.

14세기 초, 이탈리아 시에나 신앙인들은 미사 시간 내내 신비로움에 압도당하는 기분이었을 것이다. 마치 내가 어린 시절 범어사 탱화에서 느꼈던 것처럼 말이다. 제단 뒤에 설치되었던 이 제단화 〈마에스타〉는 가로세로 길이가 4미터, 2미터에 달한다. 그 거대함에 황금빛이 가득하다. 금빛이 앞에서 뿜어져 나오는 가운데, 사제가 미사를 주례하는 장면을 바라본다고 상상해보라. 게다가 이 그림을 그린 사람이 누구인가. 당대 이탈리아 최고의 화가 두초가 아닌가. 어머니가 범어사 탱화 앞에서 수없이 절을 했듯이, 중세 시에나의 신자들도 시에나의 대표 보물인 이 제단화 앞에서 수없이 두 손을 모았을 것이다.

자세히 보면 범어사 탱화와 달리, 두초의 그림 속 인물들은 이야기를 하고 있다. 각 성인과 천사들의 표정 및 동작을 다르게 형상화함으로써 다양한 내면을 드러내고자 한 흔적이 보인다.

두초의 제단화가 주는 느낌이 좋아 한동안 노트북 바탕 화면으로 사용했다. 노트북을 켤 때마다 마음이 환해지곤 했다. 고려청자나 조선백자에서 느껴지는 품격이랄까. 공장에서 대량생산하는 산뜻한 도자기에서 느낄 수 없는 고전적 기품이 그림 안에 가득했다. 보면 볼수록 숨은 매력들이 하나둘 드러나는 작품이다. 그래서 명작인가 보다. 명작의 힘은 보면 볼수록 마음을 끌어당기는 데 있다.

시에나의 두오모 오페라 박물관에는 두초의 작품 이외에도 우리의 마음을 끌어당기는 명작들이 많다. 르네상스의 거장 도나텔로가 시에나 두오모 정문 위에 대리석으로 만들었던 성모자상 부조, 그리고 두오모 내 각 경당을 장식했던 소도마Sodoma, 1477~1549의 명화들은 한번 보면 오래도록 잔상으로 남는다. 특히 조반니 피사노Giovanni Pisano, 1245?~1314?의 탁월한 조각과, 두초 또는 치마부에의 작품으로 추정되는 〈성모 마리아의 승천과 대관식〉 스테인드글라스는 보는 이들을 압도한다.

두오모 오페라 박물관을 나오면서 그 감동이 사라질까 걱정했다. 천상에서 세속으로 다시 돌아가는 것만 같았다. 하지만 그것은 기우였다. 구시가지 전체가 세계문화유산인 시에나에서는 중세 유럽의 분위기를 그대로 느낄 수 있었다. 피렌체나 밀라노에 흔한 명품 상점이 없다. 적색과 갈색의 중간쯤 되는 예쁜 벽돌로 지은 집들이 즐비한 좁고 구불구불한 골목을 걷다 보면 중세의 시간 속으로 빠져들 수밖에 없다.

⁻ 시에나의 두오모 오페라 박물관에 있는 성모 마리아의 승천과 대관식 스테인드글라스

신과 만난
인간의 집

시에나의 가타리나 성녀 생가 성당
Santuario Casa di Santa Caterina da Siena

과거 우리나라 여자 이름 중에 '순심이'가 있었다. 드라마 제목으로 사용될 정도로 친숙하고, '순한 마음을 가진 아이', '착한 아이', '순수한 아이'라는 좋은 의미를 지닌 이름이었다.

이탈리아에서 '순심이'와 비슷한 의미를 지닌 이름이 '가타리나Catharina'다. 이 이름의 어원은 신약성경으로 거슬러 올라간다. 예수의 "행복하여라, 마음이 순수한 사람들! 그들은 하느님을 볼 것이다"(마태 5, 8)라는 말에서 '순수함'을 뜻하는 단어가 '카타로스καθαρός'이다. 이 그리스어에서 가타리나라는 세례명이 유래한다.

우리나라에서 순심이라는 이름은 인기를 잃었지만, 가타리나라는 이름은 이탈리아뿐 아니라 전 서구권에서 여전히 인기가 고공 행진 중이다. 이 이름은 영어권에서 캐서린Catherine, 카렌Karen, 캐시Cathy, 케이티Katie, 키티Kitty 등으로 변형된다. 프랑스와 러시아에서는 각각 카트린느Catherine, 예카테리나Екатерина가 된다. 미국 배우 캐서린 헵번Katharine Hepburn, 오스트레일리아의 육상 영웅 캐시 프리먼 Cathy Freeman, 베스트셀러 『아웃 오브 아프리카』의 작가 카렌 블릭센 Karen Blixen, 프랑스 배우 카트린느 드뇌브Catherine Deneuve, 러시아의 예카테리나 대제Екатерина I Алексеевна 등이 그 이름을 지닌 인물들이다.

이탈리아에서 가장 유명한 가타리나는 시에나의 성녀 가타리나Santa Caterina da Siena, 1347~1380다. 로마를 비롯한 이탈리아 전역에 그녀를 주보로 모신 성당이 산재한 것을 보면 이탈리아인들에게 있어 가타리나 성녀의 의미가 얼마나 각별한지 알 수 있다. 가타리나는 나에게도 의미가 각별하다. 고등학교 시절 멀리서 가슴 두근거리며 바라보았던 성당 누나의 세례명이 가타리나였고, 이후 성당 생활을 하며 만난 분들 중에도 유독 가타리나가 많았다. 또한 가타리나는 신비 신학, 영적 체험과 관련해 나에게 많은 이야기를 해 준 성녀였다. 언젠가는 가타리나의 고향 시에나를 반드시 찾아야겠다고 내심 작정하고 있었다.

중세에서 시간이 멈춘 골목들을 산책하듯 걷다 보면, 골목 한 귀퉁이에서 성녀 가타리나의 생가를 만날 수 있다. 신神과 한 인간의 신비로운 만남이 이뤄진 집. 그 한편에 우물이 있다. 우물가에 앉았다.

가타리나는 시에나의 한 염색업자의 막내딸로 태어났다. 평범하게 자라던 소녀는 여섯 살 때 충격적인 경험을 한다. 결혼하지 않

- 가타리나 성녀 생가
-- 가타리나 성녀 생가의 우물

고 오직 신만 따르며 살아가는 자신의 미래를 미리 본 것이다. 소녀는 열여섯 살 때 성 도미니코 제3회에 들어갔고, 이후 병자와 소외된 이웃에게 헌신하는 삶을 산다.

가타리나는 태어날 때부터 신을 만날 수 있는, 영적으로 민감한 토대를 가지고 있었던 것으로 보인다. 예수, 마리아, 성인 성녀와 만나는 환시가 잦았고, 그에 비례해 악마와 만나는 환시 또한 많았다. 더 나아가 1375년에는 그리스도가 가타리나 성녀 앞에 직접 발현하여 그녀의 몸에 오상(예수가 십자가에서 입었던 다섯 군데 상처)을 박아주었다. 감당하기 힘든 고통이었지만, 가타리나는 이를 용케 버텨냈다. 그 고통을 감당해내자 소명이 주어진다. 예수가 다시 나타나 이런 말을 했다.

"나는 네게 지식과 웅변의 은혜를 줄 것이니 세상에 나의 소망을 전하라."

이 말씀을 따라 가타리나는 로마 각처의 왕과 귀족, 고위 성직자들을 만나 그리스도의 평화를 전했다. 프랑스 아비뇽에 있던 교황이 1376년 로마로 돌아오는 데 기여했으며, 나중에 교회 분열을 막는 데도 큰 역할을 했다.

이후 신비적 체험들을 기록하는 일에 전념하던 가타리나는 중풍 증세로 고생하다 1380년 34세의 젊은 나이로 로마에서 운명하였다. 1461년 시성되었고, 1939년 이탈리아의 수호성인으로 선포되었으며, 1970년에는 교황 바오로 6세에 의하여 교회 박사로 선언되었다. 유해는 로마와 시에나로 흩어졌는데, 시에나 생가 지척에 성녀의 두개골 뼈를 모신 산 도메니코 성당Basilica di San Domenico이 있다.

가타리나 이름의 어원인 카타로스는 '정화'를 뜻하는 '카타르시스'의 어원이기도 하다. 가타리나 성녀의 생가에서 영혼이 정화되는 느낌을 받은 것은 우연이었을까. 신과 만났던 사람, 가타리나의 이름을 세례명으로 따르는 순심이들이 많아졌으면 좋겠다. 그들이 스스로 정화하면서 세상을 맑고 깨끗하게 만들도록 이끌어주었으면 좋겠다.

탑의 도시, 산 지미냐노

『열반경』 부처님 말씀 중에 맹귀우목盲龜遇木이라는 말이 있다. '눈 먼 거북이 물에 떠 있는 나무를 우연히 붙잡는다'는 뜻이다. 탑의 도시, 산 지미냐노San Gimignano의 의미를 만난 것은 순전히 맹귀우목 으로 찾아온 인연이요 행운이었다.

시에나에서 포지본시까지 완행버스를 탄 뒤, 마을버스로 갈아 타고 산 지미냐노로 가던 중이었다. 여행 책자의 '아름다운 소도시' 라는 글자에 이끌려 무작정 '경치 구경'하러 나선 길이었기에, 산 지 미냐노가 어떤 유래를 가졌는지, 도시 이름이 무엇을 뜻하는지 정 보가 전혀 없었다. 그것을 알게 된 것은 우연한 인연을 통해서였다.

오십 대 중반쯤 됐을까. 산 지미냐노로 가는 버스 안 옆자리 여성이 책을 읽고 있었다. 우연히 눈길이 간 그 책에 '산 지미냐노'가 있었다. 내가 "산 지미냐노에 가십니까? 산 지미냐노가 어떤 곳입니까?"라고 묻자, 미국에서 왔다는 그녀는 "산 지미냐노는 산 지미냐노의 도시"라고 대답했다. 내가 무슨 뜻인지 도저히 모르겠다는 표정을 짓자, 그녀는 지명의 유래가 된 성인에 대해 친절하게 설명해주었다.

그제야 알았다. 미국 수도 워싱턴 D. C.가 조지 워싱턴이라는 이름에서 유래하듯, 통영시의 옛 명칭인 충무시가 이순신 장군의 시호인 충무공에서 유래하듯, 산 지미냐노 또한 성인의 이름에서 유래한다는 것을 말이다.

산 지미냐노는 『한국 가톨릭 대사전』에 '성 제미니아노San Geminian'로 표기되어 있다. 350년경 이탈리아 북부 한 도시의 주교였던 성인은 야만족의 침략을 기도와 중재를 통해 물리친 인물이다. 도시를 구한 성인이었기에, 어려움을 겪었던 중세의 많은 도시가 성 제미니아노에게 전구를 청했다. 숱한 침략으로 고통받았던 산 지미냐노 사람들도 마찬가지였다. 그들은 아예 자기네 도시 이름을 이 성인의 이름으로 정하고, 외세의 침략에서 벗어나길 염원했다.

버스 정류장에서 내려 성문 안으로 들어서자, 그곳에 중세가 있었다. 좁은 골목길 끄트머리에서 말 탄 왕자가 딸가닥 딸가닥 소리를 내며 달려올 것만 같았다. 특히 포폴로 궁전Palazzo del Popolo 옆의 그로사 탑Torre Grossa에서 바라본 도시는 중세 영화 촬영을 위한 할리우드 세트장처럼 보였다. 도시 전체가 8백 년 넘는 역사를 가진 탑들의 향연이었다. 여남은 개의 탑이 좁은 지역에 다닥다닥 붙어

- 산 지미냐노

있었다. 이렇게 많은 탑이 세워진 이유는 이렇다.

13세기 초반 이 도시에서 두 개의 유력가문이 자존심 경쟁을 벌였다. 교황을 지지하는 아르딩헬리Ardinghelli 가문과 신성 로마 제국 황제를 지지하는 살부치Salvucci 가문이 그것이었다. 두 가문 사이에는 분쟁이 끊임없이 이어졌고, 부와 권력을 자랑하기 위해 경쟁적으로 탑을 세우기 시작했다. 한쪽에서 탑 하나를 세우면, 다른 쪽에서 더 높은 탑을 쌓고, 그러면 또다시 더 높은 탑을 쌓고······.

이렇게 생겨난 50미터에 이르는 탑이, 기록에 따라 차이를 보이긴 하지만 한때 1백여 개에 달했다고 한다. 그 많던 탑은 세월을 거치면서 무너지거나 해체되었고, 현재는 십여 개만 남아 관광객을 맞고 있다. 이 정도 규모의 스카이라인이라면 중세시대 사람들에게 경이로움을 안겨주었을 것이 틀림없다. 오늘날 우리가 홍콩이나 뉴욕의 마천루를 바라보는 느낌을 중세인들도 느꼈을 것이다.

하지만 마천루를 바라보는 마음이 편치만 않은 것은 왜일까? 인간은 바벨탑 이래 마천루 건설에 유난히 집착해왔다. 피라미드가 그렇고, 파르테논 신전이 그렇고, 로마의 개선문이 그렇다. 몽골의 방화로 없어지긴 했지만 우리나라에도 646년 경주 황룡사에 세워진 80미터 높이의 대형 9층 목탑이 있었다.

왜 높이에 집착했을까. 신이 있는 저 높은 곳에 도달하고 싶다는 동경 때문이었을까. 아니면 다른 사람보다 내가 더 위대하다는 것을 증명하려는 욕망 때문이었을까. 산 지미냐노의 마천루를 바라보며 탑 쌓기의 덧없음이 느껴졌다. 8백 년 전 경쟁적으로 탑을 쌓던 그 사람들은 지금 모두 사라지고 없지 않은가. 그 허망한 자리를 채우고 있는 것은 인간의 욕심으로 툭툭 솟아난 뿔난 탑뿐이었다.

그러나 욕심과 경쟁, 반목과 싸움만이 산 지미냐노의 역사는 아니었다. 이 도시에는 성녀 세라피나Santa Seraphina의 아름다운 이야기가 함께 전해오고 있다. 산 지미냐노의 귀족들이 경쟁하듯 탑을 세우던 그 시절, 세라피나는 가난한 농부의 딸로 태어난다. 그런데 세라피나의 미모가 대단했던 모양이다. 인근의 피렌체와 시에나까지 입소문이 날 정도였다고 하니 말이다. 게다가 세라피나는 품성도 착했다. 집이 가난했지만, 자신이 먹을 것을 더 어려운 집의 친

˚ 산 지미냐노 탑에서 본 풍경
˚˚ 산 지미냐노의 골목길

구들에게 늘 나눠주었다.

그러던 어느 날, 마을에 찾아온 전염병(결핵이라는 기록도 있다)으로 세라피나의 얼굴과 몸이 추하게 변하기 시작했다. 피부가 썩기 시작했고, 몸에는 벌레와 쥐가 들끓었다. 하지만 세라피나는 좌절하지 않았다. 끊임없이 기도하였고 "그리스도께서는 얼마나 아프셨을까?"라며 오히려 자신의 고통을 영적 성장의 도구로 삼았다. 얼마 후 그녀는 세상을 떠났는데, 놀라운 일은 이때부터 일어났다. 불치병의 고통 속에 지내던 수많은 이들이 그녀의 무덤을 찾아 기도한 후 치유되는 기적이 일어나기 시작한 것이다.

이후 산 지미냐노 사람들은 매년 세라피나가 선종한 3월 12일에 성녀를 기리는 제비꽃 축제를 거행하고 있다. 이는 그녀가 죽은 뒤에, 누워 있던 침대에서 제비꽃(오랑캐꽃)이 피었다는 전설 때문이다. 제비꽃을 가리키는 영어 단어 '바이올렛violet'은 보라색을 뜻하기도 한다. 도심 중심부의 대성당 안에 있는, 세라피나를 모신 경당은 온통 보라색이었다. 마을 끝자락에 위치한 성 아우구스티누스 성당에서 만난 프레스코화 〈성 아우구스티누스의 생애〉도 온통 보라색이었다.

감기몸살을 앓을 때, 삶에서 수시로 찾아오는 자잘한 고통에 직면할 때, 나는 보라색을 떠올린다. 세라피나 성녀에게 전구를 청한다. 엄청난 고통을 이겨낸 당신의 보속을 조금 나눠달라고 말이다.

고통 속에서도 희망을 잃지 않고 매달릴 수 있다는 것. 고통을 함께 넘어설 성녀를 만났다는 것. 산 지미냐노가 나에게 준 선물이었다. 삶에 지친 눈먼 거북이 물에 떠 있는 나무를 우연히 붙잡았다.

중세의
성곽도시

루카의 산 마르티노 대성당
산 미켈레 성당
산 프레디아노 성당

Cattedrale di San Martino, Lucca
Chiesa di San Michele in Foro
Chiesa di San Frediano

고래가 싸우면 새우는 등이 터지건 말건 보이지 않는다. 피렌체와
피사, 두 거대한 고래의 유명세에 끼여 한국 여행객들의 눈에 잘 보
이지 않는 중세도시가 있다. 토스카나주 북서부, 피렌체와 피사 인
근에 위치한 루카Lucca는 피렌체에서 기차로 한 시간 30분 거리에
있다. 마치 블록버스터급 거대한 영화들 틈에서 발견한 가슴 뭉클
하게 하는 저예산 독립영화 같은 느낌의 도시였다.

　따뜻한 봄날 오후 한가로이 수원 화성의 성곽 위를 걸어본 경험
이 있는가. 수원 화성은 애써 의도하지 않아도 수백 년 전으로 훌
쩍 시간 여행을 떠나게 하는 힘을 가지고 있다. 성곽으로 이뤄진 도
시 루카도 마찬가지다.

루카를 둘러싸고 있는 성곽을 따라 걷다 보면 과거와 현재의 시간이 엉킨다. 현재에 발을 디디고 서 있는지, 중세로 넘어와 있는지 혼란에 빠져든다. 루카가 주는 선물은 여기에 그치지 않는다. 성곽을 따라 편안한 혼돈의 시간을 즐기며 걷다 보면 발걸음은 어느덧 화려한 로마네스크 양식으로 장식된 세 자매 성당에 차례로 닿는다.

루카의 두오모인 산 마르티노 대성당, 구도심 중심에 있는 산 미켈레 성당, 성당 전면부 모자이크가 두고두고 기억에 남는 산 프레디아노 성당이 그것이다.

우선 큰언니인, 6세기부터 건립되기 시작한 산 마르티노 대성당의 화려한 웅장함부터 만나보자. 성전 내부에 있는 〈최후의 만찬〉,

- 산 마르티노 대성당

〈마리아의 봉헌〉 등 명작 성화들과 루카 시민들이 보물로 여긴다는 〈검은 얼굴의 예수상〉보다 더 눈길을 잡아끈 것은 성전이 풍기는 외모였다. 한 개 한 개의 화려함은 가볍다. 하지만 그 가벼운 화려함이 군집을 이루면 그것은 웅장함이 된다. 정면을 장식한 34개의 장식 기둥은 똑같은 모양이 하나도 없다. 기둥의 본래 기능보다 장식에 더 치중했다는 느낌이 들 정도다. 마치 우리나라 신석기 시대 빗살무늬토기가 곡식을 담는 토기의 원래 목적보다 예술적 장식에 공을 들였다는 느낌을 주는 것처럼 말이다. 그 기둥 각각의 화려함이 모이니, 성당 전체가 웅장한 느낌으로 다가왔다. 루카의 맏이 대성당다웠다.

오페라에 관심 있는 사람에게 산 마르티노 대성당은 또 다른 감흥으로 다가온다. 〈투란도트〉, 〈라보엠〉, 〈나비부인〉 등 현재 세계에서 가장 많이 공연되는 오페라들을 작곡한 푸치니Giacomo Puccini, 1858~1924가 바로 이 성당에서 미사 반주를 하며 음악을 연마했다. 푸치니가 태어날 당시 푸치니 아버지는 산 마르티노 대성당의 악장이었다. 4대에 걸친 대성당 악장 가문이었기에, 5대손인 그가 대성당에서 오르간을 연주하는 것은 당연한 일이었다. 대성당 인근에 있는 푸치니 생가(박물관) 또한 좋은 방문지가 될 것이다.

둘째 언니는, 화려한 치맛자락을 뽐내는 듯 요란한 외양을 지닌, 구도심 중앙 광장에 있는 산 미켈레 성당이다. 루카의 대성당보다 2백 년 늦은 서기 900년경 건립이 시작됐는데, 두오모의 화려함을 넘어서겠다는 작심이 읽힌다. 정면부가 두오모보다 한 층 더 올린 4층이다. 특히 산 마르티노 대성당보다 세심함이 돋보이는 대리

석 기둥들은 눈길을 떼지 못하게 한다. 외부가 들뜬 느낌을 주는 데 반해 내부는 기품으로 무겁게 내려앉는 분위기다. 무엇보다 8백 년의 역사를 지닌 제단 위 십자가는 수백 년 전이나 지금이나 변함 없이 아래를 내려다보며, 기도하는 이들을 보듬어준다.

　세 자매 성당 중 막내인 산 프레디아노 성당은 앞의 두 성당과 분위기가 좀 다르다. 멋 내기 바쁜 큰언니와 둘째 언니와는 달리, 성격이 차분한 막내를 보는 것 같다. 별 치장 없이 얼굴에서 빛이 나는 고운 여자아이의 모습이다. 성전 외양 전체는 장식이 많지 않 은데, 얼굴 부분에 해당하는 파사드의 모자이크에서 화려함이 뿜어져 나온다. 예수를 중심으로 양옆으로 천사가 날개를 펼치고 있으며, 그 아래에는 열두 제자가 나란히 해학적인 모습으로 배치되어 있다. 성당 안으로 들어가면 로베르토Roberto가 제작한 로마네스크 양식 성수대가 있고, 반대쪽 경당에는 성녀 지타Santa Zita, 축일 4월 27일의 유해가 모셔져 있다. 지타는 13세기 루카의 한 귀족 가문의 하녀로 일했는데, 깊은 신심과 선한 마음, 탁월한 이웃사랑으로 사후에는 성녀로 추앙받았다.

성곽도시 루카에서 아름다운 세 자매 성당과 만나는 데 세 시간이 채 걸리지 않았다. 아름다운 그녀들의 얼굴이 지금도 눈에 선하다. 기회가 된다면 다시 루카를 방문해 그녀들을 만나고 싶다.

오는 주말에는 수원 화성에 가야겠다. 방화수류정에서 바라보는 풍경이 아름다울 것이다.

⁻ 산 프레디아노 성당

세계적 도시가 된
특별한 이유

피사 대성당
종탑

Cattedrale di Pisa
Campanile (Torre pendente di Pisa)

1178년 이탈리아 피사에서 세상을 떠들썩하게 하는 뉴스가 터진다. 만약 8백 년 전 피사에 일간 신문이 있었다면 1면에 이런 제목이 실렸을 것이다.

'안전 불감증이 낳은 인재人災.'

하지만 사람들을 당혹하게 했던 그 인재는 8백 년 넘게 전 세계 관광객들을 피사로 끌어들이는 횡재가 된다. 일명 '피사의 사탑'으로 불리는 피사 대성당 부속 종탑이 그 횡재를 가져온 효자 건축물이다.

1173년 8월 9일. 무역으로 돈 좀 번 피사 시민들의 높아진 콧대는 종탑에 대한 열망으로 표출된다. 당시 시에나 및 피렌체와 경쟁

하고 있던 피사는 세상에서 가장 높은 두오모 부속 대리석 종탑을 만들겠다며 망치를 들었다.

피사 전역은 물론이고 멀리 바다에 뜬 배에서도 삼종기도와 미사 시간을 알리는 종소리를 들을 수 있게 하기 위해 높이 1백 미터 이상으로 계획되었다. 공사 총감독의 지휘봉은 건축가 보나노 피사노Bonnano Pisano가 잡았다. 그의 후손인 안드레아 피사노가 2백 년 후 피렌체에서 지오토의 종탑을 완성한 것을 보면, 피사노 집안은 조각과 탑 쌓기에 있어서 일가견이 있었던 모양이다.

그런데 그 탑 쌓기의 달인도 미처 예상하지 못한 문제가 발생한다. 피사는 해안가에 있는 도시다. 든든한 밑돌을 놓긴 했지만, 워낙 진흙, 모래, 조개껍데기 등이 뒤섞인 연약한 지반이어서 서서히 한쪽 면이 내려앉는 현상이 나타났다. 비상대책회의가 열렸다.

"좀 더 무거운 돌을 사용하면 안정성을 확보할 수 있을지도 모른다."

하지만 이 방법도 무용지물. 일반적으로 상황이 이쯤 되면 건축을 포기하고, 새로운 장소를 물색해야 한다. 그러나 대성당 부속 종탑으로 설계된 탓에 다른 곳으로 옮길 수 없었다. 종탑은 성당 바로 옆에 있어야 했다. 그래서 사람들은 어떻게 해서든 종탑의 붕괴를 막기 위해 총력을 기울인다. 그럼에도 기울어지는 각도는 점점 더 심해졌다.

결국 착공 5년 만인 1178년, 겨우 3층밖에 올리지 못한 상황에서 공사가 중단되었다. 하지만 그대로 물러설 피사 시민들이 아니었다. 고집스럽게 2백 년에 걸쳐 2차, 3차 공사를 연이어 재개하여

- 일명 '피사의 사탑'으로 불리는 피사 대성당 부속 종탑

천천히 그리고 조심스럽게 층수를 높여 나갔다. 그러나 그러한 노력은 오히려 기울기를 심화시키는 결과만 가져왔고, 종국에는 현재 높이인 55.8미터, 8층에서 공사를 멈출 수밖에 없었다.

공사를 멈춘 후에도 탑은 아주 조금씩 더 기울어졌는데, 근대와 현대를 거치면서 지하수 사용으로 인한 지반 침하로 1990년에는 탑의 수직 대비 기울기가 한계치에 가까운 5미터를 넘는 상황에 이르렀다. 이에 이탈리아 정부는 1990부터 2000년까지 기울어짐 방지를 위한 대대적인 보수 공사를 벌였는데, 현재는 수직 기준 5.5도에서 더 이상 기울어지지 않고 있다. 이렇게 탑이 무너지지 않고 버틸 수 있었던 것은 피렌체나 산 지미냐노의 탑들처럼 폐쇄형이 아니라, 개방형 아치를 기본 구조로 하기 때문이라는 것이 정설이다. 아치형의 골격 탓에 무게 중심이 골고루 분산될 수 있었다는 주장이다.

피사는 두오모와 종탑을 건축할 당시, 시칠리아 인근에서 이슬람 세력을 격퇴하는 등 강국으로 부상하고 있었다. 이후 아시아의 여러 나라와 무역을 하며 아말피Amalfi, 베네치아와 어깨를 나란히 하는 해상 왕국으로 성장한다. 그러나 얼마 안 있어 1284년, 인근 도시 제노바Genova와의 전쟁에서 패하는 등 쇠퇴의 길을 걸어 결국 16세기에 피렌체에 복속되어 자치권을 잃는다. 이러한 부침의 역사를 지닌 피사를 세계적인 도시로 만든 것은, 원래는 똑바로 세우려고 했으나 의도와 달리 삐딱해진 종탑이다. 다음과 같은 여담도 생겨났다. 이곳에서 갈릴레오 갈릴레이가 두 개의 공을 떨어뜨리는 실험을 했다는 일화 말이다. 사실 이는 근거 없는 얘기로, 네덜란드 물리학자 시몬 스테빈Simon Stevin이 1586년 그 실험을 한 당사자라고 한다.

종탑보다 더 중요하고 의미 있는 건축물은 대성당이다. 1118년에 완공된 피사 대성당과 세례당은 이탈리아 로마네스크 양식 중 최고 걸작으로 평가받고 있다. 내부 성전에도 니콜라 피사노Nicola Pisano, 1220~1278?가 제작한 강론대와 치마부에 등이 그린 걸작 성화들이 가득하다. 영적 이야기가 풍부한 피사의 대표 성인 라니에리 San Ranieri의 묘도 만날 수 있다.

하지만 정작 피사를 찾도록 동기를 유발하는 것은 제대로 건축된 모범생 대성당이나 예술적 가치가 뛰어난 세례 경당이 아니다. 속 어지간히 썩인 막내 종탑이다.

성경에는 삐딱하게 어깃장 놓았던 막내에 대한 신의 자비를 드러내는 구절이 있다. 큰아들은 늘 아버지 옆에서 말을 잘 따르며 똑바로 성장했다. 하지만 작은아들은 방종한 생활을 하며 재산을 허비하였다. 그 삐딱한 아들이 아버지에게 돌아왔을 때 아버지는 달려가 아들의 목을 껴안고 입 맞추었다(루카 14, 11-32 참조).

모범생 아들만 있을 때, 아버지의 마음에 평화가 없었다. 모범생 아들과 삐딱한 막내아들이 함께 있을 때, 아버지의 마음에 기쁨과 평화가 넘쳤다. 성실하게 아버지 곁을 지킨 모범생 맏아들 대성당과 세례 경당, 아버지의 집을 다시 찾아온 삐딱한 막내아들 종탑을 동시에 만날 수 있는 피사에서는 그래서 평화가 넘친다.

피사 대성당 광장 앞 잔디밭에 앉았다. 모범생 대성당과 삐딱이 종탑이 동시에 눈에 들어왔다. 팔을 가로지르며 스치는 바람이 평화로웠다.

˚ 피사 대성당
˚˚ 세례당

'인생은 아름다워'의 도시

아레초의 성 프란치스코 성당

Basilica di San Francesco, Arezzo

오열하는 영화는 안면 신경섬유를 자극해 눈물샘을 터지게 한다. 눈물을 절제하는 영화는 눈물샘이 아닌 마음샘을 울린다. 로베르토 베니니Roberto Benigni, 1952~ 감독·각본·주연의 1997년 영화 〈인생은 아름다워La Vita è Bella〉는 오열하지 않는다. 애써 눈물을 절제하는 것도 아니다. 비극의 정중앙에 유머를 투척한다. 그 잔해 속에서 남는 것은 희망의 울림이다.

영화 속 아버지는 가장 절망적이고 비참한 순간에 아들에게 희망을 선물한다. 고통의 신비와 희망의 신비가 공존하는 영화. 이런 영화는 관객의 심장을 헤집는다. 그래서인지 많은 이들이 이 영화를 인생 영화로 손꼽는 데 주저하지 않는다. 나 또한 한 손을 펴 인생 영화 다섯 편을 꼽으라면 반드시 이 영화를 집어넣는다.

이 영화의 무대가 바로 이탈리아 중부 소도시 아레초Arezzo다. 영화의 배경이 된 거리를 걷고 싶다는 충동에 무작정 달려간 곳. 그곳에서 위대한 문화유산을 만나는 뜻밖의 행운을 누릴 수 있었다. 세계문화유산 화성을 구경하기 위해 찾았던 수원에서 뜻밖에 팔달문과 장안문을 만나 감탄사를 연발한 바로 그런 식이었다.

서양 음악의 주춧돌을 놓은 베네딕토회 수도자 구이도 모나코 Guido Monaco, 991?~1033?의 고향인 아레초는 피렌체에서 기차로 한 시간 정도만 가면 만날 수 있다. 아레초 역을 빠져나와 정면에 보이는 길을 따라 조금만 올라가면 작은 원형 교차로가 나오는데, 중앙에 구이도 모나코의 동상이 있어 '구이도 광장'으로도 불린다. 도시 곳곳에 구이도와 관련한 유적들이 있는데, 음악을 전공하는 사람이라면 꼭 경험해야 할 도시라는 생각이 들었다.

구이도 동상을 등지고 10분쯤 걸어가면 그리스도교인들의 성지, 성 프란치스코 성당이 나타난다. 프란치스코회가 14세기부터 2백여 년에 걸쳐 서서히 다듬어 세운 성당인데, 피에로 델라 프란체스카Piero della Francesca, 1415~1492의 프레스코화 연작 〈성 십자가의 전설〉이 유명하다. 이 작품은 미켈란젤로의 로마 시스티나 성당 천장화와 견줄 만하다. 아니, 공간감이나 입체감은 오히려 능가한다고 말할 수 있다.

상상력 갑을 자랑하는 이 그림은 십자가에 사용된 나무가 애초에 어떻게 싹을 틔우고 자라나고 예수의 몸을 받았는지, 그리고 이후 운명은 어떻게 되었는지를 열두 개 장면으로 나눠 묘사하고

있다. 아담의 무덤에서 나무가 자라나는 모습, 시바의 여왕이 장차 십자가로 사용될 나무에 경배하는 모습, 콘스탄티누스 대제가 십자가를 앞세우고 밀비우스 다리 전투에 나서는 장면, 헬레나 성녀가 예루살렘에서 기적적으로 십자가를 찾아내는 장면 등이 그것이다.

그리스도에 대한 사랑이 차고 넘쳤기에, 그가 잠시 머물렀던 십자가 또한 경배의 대상이 될 수밖에 없었을 것이다. 오늘날 가수, 탤런트에게 맹목적으로 끌리는 팬들의 마음, '팬심'도 이런 것이 아닐까?

성 프란치스코 성당에서 언덕 위쪽으로 약 10분 정도 걸어 올

¯ 성 프란치스코 성당 내부

라가면 아레초 주교좌 대성당Cattedrale dei Santi Pietro e Donato이 있다. 명칭에서도 알 수 있듯이 주보 성인은 서기 355년경 아레초에서 순교한 성 도나투스San Donatus 주교. 애초에 성인의 유해가 모셔져 있었는데, 교황 이노센트 3세(1198~1216 재위) 시절 성당 위치를 바꿀 당시 사라졌다고 한다. 1400년도에 공사가 시작되어 5백여 년 후인 1914년 최종적으로 완공되었고, 5백 년 넘게 아레초 지역의 사목 중심 성당 역할을 해오고 있다. 성 프란치스코 성당의 유명세 때문에 상대적으로 많이 알려지지 않았지만, 주교좌 대성당 또한 그 고풍스러움이 아레초 사람들의 삶의 역사를 느끼기에 부족함이 없다.

중세 아레초 사람들은 프란치스코회가 발주하고 프란체스카가 인테리어 시공한 성 프란치스코 성당에 모여 〈성 십자가의 전설〉을 바라보며 팬심을 고백했다. 그리고 그리스도의 얼굴을 직관할 마지막 날을 희망했다. 십자가 고통의 신비와 부활 희망의 신비가 공존하는 공간. 성 프란치스코 성당은 그리스도 팬심을 밝히고, 팬심을 다지는, 팬심을 폭발시키는 공간이었다.

아레초 사람들이 그랬듯이 나 또한 〈성 십자가의 전설〉을 바라보았다. 5백 년 동안 우려진 아레초 사람들의 팬심, 그 밥상에 살짝 숟가락 하나를 올렸다. 그 순간, 편안한 행복이 물비늘을 일으키며 깊은 곳으로 스며들었다. 역설이었다. 십자가의 고통 앞에서 느끼는 편안함이라니.

고통의 신비와 희망의 신비가 공존하는 한 편의 영화를 통해 로베르토 베니니 감독은 말한다. '인생은 아름다워!'

현대식 대성당을
다시 짓다

라스페치아 대성당
Cattedrale di Cristo Re (La Spezia)

다섯 개 중 네 개가 똑같고, 하나가 다르면 그 하나는 독특하다. 한 옥이 즐비한 전주에 1914년 준공된 딱 하나의 로마네스크 건축물 전동성당은 독특하다. 튀기 때문이다. 매일 비슷하게 작은 성당들만 보다가 유럽 여행을 가서 만나는 엄청난 규모의 성당들은 독특하다. 평소 만나지 못했기에 독특하다.

이런 의미에서 리구리아Liguria주에 있는 해안마을 친퀘테레 Cinque Terre의 관문, 라스페치아La Spezia의 라스페치아 대성당은 독특하다. 수백 년 넘는 역사를 지닌 성당들이 즐비한 이탈리아에서 좀처럼 만나기 힘든 현대식 성당이기 때문이다.

대성당만 보면, 라스페치아의 역사와 전통이 빈약한 것이 아닌

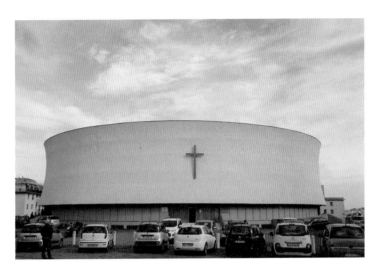

가 의아해할 수 있다. 라스페치아가 하늘에서 뚝 떨어진, 역사와 전통이 없는 신도시라고 생각할 수 있다. 아니다. 라스페치아에는 역사와 전통을 자랑하는 성당이 제법 많다.

　13세기에 건축된 산타 마리아 아순타 성당, 성 요한과 아우구스티누스 성당, 14세기 초반에 건축된 성 미카엘 대천사 성당, 1084년까지 거슬러 올라가는 성 베네리오 성당 등이 그러하다. 이런 성당들은 외관만 봐도 역사와 전통의 향기가 풀풀 느껴진다.

　하지만 라스페치아 사람들은 그 유서 깊은 성당들을 모두 제쳐놓고, 라스페치아 신앙생활의 머리에 현대식 성당인 라스페치아 대성당을 그리스도 왕 대성당으로 놓았다. 왜 라스페치아는 현대적

디자인의 대성당을 1956년부터 1975년까지 다시 건축했을까?

가톨릭 라스페치아 교구 지역은 1465년부터 시작되는 오랜 역사를 갖고 있다. 공식적인 단일 교구로 완전히 정착한 것은 1927년 교황 비오 11세가 인근 교구에서 라스페치아 일대를 분리하여 새로이 라스페치아 교구를 신설하면서였다. 교구가 신설되면 새 교구장이 생기고, 그 교구장이 사목할 주교좌 성당을 정해야 한다.

1929년 일단 첫 주교좌 대성당은 역사와 전통을 자랑하는 산타 마리아 아순타 성당으로 정해졌다. 하지만 교구는 곧 새로운 주교좌 대성당 건축 프로젝트를 마련한다. 새롭게 출범한 교구인 만큼 새로운 대성당을 지어 지역 신앙에 활기를 불어넣자는 야심 찬 목적에서였다.

대성당 디자인 공모가 이뤄졌고, 우여곡절을 거쳐 1956년 아달베르토 리베라Adalberto Libera의 디자인이 채택되었다. 기존의 성당 건축 틀에서 완전히 벗어나는 현대적 의미를 지닌 데다, 공간을 최대한 활용한 설계 또한 높은 점수를 얻었다고 한다. 그러나 리베라가 1963년에 사망하여 공사가 잠시 멈추었고 이후 재개되어 1975년에야 최종적으로 완성되었다. 그해 성대한 대성당 축복식이 열렸다.

대성당 내부는 두 가지의 빛을 품고 있다. 첫 번째는 12사도를 의미하는 열두 개의 기둥에서 나오는 조명이고, 두 번째는 대성당 중심부에서 내려오는 스테인드글라스의 빛이다. 그 빛을 18세기에 베어낸 나무로 제작한 십자가가 받고 있고, 흰색 대리석으로 만든 제대가 중앙에 놓여 있으며, 그 주위로 성가대석과 신자석 등이 원형으로 배치되어 있다. 지하실에는 은자 성 베네리우스San Venerio

⁻ 라스페치아 대성당 내부
⁻⁻ 라스페치아 거리

Eremita와 현대의 신비주의 영성가 복녀 이탈라 멜라Beata Itala Mela, 1904~1957, 그리고 역대 교구장들의 무덤과 유물이 보존되어 있다.

현대식으로 지어진 라스페치아 대성당이 위치한 곳은 언덕이다. 그 언덕에서 아래를 내려다보면, 수백 년 시간을 품은 전통적 외양의 성당 종탑들이 여기저기에 보인다. 현대의 시간에 서서, 과거의 시간을 보는 감흥은 이채로웠다.

그렇다면 미래는? 라스페치아의 미래는 이탈리아의 다른 도시들과 달라 보였다. 밀라노가 말하는 미래가 상업적인 풍요라면, 피렌체의 미래가 새로운 르네상스라면, 베네치아의 미래가 향수의 현재화라면, 라스페치아의 미래는 조화였다. 과거의 기억을 어떻게 현재와 연결하고, 그 연결점을 미래에 어떻게 조화롭게 구현해낼 수 있을지에 대한 라스페치아 사람들의 고민을 이 언덕 위 대성당에서 읽을 수 있었다.

다섯 개의
해안마을,
친퀘테레

몬테로소의 카푸친 수도회 성당
연도 성당
산 조반니 성당
베르나차의 성녀 마르가리타 성당
코르닐리아의 성 베드로 성당
마나롤라의 산 로렌초 성당
리오마조레의 산 조반니 성당

Convento dei Cappuccini e San Francesco, Monterosso
Orationis et Mortisoratory
Chiesa di San Giovanni Battista
Chiesa di Santa Margherita d'Antiochia, Vernazza
Chiesa di San Pietro, Corniglia
Chiesa di San Lorenzo, Manarola
Chiesa di San Giovanni Battista, Riomaggiore

친퀘테레의 '친퀘Cinque'는 이탈리아어로 다섯이라는 뜻이고, '테레Terre'는 땅, 토지, 대지, 육지를 뜻하는 '테라terra'의 변형이다. 그래서 친퀘테레는 '다섯 마을의 땅'이라는 뜻이다. 다섯 마을을 제노바에서 라스페치아 방향으로 나열해보면, 몬테로소 알 마레Monterosso al Mare, 베르나차Vernazza, 코르닐리아Corniglia, 마나롤라Manarola, 리오마조레Riomaggiore이다.

2000년대 초반만 하더라도 외부에는 거의 알려지지 않았던 이곳은 미국 유력일간지에 소개 기사가 나면서 점차 사람들이 몰려들기 시작했다. 처음에는 미국인들이 많이 찾았고, 그다음에는 유럽인과 일본인, 최근에는 한국인들이 친퀘테레 관광 바통을 이어

받고 있다. 이 마을들을 오랜 세월 지탱해주고 있는 정신적 뿌리에 대해서는 그럼에도 잘 알려지지 않고 있다. 아름다운 풍경 속에 숨겨진 그들의 성당 이야기 속으로 들어가 보자.

몬테로소 기차역에 내리면 바로 해안가가 펼쳐진다. 친퀘테레 마을 중 유일한 해수욕장이다. 이곳에서 사람들이 모여 사는 몬테로소 중심지에 가려면 기차가 온 방향으로 다시 아래로 걸어 내려가야 한다. 걷다 보면 굴이 나오고, 굴을 통과하면 파스텔 색조의 어여쁜 마을 풍경이 눈앞에 나타난다.

마을 안 골목으로 들어서면 왼쪽에 몬테로소 연령회가 운영하는 연도 성당이 나타난다. 이탈리아를 비롯해 전 세계 가톨릭 신자들은 세상을 떠난 이들을 위해 봉사하는 전통을 가지고 있다. 연령회는 전 세계 대부분 성당에 조직된 장례 봉사 단체로, 세상을 떠난 분들의 입관, 염, 출관 및 장지 수행까지, 장례예식 전반을 유족과 함께한다. 본당 내에 소속되어 활동하는 것이 일반적인데, 몬테로소에서는 연령회 단체가 아예 장례미사 전용 성당을 건축하고 독자적으로 활동한다. 죽음에 대한 품앗이가 이 정도로 단단하다면 마을 사람들의 끈끈한 유대감은 보지 않아도 뻔할 터였다.

연도 성당 맞은편에 있는 또 다른 성당의 이름을 확인하고 놀라 뒤로 넘어질 뻔했다. 산 조반니 성당(1282~1307 건축). 세례는 아기가 태어난 직후에 받는 성사이다. 죽음과 탄생이 마주 보고 있는 형국. 죽음을 기억하는 성당 맞은편에, 새롭게 태어난 아기가 세례 받는 성당이 나란히 자리하고 있었다. 몬테로소 사람들은 그렇게

탄생과 죽음을 마을 중심의 한 장소에서 기념하고 있었다. 그렇다면 탄생과 죽음, 그 사이에 있는 삶에 대한 해결책은 어디에 있을까.

　마을을 빠져나와 산 쪽으로 올라가면 그곳에 실마리가 있다. 카푸치노Cappuccino. 우유를 섞은 커피에 계핏가루를 뿌린 이탈리아식 커피다. 그런데 이 커피가 가톨릭교회에서 유래한다는 것을 알고 있는 사람은 많지 않다. 원래 성 프란치스코의 정신을 따라 가난과 독신의 삶을 살던 오스트리아의 카푸친 수도회 수도자들이 마시던 음료였는데, 훗날 이탈리아 프란치스코회 본원에 전해져 전 세계로 퍼져 나갔다. 그 카푸친 수도자들의 성당, 카푸친 수도원 성당이 몬테로소에 있다.

　17세기 초에 세워진 이 수도원은, 나폴레옹의 지배를 받던 시대

- 몬테로소 카푸친 수도원 성당

에 콜레라 환자 격리 병원으로 사용되었다가 1874년에 다시 카푸친 수도자들이 돌아와 현재에 이르고 있다. 성당 안에는 15세기에 제작된 십자가와 성자 히에로니무스San Hieronymus의 초상 등이 남아 있는데, 이 작품들이 성당 건축보다 앞서는 것으로 보아 수도원 설립 당시 다른 지역에 있던 것을 옮겨온 것으로 보인다.

몬테로소 사람들은 삶이 지치고 힘들 때 이 수도원 성당을 찾아 영적 위안을 얻었다. 질병으로 고통받을 때도, 먹을 게 없어 힘들 때도 수도원을 찾았다. 그리고 물질적, 정신적, 영적 도움을 받았다. 몬테로소 사람들은 그렇게 되찾은 힘을 동력 삼아 다시 세상

으로 내려갔을 것이다. 나 역시 마찬가지였다. 카푸친 수도원 성당
에서 보낸 조용한 한 시간은 나에게도 삶의 의지를 북돋기 충분한
시간이었다.

　한결 가벼워진 발걸음으로 수도원을 빠져나와 산 아래로 내려
오는데, 몬테로소 바다가 한눈에 보이는 곳에 성 프란치스코의 동
상이 있었다. 1962년에 실비오 몬프리니Silvio Monfrini, 1894~1969가 제작
한 것이다. 동상의 나이가 나와 비슷했다. 프란치스코 성인은 몬테
로소 바다를 바라보고 있었다. 나도 그 시선과 함께했다. 그곳에 모
든 것을 '받아'들이는 '바다'가 있었다.

베르나차 마을의 중심에 있는 안티오키아의 성녀 마르가리타 성당은 역사가 11세기로 거슬러 올라가는 유서 깊은 성당이다. 1318년에 완공된 후 1750년에 어설픈 리모델링 공사가 있었는데, 1964년부터 1970년까지의 공사를 통해 14세기의 모습으로 복원했다.

성당에 들어가려면 산 위에서 내려와 성당 서쪽 입구로 들어가야 했는데, 복원 당시 편의를 위해 성당 후진 쪽에 길을 만들어, 성당 머리에서부터 들어가도록 했다. 돌을 건축 자재로 사용한 탓에 성당 내부로 들어가면 동굴 안에 앉아 있는 것 같은 착각을 불러일으키는데, 여름에도 시원함을 느낄 수 있다. 안톤 마리아 마라글리아노Anton Maria Maragliano, 1664~1739의 나무 십자가와 17세기 성모자 회화, 크레모나의 오르간 제작자 안토니오 탐부리니Antonio Tamburini, 1800~1876가 제작한 오르간 등을 볼 수 있다.

코르닐리아 마을 위로 한참 걸어 올라가서야 만날 수 있는 성 베드로 성당에는 13세기라는 오랜 역사의 흔적이 곳곳에 살아 있다. 원래 선술집으로 이용되던 건물을 1267년부터 간이 성당으로 이용한 것으로 보이는데, 1310년에 본격적으로 성당 건축에 들어가 1334년 축복식을 가졌다.

밀라노 북부 지방의 길드 조합에서 기증한 돈으로 세운 이 성당은 길이 13미터, 폭 20미터, 높이 13미터 규모로 현지 석재를 사용해 지은 석조 성당이다. 성당 외벽에는 1351년에 만들었다는 흰 대리석의 장미창이 돋보이며, 출입문 위에는 같은 세기에 제작된 성 베드로 석상이 있다. 내부 창에 그려진 그림은 베르가모의 화가

￣ 베르나차의 성녀 마르가리타 성당
￣￣ 베르나차의 성녀 마르가리타 성당 내부

 코르닐리아의 성 베드로 성당 내부

트렌토 론가레티Trento Longaretti, 1916~2017의 작품이다.

    친퀘테레를 소개하는 사진은 대부분 마나롤라 마을의 풍경이라고 보면 될 정도로, 마나롤라는 다섯 마을 중에 가장 아름다운 풍경을 자랑한다. 이 마을의 중심 성당인 산 로렌초 성당 역시 친퀘테레 다섯 마을 성당 중 예술적 측면에서 가장 아름답다.

    한국 가톨릭 사전에서는 성 로렌초를 라우렌시오Laurentio 혹은 라우렌티우스Laurentius로 표기하는데, 로마의 일곱 부제 중 한 명으

- 마나롤라 풍경

- 마나롤라의 성 로렌초 성당

로 258년에 순교한 인물이다. 음식을 나눠주는 역할을 하다가 체포된 그는 온갖 고문이 통하지 않자, 뜨거운 석쇠 위에 올려지는 형벌을 받고 순교했다. 전설에 따르면 로렌초는 석쇠 위에서 살이 익어가자 "이쪽은 다 익었으니 뒤집어라"라고 말하고는 얼마 후 "이제 다 익었으니 뜯어먹어라"라고 말했다. 이때 그의 몸에서 향기가 났다고 전한다.

이러한 로렌초의 순교 이야기는 후대에 오면서 마나롤라 사람들의 마음을 사로잡았고, 적에게 굴복하지 않는 용맹함의 표본으로 자리 잡았다. 로마 제정 말기의 그리스도교 시인 프루덴티우스

Aurelius Prudentius Clemens, 348~410는 로렌초의 순교를 두고 "그의 죽음과 표양이 로마의 회개를 가져왔고, 로마에서 이교의 종말을 고하는 직접적인 동기가 되었다"며 칭송한 바 있다. 사라센 등 외적의 침입이 잦았던 마나롤라 사람들에게 로렌초는 용기를 북돋는 귀감이 되었고 성당 이름으로 선택되었다. 로렌초 성당 앞 광장의 이름도, 이슬람 세력의 확장에 적극적으로 맞선 교황 인노첸시우스 4세(1243~1254 재위)의 이름을 땄다.

원래 성당이 있었던 곳은 사라센 해적의 침략을 감시하고 방어하기 위한 고대 망루가 있던 곳이다. 그 망루를 허물고 1338년 사암을 이용해 지역 고유의 양식을 가미해 지어진 산 로렌초 성당은 사각형 종탑을 높이 세워, 역시 바다에서 쳐들어오는 적을 감시하는 망루 역할도 할 수 있게 했다.

내부에서는 15세기의 나무 십자가를 볼 수 있는데, 특히 눈길을 끄는 것은 제대 뒤의 15세기 패널화이다. 성모 마리아와 아기 예수를 중심으로 성 로렌초와 성 가타리나, 성 안토니오, 성 베르나르도가 함께 그려져 있다.

리오마조레 마을은 피렌체에서 라스페치아를 거쳐 첸퀘테레에 갈 때 처음으로 나타나는 마을이고, 밀라노에서 토리노, 제노바를 거쳐서 갈 때는 마지막으로 나타나는 마을이다.

그 마을에도 산 조반니 성당이 있다. 마을 언덕에 위치한 이 성당은 1340년에 건축됐는데 마을이 커져 1870년에 대규모 확장 공사를 했다. 흰색 대리석 장미창은 처음부터 있던 것이고, 성당 외벽의

˙ 리오 마조레 풍경
˙˙ 리오 마조레의 산 조반니 성당

성상들은 밀라노와 파르마에서 활동했던 유명한 조각가 베네데토 안텔라미Benedetto Antelami, 1150?~1230?의 작품인데 다른 곳에 있던 것을 기증받은 것으로 보인다. 성당 내부에서는 안톤 마리아 마라글리아노의 나무 십자가, 화가 도미니코 피아셀라Domenico Fiasella, 1589~1669의 〈성모 마리아〉, 1663년에 제작된 대리석 제대가 볼만하다.

나폴리,
세월을
살아낸
성소

지중해의 푸른빛과 하늘의 푸른빛이 달려가다가
끝에서 서로 만나고 있었다.
둘은 이내 하나가 됐다.
어디가 하늘이고, 어디가 바다인지…….
내가 나폴리에서 본 것은
고단한 세월을 이겨낸 노인의 아름다운 주름이었다.

나폴리의 암과 명

우리는 왜 양음이라 하지 않고 음양이라 하고, 왜 우좌라 하지 않고 좌우라고 할까. 왜 낮밤이라 하지 않고 밤낮이라 하고, 왜 '살기 죽기'가 아니라 '죽기 살기'라고 할까.

아마도 동양적 사고방식의 영향이 아닐까 싶다. 동양적 사유 체계에서는 음陰에서 양陽이 나온다. 그래서 양음이 아니라 음양 이다. 신영복은『담론』에서 "동양사상은 기본적으로 땅의 사상(음의 사상)이며 모성의 문화"라고 말했다. 구약성경 창세기에도 이와 비슷한 사유가 스며들어 있다. 어둠에서 밝음이 나온다(창세 1, 2-3 참조).

이처럼 동양적 사유에서는 음, 밤, 죽음은 그 자체로 양, 낮, 생명을 잉태하고 있다. 그래서 '음양'이고, '밤낮'이고, '죽기 살기'다. 동양적 사고의 세례 속에서 성장한 우리는 그래서 어둡고 부정적이고 암울한 사건 속에서 빛과 희망을 읽을 능력을 갖고 있다.

이러한 사유의 틀을 이탈리아 캄파니아Campania주의 나폴리 이야기에도 적용해보면 어떨까. 암울하고 어두운 나폴리의 역사에서 희망을 찾는 시도를 해보자는 것이다.

나폴리만큼 명과 암, 암과 명이 극명하게 교차되는 역사를 지닌 곳이 또 있을까. 원래 나폴리는 태양, 빛의 도시다. 민요만 봐도 알 수 있다. 나폴리 민요 〈산타 루치아Santa Lucia〉와 〈오 솔레 미오O sole mio〉가 그렇다. '산타 루치아'는 나폴리의 수호성인이고 루치아의 어원은 '빛'이다. '오 솔레 미오'는 '오 나의 태양이여'라는 뜻이다.

빛의 도시, 태양의 도시 나폴리는 기원전 500년경 그리스인들이 바다를 건너와 정착한 곳이다. 나폴리라는 말 자체가 그리스어 '네아 폴리스', 즉 '새로 건설된 도시', '신도시'라는 단어에서 유래한다.

하지만 이후 신도시 나폴리의 역사는 평탄하지 않았다. 그리스인에서 로마인으로, 다시 동고트 왕국, 비잔티움 제국, 바이킹, 아라곤 왕국, 시칠리아 왕국, 오스트리아, 부르봉 왕가 등 수많은 주인이 이 땅을 지배했다.

많은 이들이 탐을 냈다는 것은 그만큼 나폴리의 지정학적 위치가 절묘했기 때문이다. 시칠리아를 거쳐 아프리카에 가려고 해도, 이탈리아에서 스페인과 프랑스에 가려고 해도 나폴리는 반드시 거쳐야 하는 땅이었다. 말하자면 유럽 대륙과 아프리카, 아시아

- 멀리 베수비오 화산이 보이는 나폴리 항구 전경

를 잇는 허브 항구였던 셈이다. 가난한 도시는 침략자를 끌어들이지 않는다. 부자였기에 수많은 침략을 받았고, 자연스레 아랍인, 이탈리아인, 프랑스인, 아프리카인 등 다양한 민족이 공존하는 도시가 됐다.

주인이 수없이 바뀐 역사를 단적으로 보여주는 것이 카스텔 누오보Castel Nuovo이다. '새로운 성'이라는 뜻의 이 성은 1266년에 시칠리아를 다스리던 카를로 1세가 왕국의 수도를 시칠리아 팔레르모에서 나폴리로 옮긴 후 세운 것이다. 그런데 성 입구 정면과 옆에는 2백여 년 후인 1443년 나폴리를 점령한 아라곤 왕 알폰소가 입성하는 모습이 부조되어 있다. 성의 주인은 또 바뀐다. 1494년에 나폴리는 스페인에 병합되었고 성은 군인 주둔지로 활용된다. 카스텔 누오보는 그렇게 나폴리가 걸어온 고단한 길을 고스란히 담고 있었다.

나폴리의 어두운 역사는 어쩌면 현재 진행형인지도 모른다. 나폴리의 높은 범죄율과 실업률은 이탈리아 정부의 골칫거리다. 나 또한 나폴리에 대한 첫인상이 그리 좋지만은 않았다. 아름다운 항구도시라는 유명세가 무색할 정도로 거리는 쓰레기로 넘쳐났다. 낡은 자동차에서 뿜어져 나오는 배기가스와 교통 체증은 세계 3대 미항이라는 나폴리의 명성과 어울리지 않아 보였다. 치안도 불안하다. 구도심의 좁은 골목길 스파카 나폴리Spacca Napoli를 걷는데, 한 할아버지가 걱정된다는 표정으로 내게 다가와 등에 메고 있던 배낭을 몸 앞으로 돌려서 메라고 했다. 그리고 카메라는 목에 꼭 걸고 있어야 한다고 했다. 나폴리에서는 관광객을 상대로 하는 범죄

 카스텔 누오보
 스파카 나폴리

가 빈번히 일어난다. 과거 여러 민족의 침략으로 고통받았고, 현재 높은 실업률과 범죄율로 또다시 고통받고 있는 나폴리에서 과연 희망의 빛을 볼 수 있을까.

나폴리 사람들이 태양의 빛을 노래할 수 있었던 것은, 〈오 솔레 미오〉를 부를 수 있었던 것은, 그들이 어둠을 굳건히 딛고 일어선 덕분이 아닐까. 어둠의 역사가 없었다면 오늘날 나폴리의 명성 또한 불가능했을 것이다. 여러 민족의 지배를 받았다는 것은, 그만큼 다양한 문화가 도시 곳곳에 스며들어 있다는 의미이기도 하다.

나폴리 거리 곳곳에는 비잔틴과 아랍의 건축양식, 스페인과 프랑스, 바이킹의 문화가 생생하게 공존하고 있다. 나폴리 자체가 유럽과 아프리카, 북유럽의 거대한 문화 박물관인 셈이다. 삶 또한 마찬가지이다. 구도심에 다닥다닥 들어선 주택가와 상점, 그 속에서 들려오는 떠들썩함에서 수많은 민족이 함께 뒤엉켜 살아가는 서민들의 소박한 삶을 느낄 수 있었다.

나폴리를 방문한 괴테Johann Wolfgang von Goethe, 1749~1832는 『이탈리아 기행』에 "어떤 말도, 어떤 그림도 나폴리의 아름다움에는 당하지 못한다"고 썼다. 내가 본 나폴리의 아름다움은 괴테가 말한 그것과 달랐다. 내가 나폴리에서 본 것은 고단한 세월을 이겨낸 노인의 아름다운 주름이었다.

속세 한가운데
기적의 공간

나폴리 대성당

Duomo di Napoli (Cattedrale di San Gennaro)

경남 밀양시 무안면 홍제사에 가면 땀 흘리는 표충비가 있다. 사명
대사를 기리기 위해 영조 18년(1742년)에 세운 이 비석은 1894년 갑
오경장 7일 전 땀을 처음 흘린 뒤 1910년 경술국치, 6.25 전쟁, 5.16
군사 쿠데타, 김수환 추기경 선종 등 국가 중대사가 있을 때마다 땀
을 흘렸다고 한다.

비슷한 일이 나폴리에서도 매년 일어난다. 지난 2017년 8월 27
일, MBC 〈신비한 TV 서프라이즈〉는 이탈리아의 한 신비한 성당에
서 일어나는 놀라운 기적 하나를 소개했다. 이탈리아 나폴리 대성
당(산 젠나로 대성당)에 보관되어 있는 '젠나로 성인의 피'에 대한 이
야기다.

가톨릭 성인전에서 성 야누아리우스San Januarius로 부르는 성 젠나로는 서기 305년 디오클레티아누스 로마 황제의 박해 때 참수형을 받은 나폴리 출신의 순교자다. 당시 신앙인들은 젠나로의 피를 수습하여 나폴리의 현 대성당 자리의 경당에 소중히 모셨다. 그리고 1천 년 시간이 흐른 뒤, 경당 위에 새롭게 세워진 대성당에서 신기한 일이 일어나기 시작했다.

1389년, 굳은 상태로 보관되어 있던 성 젠나로의 피 60밀리리터가 액체 상태로 변한 것이다. 기적은 한 번에 그치지 않았다. 이후 매년 9월 19일(성 젠나로가 순교한 날)이면 굳어 있던 젠나로의 피가 어김없이 액체 상태로 변했다. 매년 한 차례 일어나던 기적은 1497년 이탈리아 각지에 흩어져 있던 젠나로 성인의 유해를 수습해 나폴리 대성당으로 옮긴 이래, 두 차례로 늘었다. 지금도 매년 5월 첫째 주일과 9월 19일에는 성인의 피가 어김없이 액체 상태로 변한다고 한다. 성인의 피가 액체로 변하지 않은 해는 재앙이 일어나곤 했다. 1980년 9월 19일 피가 액체로 변하지 않자 곧 사망자만 5백여 명에 이르는 대형 지진이 일어났다. 2016년 9월 19일에도 피의 상태가 변하지 않자, 다음 달 이탈리아 대지진이 발생했다. 지금도 매년 5월 첫째 주일과 9월 19일에는 젠나로 성인의 피가 액체로 변하는 기적을 보기 위해 전 유럽에서 순례객이 나폴리로 몰려든다.

13세기 중반 시칠리아 왕국을 정복해 나폴리를 중심으로 왕조를 새롭게 연 왕(카를로 1세, 앙주의 샤를) 입장에서는 뭔가 기념비적인 것을 남기고 싶었을 것이다. 그와 그의 아들이 선택한 것은 대성당 건축이었다. 왕은 왕국의 모든 역량을 기울여 대성당 건축

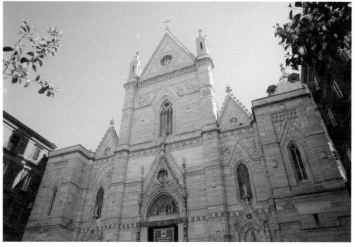

˚ 성 젠나로의 유해와 피를 모신 항아리
˚˚ 나폴리 대성당

에 매진한다. 이탈리아 북부의 조반니 란프란코Giovanni Lanfranco, 1582~1647, 스페인 태생의 주세페 데 리베라Jusepe de Rivera, 1591~1652, 이탈리아 남부 화풍을 대표하는 프란체스코 솔리메나Francesco Solimena, 1657~1747 등 당대 최고의 화가와 조각가들이 초빙되었고, 이들은 성당 내 프레스코화, 성모승천상, 중앙제대 등 위대한 예술작품들로 화답했다. 이후 5백 년 동안 나폴리 대성당은 나폴리 왕국, 이탈리아 남부를 대표하는 성당으로 자리매김한다. 그래서 나폴리 대성당을 만나는 것은 이탈리아 남부 5백 년 역사를 만나는 일이다. 그만큼 내공이 만만찮은 성당이다.

나폴리 대성당은 탁 트인 언덕 위에 있는 아담한 성당이 아니다. 비현실적인 판타지 속에서 만날 수 있는 그런 성당도 아니다. 나폴리 구도심 굽이굽이 골목의 분주함과 정면으로 마주하고 있다. 나폴리에서 가장 성스러운 장소로 불리는 나폴리 대성당은 그렇게 삶의 정중앙에 자리하고 있었다.

외양에서 드러난 그 '속俗의 자리'를 헤집고 들어가 만난 대성당 내부는 '영靈의 공간'이었다. 인간의 욕망을 주눅 들게 만들기에 충분한 위용이 그곳에 있었다. 성모 승천을 주제로 한 제대 뒤 부조는 천국을 소망하라는 명령이었다. 좌우 회랑으로 이어진 다양한 이름의 경당들은 각각의 이야기로 방문객들을 무릎 꿇게 하고 있

- 나폴리 대성당 내부

˚ 나폴리 대성당 내 세례자 요한 경당 모자이크

었다. 특히 제대 오른편, 성당에서 중앙제대 다음으로 가장 중요한 위치에 있는 성 젠나로 경당과 성 젠나로의 황금 도금 흉상은 나폴리 사람들이 성 젠나로의 전구에 얼마나 의지하고 있는지를 말해주었다.

문제의 성 젠나로 유골과 피는 제대 아래 지하로 내려가면 볼 수 있는데, 내가 갔을 때는 6월이어서 피가 액체 상태로 변하는 기적은 볼 수 없었다. 피의 기적을 보지 못하면 어떤가. 나에게 있어서 기적은 나폴리 대성당에서 뜻하지 않게 만난 초기 그리스도교 경당(세례자 요한 경당)과 그 경당을 장식한 4세기 모자이크였다. 경당을 통째로 덮어버리는 방식으로 나폴리 대성당이 세워진 탓에 경당에는 빛이 한 줌도 들어오지 않았다. 그럼에도 1천6백 년 전 모자이크가 뿜어내는 에너지는 대단했다. 그 매혹적인 색감의 향연 속에서 나는 몸이 굳어버리는 느낌을 받았다. 1천6백 년 전 어느 한 위대한 장인의 손끝에서 탄생한 모자이크 성화를 보는 것은 1천6백 년이란 시간을 손에 쥐는 것이었다. 위대한 기적이었다.

궁전을 리모델링한 성당

이탈리아어 '팔라초Palazzo'는 사전에 따르면 '궁, 궁궐, 궁전, 청사, 대저택'이란 뜻으로 로마 시대 아우구스투스 황제가 로마 팔라티노스 언덕에 건축한 왕궁 '팔라티움Palatium'에서 유래한 말이라고 한다.

1470년 이탈리아 나폴리에서 살레르노 왕국의 왕자 로베르토 산세베리노Roberto Sanseverino를 위한 팔라초가 지어지고, 1584년에 이 팔라초의 성당 리모델링이 시작된다.

나폴리 제수 누오보 성당(새 예수 성당, 재림 예수 성당)은 애초에 성당으로 건축된 것이 아니라, 궁전으로 지어진 건물을 리모델링한 것이다. 그래서 외관만 보면 성당인지, 관청인지, 궁전인지 구분이

되지 않는다. 이럴 때는 '자세히 보아야 보인다!' 성당 입구 윗부분에 표기된 'IHS'에 열쇠가 있다.

여기서 잠깐, 유럽 성당들을 다니다 보면 심심찮게 보이는 'IHS' 표기를 제대로 짚고 넘어가자. 의견은 분분하다. 어떤 이는 '인류의 구세주 예수Jesus Hominum Salvator'라는 뜻이라고 하고, 또 어떤 이는 라틴어 기원을 빌려와 '이 표식으로 네가 승리할 것이다In hoc signo vinces'의 약자라고 보기도 한다.

하지만 가장 유력한 해석은 그리스어 '예수IHΣΟΥΣ, Iησους'의 첫 세 글자에서 유래한다는 설이다. 양피지 필사본을 만들던 시절, 고가의 양피지를 아끼기 위해 간단히 'IHS'라 적고 '예수'로 읽었다는 것이다. 이 표식을 주로 사용한 수도회는 로욜라의 성 이냐시오

148

149

Sanctus Ignatius de Loyola, 1491~1556가 창립한 예수회인데, 훗날 예수회는 이 표기에 '우리의 파트너이신 예수', '우리의 동료이신 예수Iesum Habemus Socium'라는 의미를 부여하기도 했다.

그래서 유럽 성당을 여행하다가 'IHS' 표기가 있는 성당을 발견하면 십중팔구 예수회 성당이라고 보면 된다. IHS가 표기된 나폴리 제수 누오보 성당 또한 예수회 성당이다. 예수회는 궁전을 성당으로 리모델링하는 과정에서 예수회 출신 성직자의 유해를 안치하고 반종교개혁의 의미와 예수회 정신을 담은 예술품들을 반영한다. 이후 성당은 450년 동안 나폴리를 찾는 외교 사절단은 물론이고 순례객, 관광객들이 반드시 찾는 장소로 자리 잡는다.

성당에 들어서기 전, 우선 눈길을 사로잡는 것은 수많은 피라미드 형태의 돌을 옆으로 뉘어 다닥다닥 붙인 외관이다. 5백 년 전 건물이라고는 믿어지지 않을 정도로 현대 건축다운 세련미가 엿보인다. 오늘날 유럽 명품가방의 문양을 보는 것 같다. 이런 파격적인 설계를 시도한 이유는 무엇이었을까. 1470년 궁전을 지을 당시 사람들은 피라미드 형태의 돌이 어떤 특별한 기운을 담고 있다고 여겼다. 그래서 왕궁에 좋은 기운이 많이 들어오도록 엄청난 수의 피라미드 돌을 외부에 돌출시켰다고 한다. 이와 관련해 성당 안내 팸플릿은 다음과 같은 전설을 소개한다.

"전설에 따르면 궁전을 지은 사람들은 피라미드 형태의 돌이 어떤 긍정적 에너지를 담고 있다고 생각했습니다. 몇몇 돌에는 불행을 퇴치하는 마법의 의미를 담은 문구를 적어 넣기도 했습니다. 하지만 실제 공사 과정에서 이 돌들이 실수로 혹은 악의적으로 잘

못 배치되었고 그 결과 궁전에는 질병, 전쟁, 암살 등 나쁜 일들이 그치지 않았습니다."

알고 나니 섬뜩하다. 나쁜 기운을 막기 위해 피라미드 형태의 돌을 돌출시켰는데, 오히려 액운이 찾아왔다니 말이다. 그 찜찜함을 덜어내기 위해서였을까. 성당으로 개조하는 과정에서 예수회는 성당 내부에 화려함을 입힌다. 정통 가톨릭 신앙 고백의 내용을 담은 성화들과 조각, 예수회 회원들의 활약상, 성모 마리아와 마리아 공경에 대한 도상들이 곳곳에 배치되어 있다.

특히 중앙제대 뒤 웅장한 모습의 원죄 없이 잉태되신 마리아상이 눈길을 끈다. 주위에 베드로와 바오로 사도가 천사 및 성인들과

- 제수 누오보 성당 내부

함께 보위하고 있다. 제대 위 애프스 부분의 프레스코화는 마시모 스탄지오네Massimo Stanzione, 1585~1656가 제작했는데, 성모 마리아의 탄생에서부터 승천에 이르기까지 여덟 개의 에피소드를 표현하고 있다. 예수회 창립 1백 주년을 기념하기 위해 1639년에서 1640년 사이 불과 1년도 되지 않는 시간에 급하게 만들어졌지만, 그 완성도는 지금까지 높은 평가를 받고 있다. 이 밖에도 프란체스코 솔리메나, 벨리자리오 코렌치오Belisario Corenzio, 1558~1643 등 쟁쟁한 화가들의 프레스코화들이 성당을 가득 메우고 있다. 중앙 천장의 마귀를 물리치는 마리아와 성 미카엘의 모습을 담은 파울로 데 마테이스Paolo De Matteis, 1662~1728의 작품은 경이롭기까지 하다.

성당에는 또 18세기의 성물들로 가득한 예수성심 경당, 작은 형제회 순교자인 성 프란치스코 보르지아San Francesco Borgia를 기념하는 경당, 프란치스코 하비에르 경당, 마리아 엘리사벳 방문 경당, 성 십자가 등 아름다운 경당이 많은데, 화려함과 엄숙함으로 주목받는 것은 로욜라의 성 이냐시오 경당이다. 이냐시오 경당에는 다윗왕과 에레미야 성인 석상과 함께 황금 나무로 된 70여 명의 예수회 순교자들이 모셔져 있다.

그런데 성당의 원래 주인이었던 살레르노 왕국의 왕자 산세베리노의 저주 때문일까. 아니면 피라미드 외벽이 나쁜 기운을 몰고와 살레르노 왕국의 종말을 앞당겼다는 전설 때문일까. 궁전의 역사를 이어받은 제수 누오보 성당의 역사도 그리 순탄하지만은 않았다.

2백여 년에 걸친 공사 끝에 1725년 성당이 최종 완공되었지만,

– 제수 누오보 성당 내 로욜라의 이냐시오 경당

화재가 끊이지 않았고 1688년과 1774년 지진으로 성당의 돔이 두 번이나 무너져내렸다. 또 1767년에 예수회가 나폴리 왕국에서 추방된 후, 프란치스코회가 운영을 맡았지만 오래 유지되지 못하고 수십 년 넘게 성당이 폐쇄되기도 했다. 1804년에 예수회가 다시 돌아와 성당을 재건했지만 2년도 지나지 않아 1806년부터 1814년까지 나폴레옹에 의해 다시 추방되는 아픔을 겪어야 했다. 이후 예수회가 이 성당에 완전히 다시 복귀한 것은 1900년이 되어서였다.

그럼에도 신은 이 성당 역사에 녹아든 신앙인들의 땀과 노고를 완전히 내치지는 않은 듯하다. 2차대전이 한창이던 어느 날, 성당 지붕에 큰 폭탄 하나가 떨어졌는데, 기적적으로 폭발하지 않았다. 5백 년 역사가 한순간에 사라질 뻔했던 순간이었다! 나는 나폴리에서 가장 아름다운 성당을 못 만날 뻔했다.

지중해를 지킨 기도의 힘

산타 키아라 성당
Basilica di Santa Chiara

그리스도교 국가들이 경악했다. 1570년 6월, 이슬람의 오스만 투르크군이 지중해 동부 키프로스 섬을 공격하여 섬을 지키던 그리스도교인을 몰살하는 사건이 일어났다. 키프로스 섬은 유럽의 입구였다. 키프로스 섬 함락은 이슬람 세력의 지중해 진출 교두보가 마련됐다는 것을 의미했다. 이슬람 함선들이 지중해를 휘젓고 돌아다니면 그리스도교 국가 상선들의 활동이 위축될 것은 자명했다. 해상로를 이용해 동쪽으로 가려는 그리스도교 선교사들의 안전도 보장할 수 없었다. 유럽은 지중해의 패권을 되찾아야 했다.

이제 그리스도교와 이슬람의 존립을 건 운명적인 전투가 지중해를 무대로 펼쳐진다. 이 전투가 바로 전 세계 해군 사관학교 생도라면 누구나 배운다는 '레판토 해전'이고, 이 해전이 일어난 곳은 그리스 서부 파트라스만의 나우팍토스(Naupactos, 레판토) 앞바다이다.

1년여의 준비 기간을 거쳐 그리스도교 측이 편성한 연합 함대는 베네치아 함선 110척, 스페인 함선 75척, 교황청 함선 23척 등 모두 208척이었다. 그리스도교의 모든 역량을 긁어모은 규모였다. 그리스도교 연합 함대가 결성됐다는 소식을 들은 오스만 투르크 또한 함대 251척을 레판토로 집결시켜 전투를 대비한다. 그리스도교 연합 함대가 키프로스 섬으로 진출하기 전에 예봉을 꺾겠다는 전략이었다.

그리스도교와 이슬람의 운명적인 결전을 두 달 앞둔 1571년 8월 14일, 나폴리의 산타 키아라 성당. 클라라 수도원 성당이었던 이곳에 베네치아, 스페인, 교황청의 함대 사령관들, 그리고 교황 비오 5세가 모였다. 교황은 모인 사령관과 장교들에게 축복을 내리고, 그리스도교의 승리를 기원했다. 이튿날 아침, 연합 함대는 나폴리 항을 떠나 결전지인 레판토로 향했다. 함대를 배웅한 교황은 다시 산타 키아라 성당으로 돌아와 클라라회 수녀들과 함께 승리를 기원하는 간절한 기도를 바쳤다.

유럽 역사를 바꾼 레판토 해전의 출발점에 서 있는 성당, 그 성당이 바로 나폴리의 산타 키아라이다. 나폴리 항구가 그리스도교 연합 함대의 집결지로 선정된 것은 쉽게 수긍할 수 있다. 당시 대규모 함대의 접안 시설로서 그만한 항구가 없었기 때문이다. 그렇다면 왜 굳이 산타 키아라 성당이 나폴리 대성당, 제수 누오보 성당

- 산타 키아라 성당

등 쟁쟁한 성당을 제치고 연합 함대의 출정식 장소로 선정되었을
까. 이 의문은 산타 키아라의 생애를 살펴보면 자연스럽게 풀린다.

산타 키아라는 우리말로 성녀 클라라를 일컫는 말로, 라틴어로
'밝은 빛이 들어오는 채광창' 또는 '광채'라는 의미다. 우리나라에
서는 전통적으로 '글라라'라는 발음으로 알려져 있기도 하다.

성녀 클라라는 1194년 이탈리아의 아시시에서 태어났는데, 열
두 살 때부터 귀족 집안과 혼사가 오갔다고 한다. 그러나 그녀는
18세가 된 1212년 성 프란치스코의 설교에 크게 감명을 받고 수도

생활을 결심한다. 부모가 반대하자 그해 성지주일에 집을 몰래 빠져나와 아시시 포르치웅콜라(Porziuncola, 천사의 마리아 성당)에서 성 프란치스코로부터 수도복을 받는다. 이후 여자 수도자들이 늘어나자 프란치스코는 클라라를 중심으로 공동체를 형성하고, 이들을 위한 생활양식을 써주었는데, 이로써 가난한 부인회가 탄생한다. 이 회가 잉글랜드에서는 '작은 수녀회Minoresses'로 불리었고 지금의 '클라라회'가 되었다.

클라라회 수녀들은 당시 어느 수도회보다도 엄격하고 가난한 삶을 지향했다. 또한 영성이 깊어, 하느님의 신비로운 섭리가 함께한다는 소문이 퍼져 나갔다. 많은 주교와 추기경들이 클라라에게 자문을 구했고, 그 영향으로 클라라회는 짧은 시간 안에 이탈리아 전역은 물론 프랑스, 독일까지 퍼져 나갔다. 이 과정에서 놀라운 기적도 일어났다.

1240년 사라센군이 이탈리아 중부의 아시시를 침략한 일이 있었다. 클라라회 수녀들의 목숨이 경각에 달린 상황. 이때 성녀 클라라는 성당에서 간절히 기도한 후 성광(tabernaculum, 가톨릭교회에서 성체현시, 성체강복이나 성체행렬 등 성체를 보여주는 데 사용하는 제구)을 앞세우고 비무장한 채로 천천히 적군 앞으로 걸어갔다. 이때 성광에서 빛이 나와 이 모습에 적들이 겁을 먹고 모두 후퇴했다고 한다. 이 기적이 입소문을 타기 시작했고, 외적의 침략에 고통받는 많은 도시에서 클라라회의 진출을 요청하기에 이른다. '신의 가호가 함께하는 클라라회가 우리 도시에 있으면 적의 침략으로부터 보호받을 것'이라는 생각 때문이었다.

나폴리에 성녀 클라라회가 진출하고 짧은 시간 안에(1310~1330) 수녀원과 수녀원 성당(오늘날의 산타 키아라 성당)이 완공된 것, 그리고 레판토 해전을 위한 대규모 출정식이 산타 키아라 성당에서 열린 것도 이런 이유에서였다.

　　이제 성당 안으로 들어가 보자. 앞에서 잠깐 언급했지만, 산타 키아라 성당은 애초에 대중을 위한 성당으로 건축된 것이 아니었다. 1310년 당시 나폴리 왕이 아내의 신앙을 위해 건축한 것이긴 하지만, 원칙적으로 클라라회 수녀들을 위한 미사 공간이었다. 게다가 클라라회는 극도의 가난을 추구했다. 따라서 성당 모습은 금장식이나 화려한 프레스코화 등 여느 이탈리아 성당에서 볼 수 있는 그런 현란함과 거리가 멀다. 길이 약 130미터, 폭 40미터, 높이 45미

- 산타 키아라 성당 내부

터 규모의 이 성당은 클라라회 수녀들의 봉쇄 생활을 염두에 둔 탓에, 높은 성채, 두꺼운 이중벽, 좁은 문 등 철저히 외부와 격리된 설계가 특징이다.

안으로 들어가면 지오토의 프레스코화, 7백 년 동안 이어진 미사의 흔적을 간직한 제의실, 수녀들이 식사했던 대규모 식당 등이 있다. 나에게 가장 감동으로 다가왔던 곳은 성당 뒤편 계단으로 올라가 만나는 합창단석이었다. 그곳에서 7백 년간 울려 퍼졌을 수녀들의 합창을 상상하는 것도 흥미로웠지만, 티노 디 카마이노Tino di Camaino, 1285?~1337 등 당대 최고의 화가들이 그림을 통해 공연하는 묵시록과 구약 이야기들 또한 볼만했다.

14세기에 건축된 성당은 4백 년이 흐른 후 노후화를 막기 위해 18세기에 대대적으로 증개축, 복원되는데 이 작업을 통해 애초에 고딕 양식으로 지어진 건물이 바로크 양식으로 재탄생한다. 하지만 2차대전이 한창이던 1943년 8월 4일 연합군 폭격으로 교회 내부에 화재가 일어나 다시 복원작업에 나서야 했다. 이후 복원은 14세기의 원형을 되살리는 데 초점이 맞춰졌고, 현재의 모습으로 재탄생한 것은 1953년에 이르러서였다.

성당을 빠져나오면서 눈길을 끈 것은 성당 내부에 있는 20개에 달하는 경당이었다. 각 경당에는 14~18세기에 나폴리를 주름잡았던 귀족들의 무덤이 안치되어 있었다. 나폴리에는 대성당도 있고, 남자 수도원도 많은데 왜 나폴리 귀족들은 자신들의 안식처로 여자 수도원인 이곳을 선택했을까. 아마도 클라라회의 기도의 힘을 믿었던 것이 아닐까. 남자 수도자에게 사후 기도를 맡기는 것보다,

여자 수도자에게 기도를 맡기는 것이 더 낫다고 생각한 것은 아닐까. 클라라회 수녀들의 모범적인 신앙생활이 천국을 보장해주는 보험이라고 생각한 것은 아닐까.

나 또한 성녀 클라라의 전구를 청하며 성당 문을 나섰다. 다시 1571년 레판토 해전으로 빠져들어가고 있었다.

1571년 8월 14일, 산타 카아라 성당에서의 출정식 후, 이튿날 나폴리 항을 출발한 그리스도교 연합 함대가 레판토 앞바다에서 이슬람 투르크군 함대를 만난 것은 10월 7일이었다. 치열한 공방전이 거듭됐다. 그리스도교와 이슬람 함선들이 엉켜 바다를 가득 메웠고, 함선 위에서 격렬한 육박전이 벌어졌다.

결과는…… 그리스도교 측의 승리였다. 이슬람 함선 80여 척이 침몰하고 1백여 척이 포획됐다. 2만 5천여 명의 이슬람 투르크군이 전사했으며 1만여 명이 생포됐다. 이슬람 함대에서 노잡이로 고통받다 풀려난 그리스도교 노예 수도 1만 5천여 명이나 됐다고 한다. 그리스도교 측이 잃은 함선은 17척, 전사자 6천여 명, 부상자 8천여 명. 이 부상자 명단에는, 훗날 『돈키호테』를 쓴 세르반테스도 있었다. 투르크 해군은 괴멸됐다. 육지에서도 오스트리아 빈이 이슬람의 공격을 막아냈다는 좋은 소식이 들려왔다. 그리스도교 국가들은 이슬람의 서방 진출을 막았고, 신앙을 지켜낼 수 있었다.

이 모든 일이 나폴리 산타 키아라 성당에서 시작되었다.

위대한 침묵을
만나는 순간

카르투시오회 산 마르티노 수도원 성당

Certosa di San Martino

클라라회의 산타 키아라 성당이 나폴리 도심 중앙에 위치한, 가장
큰 규모를 자랑하던 수도원이라면, 카르투시오회Ordo Cartusiensis 산 마
르티노 수도원은 속세에서 벗어나 나폴리에서 가장 높은 보메로
Vomero 언덕 꼭대기에 자리하고 있다. 클라라회의 키아라 성당이 서
울 도심에 있는 조계사라면, 카르투시오회의 산 마르티노 수도원은
북한산의 보광사인 셈이다.

우리나라 사찰들이 그러했듯, 수도원은 유럽 문화의 보고였다.
중세 수도자들이 없었다면 오늘의 그리스도교도 없었다. 희생정신
으로 무장한 그들은 극단적일 정도로 그리스도교 신앙 원칙에 충
실했다. 이 정예 그리스도인들의 수가 중세 절정기에는 수십만 명

- 산 마르티노 수도원 성당 내부

에 이르렀을 것으로 추정된다.

가난, 청빈, 순명……. 수도자들은 완전한 무소유를 지향했다. 식사도 소박했다. 유럽이기 때문에 고기 종류를 많이 먹을 것 같지만, 이들은 그렇지 않았다. 단식 기간이 아닐 때 식사는 일반적으로 버터와 잼을 바른 과자나 식빵에 우유를 곁들이는 것이 전부였다.

이들에게 또 중요한 것은 침묵이었다. 대침묵 시간에는 말뿐 아니라 사소한 손짓도 금지되었다. 그들에게는 작은 손짓 하나도 침묵을 거스르는 것으로 간주되었다. 꼭 필요한 말이나 중요한 일은 글로 써서 상대방에게 전달할 수 있었다. 이렇게 침묵 안에서 끊임없이 신을 찬미하며 밤낮으로 공동 기도를 바쳤다. 또 수도원 규율

에의 순명을 통해 독선과 아집을 포기했고, 어려운 이웃을 위해 봉사했다. 더 나아가 수도자들의 삶은 노동에 대한 신성함을 강조하는 데 일조했다. 중세의 귀족들은 전쟁과 사냥 이외의 육체노동을 하지 않았다. 하지만 수도원에 들어간 귀족 출신 수도자들은 생계를 위한 육체노동을 마다하지 않았다. 유럽 사회의 노동관을 변화시키는 데 수도원이 큰 역할을 한 것이다.

그러나 사람이 하는 일이다. 모든 수도원이 정도正道의 길을 걷지 못했다. 우리나라 유교의 서원이 그랬던 것처럼, 시간이 흐르면서 몇몇 수도원에서 일탈이 생겨났다. 성聖이 성性으로, 가난이 재물로, 비움이 채움으로 대체되는 현상이 일부 일어났다. 이에 따라 전 교회적 차원에서 대대적인 수도원 개혁 운동이 일어났다.

그런데⋯⋯ 나폴리의 카르투시오회 산 마르티노 수도원에서는 이러한 개혁 운동이 일어나지 않았다. 이유는 간단하다. 이 수도회가 타락하지 않았기 때문이었다.

마르티노 수도원에 들어가기 전에 먼저 카르투시오회에 대해 알고 넘어가자. 수도원 개혁 바람이 거세던 11세기 후반, 수없이 생겨난 봉헌생활 공동체 중에서도 단연 돋보이는 보석 같은 수도원, '무엇을 마실까, 무엇을 먹을까' 걱정하지 않는 수도원이 있었다. 1084년 성 브루노San Bruno di Segni Vescovo Solero, 1049~1123가 프랑스에서 설립한 봉쇄 수도원, 카르투시오회다.

혹시 카르투시오회라는 이름이 낯설게 느껴지는가. 2009년 한국에서 개봉한 필립 그로닝 감독의 영화 〈위대한 침묵〉을 떠올리면 이해가 쉬울 것이다. 이 영화는 프랑스 알프스(샤르트뢰즈 산맥)

에 있는 그랑드 샤르트뢰즈 수도원에 사는 카르투시오회 수사들의 일상생활을 담았다.

'세상은 돌지만, 십자가는 우뚝하다Stat crux dum volvitur orbis'를 모토로 하는 이들은 「베네딕토 규칙서」 대신 자체적인 회헌을 따랐으며, 철저히 은수자적 삶을 지향했다. 이들의 회헌은 지난 1천 년 동안 바뀌지 않고 지금까지 그대로 이어지고 있는데, 회헌에 따르면 그들의 하루는 영화 〈위대한 침묵〉에 잘 묘사되어 있듯이 전례의 연속이다. 전례는 묵상, 성가chants, 찬미가hymns, 독서, 그리고 기도들로 구성되어 있다.

이들이 중요시하는 것은 오직 기도였다. 실제로 이들은 농사를 짓거나 남을 가르치지 않았다. 천국의 사람들과 관계하기 위하여 세속의 사람들에게서 죽는 방식을 선택한 이들은 수도원 밖의 그 누구와도 교류하지 않았다. 하지만 동시에 일반 대중과 가장 밀접

˙ 산 마르티노 수도원 회랑
˙˙ 산 마르티노 수도원 내부

나폴리,　　　세월을 살아낸 성소

한 연관을 맺고 있었다. 그들이 하는 일 자체가 우리 모두를 위한 중재 기도이기 때문이다. 참고로 수도자들은 1년에 네 번 가족에게 편지를 쓸 수 있고, 가족들은 1년에 1회, 약 3일간 방문할 수 있다. 1천 년을 이어온 카르투시오회 수도원은 현재 세계적으로 30여 곳에 공동체가 있다.

나폴리에 카르투시오회 수도원인 산 마르티노 수도원이 들어선 것은 1368년, 지금으로부터 650년 전의 일이다. 그 기도의 역사로 가득한 수도원에 발을 살짝 들였다. 프랑스가 통치하던 19세기 초에 수도자들이 모두 떠나고, 그 공간에 박물관이 들어섰지만 7백 년의 수도원 향기가 완전히 사라질 수는 없었다. 물론 수도원은 박물관답게 볼거리가 많았다. 주세페 드 리베라Jusepe de Rivera, 1591~1652 등 13~19세기 예술가들의 회화와 조각, 그리고 왕실에서 사용하던 공예품, 문서, 나폴리 역사에 관한 자료 등이 그것이었다. 그보다 더 눈길을 끈 것은 당시 수도자들이 기도하던 성당과 식당, 회랑, 공동묘지 등이었다. 수도자들이 침묵 속에서 기도하며 걸었을 법한 회랑과 정원에서 가슴으로 파고드는 중세 수도자들의 기도 파편들을 만지작거릴 수 있었던 것은 참으로 행운이었다.

수도원을 나오니 눈앞에 푸른색의 향연이 펼쳐지고 있었다. 보메로 언덕 위에서 보는 나폴리만의 경치가 빼어났다. 아름다운 경치들이 소란스러웠다. 등 뒤의 수도원은 침묵으로 가득했다. 텅 빈 충만. 그 충만한 침묵을 벗 삼아 한참 동안 나폴리를 바라보았다.

그때였다. 멀리서 수도복을 입은 한 수도자가 천천히 걸어오고 있었다.

성스러운
구원의 끈

폼페이의 묵주기도의 복되신
동정 마리아 대성당

Santuario della Beata Vergine del Santo Rosario, Pompei

원래 폼페이Pompei로 가려고 했다. 서기 79년 베수비오 화산의 폭발로 묻힌, 그 유명한 고대 도시 폼페이 말이다. 폼페이로 가려면 나폴리 가리발디 역에서 사철을 타고 약 30여 분 가야 한다.

나는 매표소로 가서 당당하게 "폼페이!"를 외쳤다. 매표원이 툭 던져준 표에는 행선지가 '폼페이'라고 정확히 적혀 있었다. 나는 일말의 의심도 품지 않고 기차에 올랐다. 그때는 몰랐다. 폼페이 유적지로 가려면 '폼페이 스카비, 빌라 데이 미스테리Pompei Scavi - Villa Dei Msteri'라는 다소 긴 이름의 역에서 내려야 했다는 것을.

'뭔가 잘못됐다!'는 느낌을 받은 것은 폼페이 역에 내린 직후였다. 기차에서 내리는 사람은 나와 작은 보따리를 든 할머니뿐이었다. 등에서 서늘한 땀이 주르륵 흘렀다. 역 이름은 폼페이가 분명했다. 하지만 그곳은 내가 가고자 했던 폼페이가 아니었다. 폼페이 유적지 정문이 아닌, 폼페이라는 이름을 가진 작은 시골 마을이었다.

"이왕 이곳까지 왔으니 마을 성당이나 들렀다 가자."

멀리 성당 종탑이 보이는 곳으로 발걸음을 옮겼다. 그런데 가까이 다가가면서 성당 규모가 예사롭지 않다는 느낌이 들었다. 명동 대성당의 두 배 정도는 되어 보였다. 작은 시골 마을에 이런 대성당이 있다는 것이 의외였다. 성당 정문 옆에 붙어 있는 표지판을 읽었다.

'산투아리오Santuario.'

성지라는 뜻이다. 그 아래에는 이렇게 적혀 있었다.

'묵주기도의 복되신 동정 마리아 대성당della Beata Vergine del Santo Rosario.'

순간 나는 그 자리에 얼어붙은 듯 꼼짝할 수 없었다. 성모 마리아가 직접 발현해 묵주기도의 중요성을 강조한 것을 기념해 설립한 대성당. 언젠가 책에서 연 5백만 명이 방문하는 유명한 성모 성지라는 내용을 읽고서, 죽기 전에 한 번은 방문해야겠다고 소망했던 그 성당이었다. 하지만 폼페이 유적지와 거리가 상당히 떨어져 있어 빠듯한 여행 일정상 어쩔 수 없이 방문을 포기했었다. 그런데 그렇게 우연히 폼페이 마을의 '묵주기도의 복되신 동정 마리아 대성당'에 도착한 것이다.

폼페이가 왜 성모 성지로 유명한지, 폼페이에 왜 묵주기도의 성모 대성당이 세워졌는지 알기 위해선 우선 1980년 복자품에 오른

- 묵주기도의 복되신 동정 마리아 대성당

'묵주기도의 사도' 바르톨로 롱고Bartolo Longo, 1841~1926에 대해 알 필요가 있다.

1872년 10월, 변호사였던 바르톨로 롱고는 지난날의 죄로 괴로워하며 폼페이 마을 길을 걷고 있었다. 그가 남긴 기록에 따르면 당시 "거의 자살하고 싶을 만큼 깊은 절망감을 느끼고 있었다." 그때, 마음 깊은 곳에서 음성이 들려왔다. "네가 구원받고자 한다면, 묵주기도를 전파하여라."

벼락이었다. 바오로 사도가 그랬던 것처럼 롱고의 영혼은 빛으

로 조명받는다. 롱고는 그 자리에서 무릎을 꿇고 서원했다. "묵주기도의 전파를 위해 일생을 바치겠습니다." 이후 롱고는 '15주간 토요 묵주기도'를 실천하고, 관련 책자를 발간하는 등 폼페이 사람들에게 묵주기도의 은총을 전하기 위해 노력했다.

롱고의 묵주기도는 평화를 위한 기도와 함께 이웃사랑이라는 사도적 측면을 가지고 전개된다. 그는 수감자 자녀들을 위한 아동복지시설을 세우는 등 이웃사랑 실천에 많은 노력을 기울였다. 또 폼페이의 폐허 위에 묵주기도의 성모 성전을 봉헌하도록 불림 받앉다고 생각하여 기금모금을 통해 자금을 모아 현재의 묵주기도의 복되신 동정 마리아 대성당을 건립했다. 대성당이 건립되는 과정에서 수많은 기적이 일어났다. 수십 년 동안 병으로 고통받던 처녀가 다시 일어서는 등, 10여 년 동안 1천여 명의 병자가 묵주기도 안에서 치유받은 것이다.

교황 요한 바오로 2세는 2002년 교황교서 「동정 마리아의 묵주기도」에서 롱고에 대해 이렇게 말했다. "바르톨로 롱고 복자는 묵주기도의 참된 사도로서 특별한 은사를 지녔습니다. 그분의 성덕의 길은 '묵주기도를 전파하는 사람은 누구든 구원을 받는다'는 마음속 깊은 확신에 차 있었습니다."

성당에 들어서자 정면에 폼페이 성모(묵주기도의 복되신 동정 마리아의 성화)가 폼페이로 얼떨결에 끌려온 탕자를 반겼다. 성전 옆문으로 나가 지하에 가면 바르톨로 롱고의 일대기를 소개한 박물관과 부속 경당, 그리고 롱고의 유해를 만날 수 있다. 묵주기도를 하

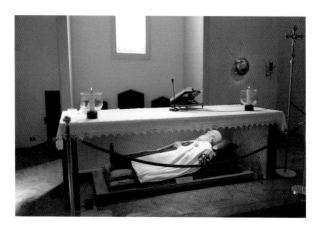

- 바르톨로 롱고의 유해

고 싶었다……. 하지만 가방을 뒤져봐도, 주머니 안에도 묵주가 없었다. 기념품 상점을 찾아 폼페이 묵주를 구입했다. 그 묵주를 들고 다시 롱고의 유해 앞에 섰다.

복되신 성모님의 묵주.

하느님께 묶어주는 감미로운 끈cǎténa.

천사들과 하나 되게 하는 사랑의 끈.

묵주기도는 구원의 보루.

모든 난파선이 찾는 안전한 항구.

죽음의 순간에 묵주는 저희에게 위안이 될 것입니다.

—복자 바르톨로 롱고, 「묵주기도의 복되신 동정 마리아께 드리는 기도」

오늘　　　　폼페이 유적지
종말이 온다면

지독한 유황 가스가 몰려오자 숨을 쉬기 힘들었다. 남자는 주저앉아 손으로 입과 코를 막았다. 하지만 역부족이었다. 남자는 그 모습 그대로 최후를 맞았다. 쏟아지는 수백 톤의 화산재를 피해 도망치다 돌부리에 걸려 넘어진 한 여인은 마지막 순간에 팔로 얼굴을 가리며 비명을 질렀다. 아무도 도와주지 못했다. 임산부는 배 속의 아기를 보호하기 위해 웅크린 상태로, 어머니는 어린 자녀를 품에 꼭 안은 모습으로, 연인은 마지막 순간까지 손을 놓지 않은 채, 그렇게 최후의 순간을 맞았다.

　79년 8월 24일. 폼페이의 시간은 그날, 그렇게 멈췄다.

　폼페이는 잊혀진 땅이었다.

　고대의 유물이 조금씩 나오는 땅……. 사람들은 그렇게만 알고 있었다. 이탈리아 남부 나폴리에서 22킬로미터 거리에 있는 작은 시골 마을에서 로마 시대로 거슬러 올라가는 대리석 조각과 유물들이 오래전부터 심심치 않게 나왔지만, 사람들은 대수롭지 않게 여겼다. 이탈리아에서 로마 유적이 발굴되는 것은 흔한 일이었기 때문이다. 1709년에는 수도원 우물을 파다가, 1748년에는 농부가 밭을 갈다가 유물을 발견했지만, 이 또한 사람들의 기억에서 곧 잊혔다.

하지만 1860년부터 이탈리아 고고학자 주세페 피오렐리Giuseppe Fiorelli, 1823~1896가 본격 발굴에 나서면서, 베수비오 화산 폭발로 사라진 고대 대도시 폼페이가 그 실체를 드러내기 시작했다.

폼페이는 수도시설 및 위락시설이 완벽히 갖춰진 대규모 계획 도시였다. 귀족들이 이용했던 저택들은 화려한 벽화와 조각, 당대 최고 수준의 모자이크로 장식되어 있었다.

그런데 발굴단이 이해할 수 없는 것이 있었다. 발굴을 통해 엄청난 도시 규모가 드러나고, 수많은 유물이 나왔음에도 정작 사람들의 사체는 흔적도 보이지 않았다. 2만여 명에 달했던 사람들은 모두 갑자기 어디로 사라졌을까. 이때 발굴단장 피오렐리는 도시 곳곳에서 발견되는 '구멍'에 주목했다. 그 구멍에 조심스럽게 석고를 흘려 넣자 놀라운 일이 일어났다.

폼페이 사람들의 유해는 6미터 화산재에 묻힌 채 굳어졌다. 이후 2천 년 가까이 시간이 흐르면서 화산재 내부에 갇혀 있던 시신이 부패하면서 빈 공간이 생겨났다. 그 공간에 석고를 흘려 넣자 폼페이 최후의 순간이 고스란히 드러난 것이다. 캐스트(cast, 화산재 속 공간에 석고를 부어 죽은 사람들의 모습을 재현한 석고상)가 전하는 폼페이의 실상은 참혹했다.

그 참혹했던 폼페이의 폐허 속을 천천히 걸었다. 폼페이 유적 중에는 아름다운 프레스코 벽화와 모자이크가 돋보이는 '베티의 집Casa dei Vetti', 부유한 귀족이 살았던 '파우노의 집Casa del Fauno' 등 볼만한 곳이 많다. 무엇보다 관심을 끈 것은 '아본단차 대로Via Dell'Abbondanza'였다. 이 거리는 당시 로마인들이 얼마나 방탕한 생활을 했는지 잘 보여준다. 술집과 여인숙이 신작로를 따라 다닥다닥 붙어 있다. 일종의 유흥가다. 복원된 건물에 들어가면 욕조가 곳

- 베티의 집

곳에 있고, 성을 노골적으로 표현한 그림들이 가득하다. 노예의 성기를 저울로 무게 재서 거래하는 장면을 그린 벽화는 그나마 낮은 수위에 속한다. 벽마다 가득 채워진 낙서는 적나라한 성적 비속어와 외설적 내용이 대부분이다. 베수비오 화산은 이 모든 뜨거운 욕망을 불덩어리 화산재로 덮었다.

폼페이의 종말은 갑작스레 찾아왔다. 먼 나라 남의 이야기가 아니다. 나도 오늘 종말을 맞지 말라는 법은 없지 않은가. 그래서 예수는 이렇게 경고한 바 있다.

"너희는 스스로 조심하여, 방탕과 만취와 일상의 근심으로 너희 마음이 물러지는 일이 없게 하여라. 그리고 그날이 너희를 덫처럼 갑자기 덮치지 않게 하여라."(루카 21, 34)

내가 탄 방주는 지금 욕망이라는 고약한 홍수에 휩쓸려 요동치고 있다. 방주 안에 있다 보면 폭풍우 속에서 멀미가 날 수밖에 없다. 그 멀미 속에서 내가 할 수 있는 일은 무엇일까.

오늘 방주가 침몰한다면, 오늘 종말이 온다면 나는 무엇을 해야 할까. 지금 엄청난 무게의 화산재가 몰려온다면 나는 어떤 기도를 할 수 있을까. 나는 과연 깨어 있기나 한 것일까.

폼페이 사람들의 울부짖음이 들리는 듯했다. 갑자기 찾아온 종말 앞에서 그들은 비명을 지르며 어쩔 줄 몰라 하고 있었다. 무심하게도, 저 멀리 베수비오 화산은 맑은 하늘 아래에서 은은한 자태를 뽐내며 서 있었다.

예수 옆에
있던 사람

아말피의 산 안드레아 대성당
Cattedrale di San Andrea, Amalfi

소렌토 기차역 앞에서 출발하는 아말피행 버스에 몸을 실었다. 아스라한 절벽을 끼고 굽이굽이 도는 해안도로를 두 시간 동안 달려 아말피에 도착한 것은 오후 1시. 마을 광장 오른쪽 언덕에 산 안드레아 대성당이 보였다.

62개의 가파른 계단을 성큼성큼 올랐다. 성전 정문 위, 안드레아 사도San Andreas의 금빛 모자이크가 이곳이 안드레아 성당임을 확인시켜줬다. 그 아래 거대한 청동 문은 1060년경 제작한 것으로, 이탈리아 성당에 설치된 최초의 청동 문이라고 한다.

이런 대성당을 건축하고 이런 청동 문을 제작하기 위해선 돈이 많이 필요했을 것이다. 웬만한 도시는 엄두도 내지 못할 일이었다.

- 산 안드레아 대성당 내부
-- 산 안드레아 대성당

대성당의 위용은 한때 막강했던 아말피 해양제국의 영광을 말해 주고 있었다. 내부로 들어가자 과거 아말피가 얼마나 부유했는지를 피부로 느낄 수 있었다. 박물관은 중세와 르네상스 시대의 보물들로 가득했다. 그 화려함에 감탄하며 지하로 내려가니, 또 하나의 화려한 경당이 나타났다. 안드레아 성인은 그곳에 있었다.

예수의 열두 제자 중 한 명인 안드레아 사도의 유해가 아말피로 온 사연은 이렇다. 안드레아는 서기 60년 11월 30일, 그리스 파트라스에서 순교했다. 이후 성인의 유해는 356년 콘스탄티노플로 옮겨졌는데, 십자군 전쟁 당시 아말피의 추기경이 유해를 다시 이곳으로 모셔왔다. 이 안드레아 사도의 유해를 안치하기 위해 세워진 성당이 바로 산 안드레아 대성당이다. 이후 15세기에 성인의 머리 부분만 별도로 로마로 옮겼는데, 교황 바오로 6세가 1964년 그리스 정교회와의 화해 표시로 그 유해를 성인이 최초로 묻혔던 그리스 파트라스로 보냈다. 따라서 현재 안드레아 성인의 유해 중 몸은 이탈리아 아말피에, 머리 부분은 그리스 파트라스에 나눠 보존되고 있다.

성 안드레아의 유해를 모신 후 아말피는 많은 기적을 체험한다. 1544년 해적이 침입했을 때, 안드레아 사도가 나타나 풍랑을 일으켜 물리쳤다고 한다. 믿거나 말거나지만, 지금도 아말피 신앙인들은 안드레아 사도께 전구를 청하면 모든 어려운 문제가 해결된다는 믿음을 가지고 있다.

시몬 베드로의 동생(마태 4, 18; 마르 1, 16)인 안드레아는 갈릴레아의 베사이다에서 태어났고(요한 1, 44), 카파르나움에서 살았다

¯ 안드레아 사도의 유해를 모신 지하 경당

(마르 1, 29). 안드레아는 사도단 안에서 큰 비중을 차지했는데, 예수의 중요한 행적에는 반드시 안드레아가 함께하고 있다. 5천 명을 먹이신 기적(요한 6, 1-15)에서 예수의 의도를 간파한 제자가 안드레아였으며, 예수를 만나고 싶어 하는 이방인의 부탁을 예수께 전한 것도 안드레아였다(요한 12, 20-26). 다혈질적인 베드로와 달리, 안드레아는 신중한 성격으로 예수의 복심을 간파한 인물이다.

  역사가 에우세비우스Eusebius, 263~340의 기록을 포함하여 다양한 전승에 의하면 안드레아는 예수 부활 후 마케도니아를 비롯해 오늘날의 터키와 그리스 각지를 다니며 복음을 전한 것으로 파악된다. 특히 그리스 아카이아 지방(오늘날의 펠로폰네소스 반도 지역)로마 총독 에게아테스Aegeates의 부인에게 신앙을 전한 것은 대단한 성과였다.

그러나 이것이 화근이었다. 총독은 아내가 다신교가 아닌 일신교를 믿는 것을 용납할 수 없었다. 경비병을 동원하여 안드레아를 체포했다. 혹독한 심문이 시작됐다. 계속되는 매질에 몸 이곳저곳에서 피가 튀었다.

하지만 안드레아 사도는 신앙을 굽히지 않았다. 그 어떤 육체적 고통도 영적인 황홀함을 굴복시키지 못했다. 안드레아는 고통의 신비 안에서 복음을 당당하게 증언했다. 영광의 신비, 빛의 신비만이 진정으로 도달해야 할 의미라고 설파했다.

총독은 안드레아의 마음을 돌릴 수 없음을 알고, 결국 사형을 선고한다. 그런데 이때 사형 도구가 기이하다. 그리스도를 모셨던, 수직과 수평이 교차하는 그 십자가가 아니었다. X자형이었다.

안드레아 사도는 X자 모양의 나무에 이틀 동안이나 매달려 있었다. 이 와중에도 사도는 백성들을 향해 설교를 계속했다. 죽는 순간까지 진리를 설파한 것이다. 이때 안드레아 사도의 머리 위로 광채가 비쳤다고 전해진다. 총독은 백성들의 동요를 막아야 했다. 사도가 설교를 못 하도록 매질을 가했다. 그리고 마지막 순간……. 한 로마 병사의 창이 나무에 매달린 안드레아 사도의 몸을 꿰뚫었다. 안드레아는 그렇게 예수의 뒤를 따랐다.

킬링필드 희생자들의 유해를 캄보디아 프놈펜에서 만난 일이 있다. 이집트 카이로와 영국의 박물관에서 고대 미라를 본 일이 있다. 그리스 코린토 박물관에서도 2천 년 전 이름 모를 소년의 유해를 만났었다.

하지만 안드레아 사도의 유해는 다른 의미로 다가왔다. 예수의 옷자락을 잡았을 손, 예수와 함께 식사를 나눴던 그 몸 아닌가. 안드레아 사도의 몸을 빌려 2천 년 전 예수를 바라볼 수 있었던 것은 큰 행복이었다.

《내셔널지오그래픽》 등 많은 언론이 아말피를 '죽기 전에 꼭 가봐야 할 명소'로 선정했다는데, 뜬소문이 아니었다.

지중해의 푸른빛과 하늘의 푸른빛이 달려가다가 끝에서 서로 만나고 있었다. 둘은 이내 하나가 됐다. 어디가 하늘이고, 어디가 바다인지……. 성 안드레아와 함께 그 푸른빛의 향연을 한참 즐겼다.

해도 달도
필요 없는 도성

포시타노의 산타 마리아 아순타 성당
Chiesa di Santa Maria Assunta, Positano

2003년 영화 〈매트릭스 2〉의 광고 문구는 이랬다. "무엇을 상상하든 그 이상을 보게 될 것이다."

로마, 밀라노, 피렌체, 베네치아를 방문해보면 이 도시에 왜 많은 사람이 몰리는지 고개를 끄덕이게 된다. 하지만 거기까지다. 유명 관광지들은 와 하고 탄성을 지르게 하지만 내가 상상하고 기대한 것, 딱 그 수준을 넘지 않는다.

그런데 이탈리아 남부의 소도시 포시타노Positano는 달랐다. 자신 있게 말할 수 있다. 포시타노를 방문하는 사람은 '무엇을 상상하든 그 이상을 보게 될 것이다.'

인구 4천여 명에 불과한 작은 어촌 마을인 포시타노에는 엄청

- 포시타노 풍경

나폴리,   세월을 살아낸 성소

난 규모를 자랑하는 대성당이 없다. 유명한 박물관이나 미술관도 없다. 수많은 사람으로 북적이는 쇼핑몰 또한 없다. 포시타노에는 다른 특별한 것이 있다. 스피아자 그란데 해변Spiaggia Grande에서 만끽하는 여유, 바다 앞 계곡 절벽을 따라 들어선 형형색색 집들의 화려한 시감視感, 골목을 걸을 때 풍기는 상큼한 레몬 향, 안단테로 흐르는 시간의 편안한 호흡……. 포시타노는 머릿속으로 상상해오던 낙원, 그 이상이었다.

뭐니 뭐니 해도 포시타노의 산타 마리아 아순타 성당(성모 승천 성당)을 만나는 기쁨을 놓칠 수 없다. 7백 년을 훌쩍 넘긴 성당이다.

이탈리아의 많은 대성당이 고려청자, 조선백자라면 이 성당은 첫사랑의 투박한 미를 닮은 소박한 사발(다완)로 다가온다. 몸에는 백색 치마를 수줍게 둘렀고, 머리(돔)에는 화려한 이탈리아 도자기 마요르카Majolica로 족두리를 올렸다. 내부로 들어가면 기적을 일으킨 것으로 유명한 검은 성모 마리아 이콘이 있고, 비투스 성인San Vitus, 축일 6월 15일의 유해 일부도 모셔져 있다.

성당에서 또 하나 빼놓을 수 없는 것은, 포시타노를 상징하는, 물고기를 입에 문 여우(늑대 혹은 개) 조각이다. 성전 입구와 첨탑 부근에 있는데, 이탈리아 남부 해안의 건축물에서 흔히 볼 수 있는 문양이다. 우리나라의 망부석을 닮았다. 바다(물고기)와 산(여우)을 동시에 개척해야 했던 포시타노 토착민의 망望과 한恨을 느낄 수 있었다.

어째서 성당 이름이 '성모 승천 성당'일까?

타임머신을 타고 10세기 포시타노의 한 가정을 방문해, 성모 신

˚ 산타 마리아 아순타 성당
˚˚ 산타 마리아 아순타 성당 외벽을 장식한 '물고기를 잡아먹는 개' 문양
˚˚˚ 산타 마리아 아순타 성당 내부

나폴리,   세월을 살아낸 성소

심 토론을 벌인다고 가정해보자. 아마도 당신은 포시타노 사람들이 지닌 놀라운 성모 신심에 경의를 표해야 할 것이다. 특히 성모 승천과 관련해서 그들은 확신을 넘어선 절대적 믿음을 가지고 있었다. 성경에는 없는 내용이었다. 교회도 특별히 가르치지 않았다. 그럼에도 마리아가 육신과 함께 하늘에 올림을 받았다는 확신은 당시 포시타노 민중들 속에 널리 퍼져 있었다. 포시타노 사람들은 어려운 일이 있을 때 승천하신 성모님께 전구를 청했고, 그들은 매번 전구가 받아들여졌다고 믿었다. 여전히 포시타노의 수호자는 승천하신 성모 마리아다.

성당에서 나오는데, 입구 오른쪽 안내판에 적힌 성경 구절이 눈에 들어왔다.

"그 도성은 해도 달도 비출 필요가 없습니다. 하느님의 영광이 그곳에 빛이 되어주시고 어린양이 그곳의 등불이 되어주시기 때문입니다. 민족들이 그 도성의 빛을 받아 걸어 다니고, 땅의 임금들이 자기들의 보화를 그 도성으로 가져갈 것입니다. 거기에는 밤이 없으므로 종일토록 성문이 닫히지 않습니다. 사람들은 민족들의 보화와 보배를 그 도성으로 가져갈 것입니다."(묵시 21, 23-26)

신의 영광의 빛, 어린양의 등불 때문에 해도 달도 필요 없는 도성. 포시타노는 1천 년이 넘도록 쌓인 성모 승천 신앙의 보화와 보배로 가득한 지상낙원 도성이었다.

살아 있는
복음사가의 무덤

살레르노 대성당
Duomo di Salerno

우리나라 최초의 근대적 의학 교육기관은 세브란스 의과대학이다. 그 전신은 미국 의료선교사 알렌Horace Newton Allen이 1885년 설립한 병원 '광혜원(현 연세대세브란스병원)'이다. 광혜원은 이후 제중원으로 이름이 바뀌었다가, 세브란스Louis H. Severance로부터 기금을 기증받아 1904년 교육기관을 확장하여 오늘에 이르고 있다.

그렇다면 세계 최초로 학위를 포함한 공식 체계를 갖추고 의료 교육을 시행한 의과대학은 언제 어디서 설립되었을까. 이탈리아 살레르노Salerno에서 870년경에 설립된 살레르노 의학교Scuola Salernitana 가 그것이다.

최근 우리나라 사람들에게 인기를 끄는 관광지로 급부상한 아말피에서 배편으로 30분 거리에 위치한 살레르노는 사통팔달의 지리적 이점 때문에 동서양의 교류가 활발했던 곳이다. 그래서 동서양의 의학이 이곳에서 만나 꽃을 피웠으며 이는 현대 의학이 발전하는 토대가 됐다. 중세 이후 영국과 프랑스는 물론이고 멀리 아프리카와 아라비아 지역에서까지 최고의 지식인들이 선진 의학을 배우기 위해 살레르노로 몰려들었다.

이러한 몸 치유의 도시 살레르노는 동시에, 지난 2천 년 동안 인류의 영혼을 치유해온 거인이 잠들어 있는 도시이기도 하다. 서기 600년경, 살레르노에서 남쪽으로 1백 킬로미터 떨어진 벨리아Velia라는 곳에 한 위대한 성자의 유해가 도착한다. 아프리카 에티오피아에서 순교한 성 마태오San Matthaeus 복음사가(성경 마태복음의 저자)의 유해였다. 벨리아 성 마태오 성당에 보관되었던 성인의 유해는 이후 사라센의 침략을 피해 루티노Rutino, 카파치오Capaccio로 옮겨졌다가 서기 954년 5월 6일 현 살레르노 대성당에 안치되었으며, 1084년 교황 그레고리우스 7세에 의해 공식 봉안식을 가졌다.

알패오Alpheus의 아들 마태오(마르 2, 14)는 로마제국을 위해 세금을 징수하는 세관원이었기에(마태 9, 9) 상당히 부유했다(루카 5, 29). 전설에 의하면 에티오피아, 페르시아, 파르티아 등지에서 복음을 전파하다 에티오피아에서 순교했다.

마태오의 성경 집필 방식은 마르코San Marcus, 마가와 달랐다. 아니, 마르코에 대해 불만족스럽게 생각했음이 분명하다. 마태오 복음서가 결집되던 시대는 마르코 복음서보다 10년 혹은 20년이 지난 뒤였다. 당연히 그 시대는 마르코 복음서가 접했던 사회적 환경 및 역사적 상황과 달랐고 복음서의 내용 또한 이를 반영하고 있다. 물론 마태오 복음이 공관복음서 중에서 가장 먼저 저술되었다는 초대교회의 전승은 너무도 강해 전적으로 부인하기 힘들다(신약성경 제일 앞에 배치된 것 또한 이런 전승을 따른 것이다). 하지만 최근 대부분의 신학자들은 마르코 복음서가 씐 후 마태오 복음서가 씌었다는 데 동의하고 있다.

마태오는 그리스어, 히브리어, 아랍어에 익숙하고 유대교 계율과 관습에 대해 잘 아는 유대계 그리스도인이다. 그는 그리스어를 사용하는 유대계 그리스도인들을 대상으로 복음서를 집필했다. 그는 유대인과 이방인이라는 두 마리 토끼를 동시에 잡으려 했던 것으로 보인다. 따라서 율법의 유효성을 일단 인정하면서도 동시에 율법을 새롭게 해석한 예수의 노선을 견지하고 있다. 예수 그리스도의 족보(마태 1, 1-17)가 첫 대목부터 나오는 이 성경은 유대인 예수의 선포가 유대인들에게 스며들게 하는 데 거부감을 줄이는 역할을 했을 것이다. 예수의 족보는 유대인들에게 '우리 이야기'라는 느낌을 주었을 것이 분명하다. 마태오는 예수의 행적과 말씀을 통해 이방인들에게 새로운 시대의 도래를 알리는 데도 주력했다. 그는 예수 그리스도가 오로지 아버지의 뜻을 따라 말씀하고 처신하셨듯이(마태 26, 39), 교회도 마땅히 예수 그리스도의 뜻을 따라야 한다는 계시를 드러내기 위해 온 힘을 쏟았다.

살레르노 대성당 지하 경당. '계시받은 자' 마태오 복음사가의 무덤이 있었다. 무덤 앞에서의 한 시간. 마태오는 살아 있는 생생함으로 다가왔다. 순교자 마태오 복음사가는 죽음을 두려워하지 않

앗다. 죽음을 두려워하지 않았기에 죽음이 그를 두려워했다. 그래
서 그는 지금도 죽지 않고 내 마음속에 살아 있다!

최근 우울증과 대인기피증이라는 마음의 병을 얻은 한 할머니
를 만난 일이 있다. 할머니에게 이탈리아 살레르노를 찾을 것을 권
해야겠다. 할머니가 마태오를 만난 후 새로운 희망의 복음서를 써
내려갈 수 있기를 기도했다.

- 살레르노 대성당 종탑

천 년의 거룩한 성소

소렌토 대성당
Duomo di Sorrento

로마에서 쭉쭉 뻗은 고속도로를 타고 남쪽으로 세 시간쯤 가면 영화에서나 볼 법한 비현실적인 풍광과 마주하게 된다. 구불구불 해안도로의 왼쪽에는 산, 오른쪽에는 아스라한 절벽, 그 절벽과 딱 붙어 있는 푸른 바다……. 그렇게 얼마나 달렸을까. 풍경 명화집의 마지막 페이지에서 소렌토Sorrento가 툭 하고 나타났다. 세 번째 방문. 나는 그렇게 잠바티스타 데 쿠르티스Giambattista De Curtis의 〈돌아오라 소렌토로〉를 들으며 세 번이나 소렌토로 갔다. 소렌토로 발걸음이 찾았던 이유가 있었다. 거룩한 땅 위에 세워진 명품 성당 때문이었다.

라틴어 '산투아리움sanctuarium'은 성소聖所를 뜻한다. 원래는 고대 그리스 신전 내 특별히 성스러운 장소, 혹은 성스러운 땅을 의미하는 말이었는데, 이것이 그리스도교로 전해지면서 성당에서 미사가 봉헌되는 제대, 감실, 사제석이 있는 성당 앞부분을 뜻하게 됐다. 프랑스 성당에서는 비슷한 의미인 '프레스비테리움presbyterium'이라는 명칭으로 통칭해서 쓰기도 하는데, 이는 엄밀히 말하면 성소 내에서도 사제석이 있는 곳을 말한다. 산투아리움은 성당 내 거룩한 장소뿐 아니라 성모 마리아, 성인, 순교자와 관련한 유적지, 즉 성지聖址를 뜻하기도 한다.

과거 천주교 신자들은 제대가 있는 성당 앞부분에는 함부로 올라가지 않았다. 제대를 가로질러서 갈 때도 반드시 허리를 굽혀 인사했다. 그곳은 거룩한 곳, '성소'이기 때문이다.

이러한 성소 개념은 인류가 문명을 건설하는 단계에서부터 전 세계적으로 어느 곳에나 있었다. '길지吉地'를 뜻하는 우리나라의 명당明堂, '대지의 배꼽'을 뜻하는 잉카제국의 '쿠스코Cuzco', 그리스 델피 아폴론 신전의 '옴파로스Omphalos'는 성소였다. 중앙아시아 타림분지의 '허톈和田' 또한 '대지의 자궁'이라는 뜻으로 평범한 사람은 함부로 접근할 수 없었던 성소였다.

소렌토에도 성소가 있다. 소렌토에는 2500년 전, 고대 그리스 시대부터 입에서 입으로 전해 내려오는 성소, 산투아리움이 있었다. 현재 소렌토 대성당이 있는 곳이 바로 그러하다.

원래는 그리스 제우스 신전이 있었던 곳인데 10세기 이후 1천 년 동안 기존 건물을 이곳저곳 리모델링해서 지금까지 이어지고 있다. 제우스가 누구인가. 그리스 모든 신의 왕, 신 중의 신 아닌가.

˗ 소렌토 대성당
˗˗ 소렌토 대성당 내부
˗˗˗ 소렌토 전경(200, 201쪽)

그 신을 모시던 장소였다. 소렌토 대성당은 신 중의 신을 모시던 거룩한 땅, 성소에 그렇게 서 있었다.

원래의 제우스 신전은 서기 1000년까지는 허물어지지 않고 그 자리에서 명맥을 이어왔던 것으로 보인다. 당시까지 가톨릭 신앙인들은 현재의 타소 광장 한편에 있는 가르멜의 성모 마리아 성지 성당Santuario della Madonna del Carmine에서 신앙생활을 이어갔다.

그러던 서기 900년대의 어느 날, 가톨릭교회는 당시 제우스 신전을 허물고 그 성소에 소렌토 최대 성당을 짓기로 결정한다. 1백여 년의 공사 끝에 1113년 3월 16일 성당이 완공되었고, 사도 필립보Philippus와 요한에게 봉헌되었다. 당시 성전 축복식 주례자는 리카르도 드 알바노 추기경이었다.

제우스 신전의 틀 위에 지어지다 보니, 지금도 성당에는 고대 그리스 신전의 흔적이 남아 있다. 나이가 족히 2천5백 년은 넘었을 법한 두 개의 분홍색 대리석 기둥, 바닥 대리석 등이 그것이다. 원래는 직사각형이었던 제우스 신전은 리모델링을 통해 라틴 십자가의 형태로 바뀌었다.

성당이 지어진 이후에도 보강공사와 리모델링은 계속됐다. 1558년 터키인들의 침공 이후 잠시 모스크로 사용되는 등 시련이 있었기에, 성전의 계속되는 리모델링은 불가피한 것이었다. 그래서 소렌토 대성당에서는 서기 1000년부터 2000년에 이르는 1천 년의 시간이 공존한다. 최후의 만찬 경당에 있는 15세기 나무 십자가, 17세기 단색 대리석 제단, 세례받는 예수의 모습이 정교하게 새겨진 16세기의 대리석 주교좌, 1573년에 제작된 설교단, 성모성심 경당에 있는 15세기 패널 등이 그러하다. 특히 종탑은 본당 건물에서 약 50미터 떨어진 곳에 있는데, 그 역사가 11세기로 거슬러 올라간다. 최종적으로 현재의 주요 골격이 완성된 것은 이슬람 모스크로 사용되던 것을 다시 개조한 1573년이었고, 현재의 외관이 완성된 것은 1백 년 전인 1924년에 이르러서였다. 우리나라에 천년 고찰 수덕사, 화엄사가 있다면, 소렌토에는 천년 교회 소렌토 대성당이 있다. 그곳은 거룩한 땅, 성소였다.

거룩한 땅에서 나와 절벽 아래로 편안하게 걸어 내려가면 소렌토 항구가 나온다. 카프리행 페리에 몸을 실었다. 그제야 나는 알았다. 소렌토는 무조건 바다에서 보아야 한다! 소렌토의 진짜 아름다움은 그곳에 있었다. 소렌토에서는 보이지 않던 소렌토가 바다에서 보였다. 절벽 틈새를 비집고 빼곡히 들어선 건물들이 나를 향해 손 흔들고 있었다. 소렌토는 성소를 떠나 또 다른 성소로 향하는 나를 그렇게 환하게 전송했다.

낙원
그리고 평화

카프리 섬의 산 미켈레 성당

Chiesa di San Michele, Capri

새삼 느꼈다. '스스로 그렇게 있는 것自然, 자연'이 이렇게 아름다울 수 있다는 것을 말이다. 그 섬을 다녀온 후 나는 이제 '카프리'라고 쓰고 '낙원樂園, paradise'이라 읽는다. 머릿속으로만 막연하게 상상하던 낙원이 눈 앞에 펼쳐지는 그때의 감동을 지금도 잊을 수 없다.

여름을 향해 등 떠밀리는 것이 못마땅한 듯, 늦봄 바람이 곰상스럽게 불던 날이었다. 나폴리에서 배를 타고 출발해서 남서쪽으로 한 시간 남짓(소렌토에서는 서쪽으로 50여 분) 항해해 카프리 섬 마리나 그란데 항구에 내려선 것은 오후 1시였다.

카프리 섬에 반하는 데는 1분이 채 걸리지 않았다. 부두에서 섬 쪽으로 걸어가는 그 짧은 시간에 섬은 단번에 나를 사로잡았다. 바

다와 하늘의 청淸, 그리고 형형색색 건물과 관광객들의 알록달록
옷 색깔이 만들어내는 명明이 한꺼번에 뒤섞이면서 내 마음은 어느
덧 편안한 파스텔 톤으로 물들고 있었다.

　카프리 섬에는 갈 곳, 볼 곳이 많다. 항구에서 푸니쿨라(지상형
케이블카)로 5분여 거리에 있는 카프리 마을, 절경으로 소문난 푸른
동굴, 로마 아우구스투스 황제와 티베리우스 황제의 별장……. 그
러나 섬에 내리자마자 가장 먼저 향한 곳은 항구에서 버스로 30여
분 소요되는 아나카프리Anacapri 마을이었다. 그리스어로 '아나Ana'가

'위'라는 뜻이니 '아나카프리'는 말 그대로 '카프리 윗동네'를 가리킨다. 카프리 섬의 소문난 절경들을 제쳐두고 한적한 윗동네로 먼저 달려간 이유는 그곳에 낙원 성당이 있다고 들었기 때문이다.

카프리 윗동네(아나카프리) 마을의 중심인 비토리아 광장Piazza Vittoria에서 1~2분 정도 걸었을까. 1719년에 지어진 산 미켈레 성당이 모습을 드러냈다. 겉모습은 소박하지만 프란체스코 솔리메나를 비롯한 16세기 나폴리 거장들의 아름다운 성화를 품고 있는 명품 성당이다. 그런데 미켈레 성당은 그 아름다움을 넘어서는 또 다른 아름다움을 품고 있다.

안으로 들어서는 순간…… 그곳에 에덴동산이 있었다. 성전 바닥이 온통 도자기 타일이었는데, 그 조각조각이 모여 낙원을 만들어내고 있었다. 서울 국립중앙박물관에서 12세기 고려인들이 만든 상감청자를 보고, 자기에 새겨진 학과 구름의 정교함에 감탄했던 기억이 있다. 그런데 이건 아예 도자기 타일을 바닥에 깔고, 그 바닥을 캔버스 삼아 작정하고 그림을 그렸다.

선악을 알게 하는 열매의 나무를 중심으로 다양한 동물과 각종 과일, 꽃, 나무가 빽빽이 들어서 있었다. 예사로운 솜씨가 아니라고 생각했는데, 안내서를 읽어보니 역시 장인의 한 땀 한 땀 정성이 밴 작품이었다. 18세기 나폴리에서 활동했던 도자기 명인 레오나르도 키아이에제Leonardo Chiaiese가 10여 년 만인 1761년에 완성했다고 한다. 도자기로 구워낸 그림이다 보니 250년을 넘겼는데도 원래의 색감을 잃지 않고 있었다. 눈 안에서 살살 녹는 색감이 대단했다.

˙ 산 미켈레 성당 내부
˙˙ 산 미켈레 성당 바닥의 마졸리카 에덴동산

250년 넘게 이어온 그 생생한 색감이 이야기하는 것은 평화였다. 에덴동산 동물들은 한데 어우러져 평화를 만끽하고 있었다. 육식동물과 초식동물이 평화 속에서 함께 공존하고 있었다. 문득 구약성경 이사야 예언자의 예언이 떠올랐다.

기원전 8세기 이사야 예언자는 늑대와 양과 새끼 양이 어울리고, 표범이 숫염소와 함께 뒹굴며, 새끼 사자와 송아지가 함께 풀을 뜯는 세상을 예언했다. 이사야는 이 모든 동물을 어린아이가 몰고 다닐 것이라고 했다. 암소와 곰이 친구가 되어 그 새끼들이 함께 뒹굴고 사자가 소처럼 여물을 먹을 것이라고 했다. 젖먹이가 살무사의 굴에서 장난하고 젖뗀 어린 아기가 독사의 굴에 겁 없이 손을 넣을 것이라고 했다(이사 11, 6-8 참조).

이사야는 모두가 함께 사는 세상을 이야기했다. 이 위대한 예언자는 언젠가 인간과 자연이 하나 되어 살아가는, 불신 없는 평화로

- 산 미켈레 성당

운 세상이 올 것이라고 했다.

하지만 우리의 현실은 어떤가. 목소리와 목소리가 부딪힌다. 한 치도 양보하려 하지 않는다. 사람들의 얼굴은 팽팽한 긴장 때문에 이마 실핏줄이 터질 것 같다. 얼마나 더 힘들어야, 얼마나 더 많은 상처를 주고받아야 이 불신과 반목이 멈출까. 낙원에서 만난 낙원 성당에서 오랫동안 낙원을 바라보았다.

산 미켈레 성당을 나와 골목길을 걷다 보면 아기자기한 레스토랑과 소박한 카페테리아들을 만날 수 있다. 아나카프리 마을의 레스토랑에서 바다를 바라보며 나폴리 고유의 마리나라 피자와 마르게리타 피자에 생맥주를 곁들이면 그 또한 낙원이다. 하늘을 품은 바다의 아름다움은 오랫동안 마음에서 지워지지 않을 것이다. 또 카페테리아에서 차 한 잔의 여유를 즐겼다면 지척에 성 소피아 성당을 방문하는 것도 좋다. 성 소피아 성당은 산 미켈레 성당보다 2백여 년 앞선 1510년에 지어졌다.

베네치아,
물 위의
희망

Bria

그들은 부랴부랴 짐을 싸서 피난해야 했다.
그렇게 정처 없이 피난길에 나선 이들의 눈앞에 나타난 것은 갯벌,
그리고 그 너머의 바다였다.
살기 위해 갯벌 위에 말뚝을 박고 집을 지었다.
갯벌 위에 듬성듬성 보이는 땅은 흙을 보태 섬으로 만들었고,
섬과 섬 사이는 다리로 연결했다……. 그리고 성당을 지었다.

물을 타고 흐르는 신앙

15세기 초, 저 멀리 안드로메다 은하계에서 외계인이 우주선을 타고 지구에 도착했다고 가정해보자. 다행히 이 외계인은 지구인에게 호의적이다. 대화하고 싶어 한다. 외계인은 '지구에서 가장 뛰어난 지적 능력을 지닌, 가장 발달한 문명과 대화해야지'라고 결심한다. 지구 곳곳을 살펴보던 외계인이 한 나라를 선택한다. 중국 명나라였다.

당시 동양은 세계 최고 수준의 항해술과 과학기술을 보유하고 있었다. 1405년 색목인 출신 환관 정화鄭和, 1371~1433는 명나라 영락제의 명령을 받고 대항해에 나선다. 콜럼버스의 항해보다 90여 년 앞선 것이었다. 정화는 이후 약 25년간 7회에 걸쳐 동남아시아와 서 남아시아, 페르시아, 아프리카 동해안까지 항해했다. 더 놀라운 것은 당시 원정대의 규모다. 240여 척의 배에 승선 인원만 2만 8천여 명. 배 규모도 엄청났는데, 대형 돛이 아홉 개나 달렸다는 주축 함선의 경우, 길이 150미터, 폭 60미터에 달했다.

그런데 아쉽게도 그것이 끝이었다. 정화의 대항해 이후 중국의 바다는 닫혔다. 중국인들은 더 이상 바다로 나가지 않았다. 왜 그랬을까?

아마도 경제적 이유와 자만심 때문이었을 것이다. 돈은 땅에 있었다. 넓은 땅을 가진 중국은 바다가 아니어도 땅을 통해 충분히 자급자족할 수 있었다. 조공을 통해 충분한 풍요를 누렸던 중국 황실은 바다를 통한 무역의 필요성을 느끼지 못했다.

유럽은 달랐다. 돈은 바다에 있었다. 바다의 힘을 빌리지 않으면, 바다를 개척하지 않으면 더 나은 생존이 불가능했다. 중국이 관심 두지 않았던 그 무주공산無主空山 블루오션 바다를 이제 유럽의 배들이 휘저으며 다니기 시작했다. 바다를 지배하는 나라가 세계를 지배하는 시대가 오고 있었다. 바이킹이 그랬고, 영국, 포르투갈, 스페인이 그랬다.

바다를 호령했던 또 하나의 해양제국이 있었다. 바로 이탈리아 반도의 북동쪽에 자리한 베네치아였다. 베네치아의 역사는 1천5백 년 전으로 거슬러 올라간다. 5세기 로마제국이 힘을 잃어가던 시기, 훈족의 왕 아틸라Attila, 406?~453가 북이탈리아(롬바르디아)를 공격했을 때, 그곳에 있던 이들은 부랴부랴 짐을 싸서 피난해야 했다. 그렇게 정처 없이 피난길에 나선 이들의 눈앞에 나타난 것은 갯벌,

그리고 그 너머의 바다였다. 살기 위해 갯벌 위에 말뚝을 박고 집을 지었다. 갯벌 위에 듬성듬성 보이는 땅은 흙을 보태 섬으로 만들었고, 섬과 섬 사이는 다리로 연결했다.

그 유배의 땅이 그들을 풍요롭게 해줄 것이라고 누가 상상이나 했겠는가. 자의 반 타의 반으로 수백 년 동안 바다와 함께 살았던 그들은 바다의 시대(무역의 시대)에 최적화된 민족이었다. 다른 민족이 미처 준비되어 있지 않았던 그 시기, 바다의 왕자 베네치아인들은 가장 먼저 바다로 나갔고, 무역로를 개척했다.

무역을 통해 엄청난 돈이 베네치아로 몰려들었다. 15세기 말 베네치아는 지금의 뉴욕 맨해튼이었다. 돈이 쌓이자 더 많은 선박을 건조할 수 있었고, 더 많은 돈을 벌어들일 수 있었다. 돈이 돈을 굴리는 형국이었다.

자연히 건축 붐이 일었고, 도시는 급격히 팽창했다. 더불어 성당 건축 붐이 일었다. 집 지을 땅도 부족했지만, 베네치아인들은 간척을 통해 여유 땅이 생기면 가장 먼저 성당부터 지었다.

18세기에 접어들면서 성당 건축 열정은 뚝 끊어진다. 베네치아의 지갑이 얇아지기 시작한 것이다. 바다는 지중해만 있는 것이 아니었다. 베네치아가 지중해라는 좁은 우물에 만족하고 있을 때, 유럽의 다른 나라들은 대서양과 인도양으로 진출하고 있었다. 시대의 흐름을 읽지 못한 베네치아는 그렇게 쇠퇴의 길을 걸었다.

베네토Veneto주 베네치아의 관문, 산타 루치아 기차역에 내렸을 때는 오후 2시를 조금 넘긴 시간이었다. 역 정문을 나오자 그곳에 수상 도시가 있었다.

베네치아,   물 위의 희망

역 앞에 길이 있어야 하는데, 그곳에 물이 있다. 길은 물이고, 버스는 큰 배, 택시는 작은 보트다. 그 사이로 베네치아에 왔다는 것을 확실하게 각인시키는 곤돌라(Gondola, 이탈리아어로 '흔들리다'라는 뜻)가 흔들리는 물결에 맞춰 출렁이고 있었다.

그 풍경 주위로 떠들썩함이 가득했다. 세계 각지에서 몰려든 관광객들이 큰 여행가방 하나씩 끌고 버스, 택시를 타기 위해 정류장에 길게 줄지어 있었다. 그들이 예약한 각각의 호텔은 아마도 굽이굽이 운하 사이에 있는, 4백여 개 다리로 연결된 118개 섬 중 하나에 있을 것이다.

내가 묵을 숙소도 운하와 다리가 얽히고설키는 미로의 한 귀퉁이에 있었다. 그 미로를 더듬어 가는 동안 만난 성당만 세 곳이었다. 크고 작은 성당들 한 곳 한 곳에서 베네치아인들이 꽉 붙잡고 살고자 했던 신앙이 느껴졌다.

물 위를 흐르며 이어온 그 신앙을 좀 더 가까이 느껴보고 싶었다. 숙소에 짐을 던져놓고 바로 베네치아 1번지 산 마르코 광장Piazza San Marco으로 갔다. 굽이굽이 운하, 미로 같은 골목, 4백여 개의 다리로 연결된 118개 섬이 만들어내는 신비롭고 흥미로운 성당 이야기가 그곳에 있었다.

- 베네치아 풍경(214, 216, 217쪽)

베네치아,　　　물 위의 희망

최초의
복음사가 이야기

산 마르코 대성당
Basilica di San Marco

얼마나 이 만남을 고대했던가. 하지만 정작 만남의 순간이 다가오
자 나는 망설이고 있었다. 산 마르코 대성당에 성큼 들어가지 못했
다. 요리할 때의 설렘이 식사 후 포만감으로 잊힐까 두려워서일까.
되도록 천천히 대성당에 들어가기로 했다.

대성당 앞에 펼쳐진 산 마르코 광장의 한쪽 편에 섰다. 총독 관
저로 사용되었던 두칼레 궁전과 높이 1백 미터에 달하는 웅장한
종탑을 한참 동안 바라보았다. 뜸 들이는 그 시간이 좋았다. 그 찰
나가 평화로웠다.

부처님 열반 후 제자들은 혼란에 빠진다. 이제는 부처님 말씀
을 직접 들을 수 없게 된 상황. 기억이 사라지기 전에, 하루빨리 그

- 산 마르코 광장

말씀들을 기록으로 남겨야 했다. 그래서 그리스도교의 베드로에 해당하는 가섭존자迦葉尊者를 비롯한 5백여 명의 제자는 부처님 말씀 총정리 모임을 갖는다(제1차 결집).

이때 부처님 말씀을 하나도 빼놓지 않고 통째로 암기한 제자가 있었다. 천재적 두뇌를 가진 아난존자阿難尊者였다. 필기도구를 들고 받아쓰기 자세에 돌입한 제자들……. 아난존자가 입을 열었다.

"여시아문(如是我聞, 나는 이와 같이 들었습니다)."

『금강경』 첫 문장은 이렇게 시작한다.

예수 승천 후 제자들은 혼란에 빠진다. 이제는 스승의 육성을 직접 들을 수 없게 된 상황. 기억이 사라지기 전에 하루빨리 그 말씀들을 기록으로 남겨야 했다. 65~70년경 로마. 당시는 복음이 로마제국 곳곳으로 스며들던 시기였다. 복음이 자칫 이교 문화의 영향에 휘둘릴 수 있었다. 예수는 A를 말했는데, B로 알아듣는 사람이 생겨날 수 있었다. 확실하게 해야 했다.

첫 복음서 첫 문장을 써내려가는 이의 손이 떨리고 있었다. 그의 이름은 마르코였다. 구전과 쪽지 형태로 돌아다니던 예수 말씀과 생애, 사도들의 증언(예수 어록)이 처음으로 결집되는 순간이다. 최초의 복음서인 마르코 복음서의 첫 문장은 이렇게 시작한다.

"하느님의 아드님 예수 그리스도의 복음의 시작."(마르 1, 1)

마르코 복음서는 어떤 환경에서 어떤 조건으로 씌었을까.

첫 번째 신약성경은 바오로의 두 번째 선교여행 중에 탄생한다. 서기 51년경 바오로가 코린토에서 쓴 '테살로니카 신자들에게 보낸 첫째 서간'이 그것이다. 그렇게 초창기 신앙인들은 편지를 돌려보는 형식으로 신앙을 다독였다. 그러나 편지는 한계가 있었다. 편지는 해당 교회 및 수령인의 특수한 상황에 맞도록 작성된 것이어서, 예수의 근본적 가르침에 보다 면밀하고 보편적으로 접근하기에는 1퍼센트 아쉬운 점이 있었다.

그 돌파구가 마련될 조짐이 첫 번째 신약성경이 작성되던 서기 50~60년, 동방의 시리아에서 이뤄졌다. 어떤 신심 깊은 사람 혹은 집단이 구전으로 떠돌던 예수의 말씀을 발췌해 '예수 어록'이라는 것을 만든 것이다. 이를 독일 신학계에서는 샘, 원천, 기원을 뜻하는 독일어 '크벨레Quelle'의 약자를 따서 'Q 사료'라고 한다. 그렇게 '예수 어록'이 만들어진 지 10여 년 후…….

마르코는 이 '예수 어록'을 입수하지 못한 듯 보인다. 그는 자신이 독자적으로 모은 예수 관련 자료에 구전을 보태 최초의 복음서를 집필한다. 로마의 티투스 장군이 예루살렘을 함락시키고 성전을 유린한 서기 70년경의 일이다.

마르코가 채택한 글쓰기 방식은 특별했다. 마르코는 편지도 아니고, 단편적으로 예수의 말씀을 옮겨적은 요약본 형태도 아닌, 지금까지와 전혀 다른 새로운 집필 방식을 계획한다.

마르코가 선택한 것은 이야기였다. 마르코는 일반 대중이 쉽고 편안하게 접근할 수 있는 이야기 형식으로 복음서를 집필했다. 그래서 복음서 중에서 분량이 가장 적고, 내용도 술술 읽힌다.

오늘날에도 그렇듯 이야기에는 한계가 있다. 신학적으로 깊이 있게 파고들기 힘들다는 점이 그것이다. 이야기는 머리가 아프지 않아야 한다. 하지만 명확하게 하려면 글이 어렵고 장황해져 결국 이야기를 포기해야 한다.

이 문제는 이야기를 쓰기로 작정한 마르코에게도 고민이었을 것이다. 그래서 마르코가 선택한 것이 '이미 대중이 알고 있는 것과의 대비'이다. 이탈리아 피렌체와 베네치아의 위치를 설명할 때 '한반도의 평양', '한반도의 강릉'이라고 설명하면 이해하기 쉬운 것과 마찬가지다. 즉 이야기를 위해 연대기적 방식으로 글을 쓴 마르코는 당시 사람들이 알고 있던 구약 이야기와 예수의 말을 대비시키는 방식을 선호했다.

그럼에도 예수가 메시아라는 난해한 문제는 어쩔 수 없이 설명해야 하는 문제인데……. 이 부분에서 마르코는 절묘한 방법을 채택한다. '그 문제는 예수의 제자들도 이해하지 못했다'라며 두루뭉술 넘어간 것이다(마르 8, 31-33; 9, 31-32 참조). 이렇게 되면 글을 읽는 입장에서는 머리 아프게 어려운 신비를 이해하려고 할 필요 없다. 그저 마음으로 신비를 받아들이기만 하면 된다.

마르코 복음서가 없었으면 어쩔 뻔했나. 초기 교회 신앙인들은 마르코가 전하는 이야기를 통해 예수의 삶과 가르침을 한층 쉽게, 피부로 받아들일 수 있게 됐다. 그래서 할머니는 손녀에게, 그 손녀는 다시 다음 세대에 이야기를 통해 신앙을 전해줄 수 있게 됐다.

그 마르코 복음서를 쓴 성 마르코의 무덤이 베네치아 산 마르코 대성당에 있다. 어떤 이유일까. 어떻게 이 최초 복음사가의 유해가 이 먼 곳까지 오게 됐을까.

베드로 사도는 "마르코라고 하는 요한"(사도 12, 12. 25), 즉 마르코를 두고 "나의 아들"(1베드 5, 13)이라고 했을 정도로 아꼈다. 베드

성 마르코 복음사가의 무덤

로에게 마르코는 불교의 아난존자 같은 존재였을 것이다. 실제로 150년경 히에라폴리스의 파피아스 주교에 따르면 마르코는 베드로의 통역으로 활동했다.

베드로가 순교하자, 마르코는 자신이 쓴 술술 읽히는 이야기(마르코 복음)를 들고 이집트 전도 여행을 떠났다. 그리고 교회 역사상 처음으로 알렉산드리아에 교회를 설립했고 주교가 됐으며, 그곳에서 순교했다. 박해자들이 마르코의 시신을 화장하려는 순간, 하늘에서 천둥이 울리고 번개가 내리쳤다. 겁에 질린 박해자들은 마르코의 시신을 버려두고 도망쳤고, 그 틈에 신앙인들이 유해를 수습하여 은밀히 공동묘지에 모셨다.

이후 시간이 흘러 강산이 80번 바뀌었을 즈음의 일이다. 베네치아의 두 상인이 알렉산드리아에 도착한다. 신앙심 깊었던 두 사람은 이교도들의 땅에서 마르코 사도의 유해를 빼내기로 결심한다. 우여곡절 끝에 이들은 828년 마르코의 유해를 베네치아로 옮기는 데 성공한다. 마르코의 유해가 있던 자리에, 의심을 피하기 위해 다른 성인의 유해를 대신 갖다 놓기도 했고, 무슬림 조사자들이 혐오감을 느끼고 물러가도록 돼지고기로 시체를 덮기도 했다.

베네치아 사람들은 환호했다. 갯벌 위에 말뚝 박고 뿌리내린, 눈물 많은 이 땅에 위대한 성인의 유해를 모실 수 있게 된 것이다. 사람들은 성 마르코를 베네치아의 수호성인으로 정하고, 소중히 유해를 모셨다. 그리고 그 무덤 위에 성전을 지었다. 864년의 일이다. 하지만 첫 성전은 거대하지 않았다. 성전의 면모가 지금처럼 화려해진 것은 베네치아의 지갑이 두툼해지면서부터다. 11세기에 한 번, 이후 13세기와 15세기에도 대대적인 증개축 공사가 있었다. 그렇게 5백여 년에 걸쳐 다듬어지다 보니, 대성당에는 5백 년의 건축 양식이 고스란히 녹아 있다.

산 마르코 대성당은 여느 유럽 도시에서 만날 수 있는 성당과는 분위기가 다르다. 베네치아 스타일이다. 서양과 동양의 완벽한 조화라고 할까. 베네치아인들은 그때까지 동양과 서양이 가지고 있었던 최신 건축 기법과 양식을 이 대성당에 온전히 쏟아부었다.

외부 정면 하단 중앙 아치는 '최후의 심판'을, 그 양쪽은 성인의 유해를 옮겨온 지난했던 과정을 묘사하고 있다. 꼭대기에는 성 마르코 석상이 있고, 그 아래에는 역시 마르코를 상징하는 날개 달린

- 산 마르코 대성당
-- 산 마르코 대성당 내부
--- 산 마르코 광장 종탑

황금 사자가 광장을 내려다보고 있다. 외부도 아름답지만, 내부 돔을 장식한 황금 모자이크는 직접 보지 않고는 믿기 힘들 정도로 압도적인 규모를 자랑한다. 특히 내진에 있는 높이 2.1미터, 폭 3.5미터의 제단화 '팔라 도로(Pala d'Oro, 황금 장막이라는 뜻)'는 3천여 개의 보석과 80여 개의 에메랄드로 장식되어 있다. 이것이 끝이 아니다. 그 모든 아름다움을 능가하는 의미가 중앙제대에 있다. 그곳에 마르코 복음사가의 무덤이 있다.

그분의 무덤 앞에 선다는 것. 강렬한 체험이었다.

2천 년이라는 시간이 찰나와 만나는 순간이었다. 2천 년 전 첫 복음서를 쓴 분이 그곳에 누워 있고, 나는 그분의 이야기를 쓰기 위해 지금 이 찰나에 서 있다. 하느님의 시계로 보면 모든 존재가 찰나에 생기고 없어지는데刹那生滅, 마르코 복음서가 2천 년의 시간을 건너뛰어 지금 내 앞에 펼쳐져 있었다. 찰나가 2천 년이라는 세월과 만나는 순간이었다.

그 찰나에, '나도 이와 같이 들었습니다如是我聞'라고 자신 있게 말할 수 있도록 도와달라고 청했다. 하지만 마르코 복음사가는 말이 없다.

⎺ 산 마르코 대성당 내부 황금 모자이크

또 다른
최후의 만찬

산 조르조 마조레 대성당
Basilica di San Giorgio Maggiore

과거 우리나라 건축물에는 서열이 있었다. 왕실의 주요 의전 행사가 열렸던 곳은 전殿, 왕이 일상 업무를 봤던 곳은 당堂이라고 했다. 그보다 작은 규모의 건축물로는 각閣, 헌軒, 누樓, 정亭 등이 있다. 그래서 전통 건축물은 이름만 봐도 그 쓰임새와 중요도를 알 수 있다.

이탈리아 성당들도 마찬가지다. 용어만으로도 그 성당이 지니는 의미를 알 수 있다. 일단 '마조레Maggiore'가 성당 이름에 들어가면 특별한 성당이라고 보면 된다. 마조레는 '더 큰', '더 중요한', '위대한'이라는 뜻으로, 성모 마리아 관련 성당 중 첫 자리를 차지하는 로마의 산타 마리아 마조레 대성당(성모설지전)이 대표적 예다.

베네치아에도 '마조레'가 이름 꼬리에 붙는 성당이 있다. 마르코 광장이 있는 본섬에서 저 멀리 보이는 섬 위에 아련하게 선 산 조르조 마조레 대성당이 그것이다. '마조레' 명칭이 붙을 만하다. 우선 성당 역사가 1천 년 전으로 거슬러 올라간다. 그 오랜 역사만큼 영적 내공도 만만찮다.

서기 982년, 신앙 황무지였던 베네치아에 한 베네딕토회 수사, 조반니 모로시니Giovanni Morosini가 찾아온다. 그는 본섬에서 떨어진 성 조르조 섬에 정착하여 수도 생활에 매진했다. 그러자 베네딕토회 정신에 따라 함께 살려는 이들이 섬으로 몰려들었고, 1582년에는 현재의 대성당을 갖출 정도로 크게 성장한다. 그렇게 산 조르조 마조레 대성당은 베네치아의 영적 구심체 역할을 하게 되었고, 이후 베네치아 사람들의 가슴에 영원한 노스탤지어로 자리 잡는다.

성 조르조San Giorgio, ?~303?는 성 마르코와 함께 베네치아의 수호성인이다. 우리나라에선 '성 제오르지오', 혹은 '게오르기우스'로 표기한다. 성 조르조는 사람을 잡아먹는 무시무시한 용을 창 하나로 죽인 전설적인 기사다. 그래서 성인은 악에 대항하고 신앙을 지키기 위해, 혹은 생존을 위해 수많은 전쟁을 치러야 했던 유럽에서 특별히 공경을 받아왔다. 현재 영국 해군에서 사용하는 깃발에 성 조르조의 십자가가 그려져 있으며, 이는 영국 국기 도안의 일부이기도 하다.

산 조르조 마조레 대성당에 이르는 길은 쉽지 않다. 별도로 배를 갈아타고 가야 하는 번거로움 때문이다. 그 불편함을 감수하고 기어이 찾아간 이유는 단순히 오랜 역사 때문만이 아니었다. 영적

¯ 성 조르조 마조레 대성당

베네치아,　　　물 위의 희망

전투의 현장을 만나기 위함만도 아니었다.

그곳에 있는 위대한 작품 때문이었다. 틴토레토의 걸작 〈최후의 만찬〉과 대면한 순간은 지금도 잊을 수 없다.

16세기 초 이탈리아에는 한 시대를 주름잡은 르네상스 4대 천왕이 있었다. 레오나르도 다빈치, 미켈란젤로, 라파엘로, 티치아노 Vecellio Tiziano, 1488~1576가 그들이다.

1백 년에 한 명 나올까 말까 한 천재가 동시대에 네 명이나 함께 활동한 것이다. 그들은 완벽했다. 당시 사람들은 4대 천왕에 의해 미술이 최고 정점을 찍었으며, 더 이상 발전은 없을 것이라고 생각했다. 그래서 아무도 그들을 넘어서려 하지 않았다.

이때 4대 천왕을 뛰어넘는 새로운 미술에 도전하는 사람이 나타난다. 틴토레토다. 그 창의성을 엿볼 수 있는 작품이 산 조르조 마조레 대성당에 있는 〈최후의 만찬〉이다. 기존의 그림은 성경 내용을 교훈적으로 미화시켜 아름답게 그리는 경향이 강했다. 하지만 틴토레토는 교훈이나 메시지가 아닌, 이야기에 주목했다.

틴토레토의 〈최후의 만찬〉은 기존의 만찬과 달랐다. 대저택을 배경으로 하지 않았다. 화려한 식탁도, 정갈한 음식도 없다. 마치 연극의 한 장면을 보는 것 같다. 배경은 돈이 없어 조명도 제대로 밝히지 못하는 어두침침한 서민 가정집이다. 여기서 예수는 배신자를 가려내는 근엄한 왕이 아니다. 직접 자리에서 일어나 제자들에게 빵을 나눠주는 종의 모습이다. 그래서 틴토레토의 〈최후의 만찬〉 속 예수는 친근하다. 편안하다. 우리는 그 편안함 옆에서 틴토레토의 또 다른 걸작인 〈만나의 수확〉도 덤으로 만날 수 있다.

산 조르조 마조레 대성당에서 여행의 피로가 말끔히 씻어졌다면 그것은 순전히 틴토레토가 제공한 든든한 만찬 덕분일 것이다. 다정하게 다가와 음식을 건네는 이웃집 아저씨 예수를 만났기 때문일 것이다.

그 편안함을 안고 제단 왼편 뒤쪽에 있는 엘리베이터를 타고 종탑에 올랐다. 그것은 무의식이었다. 왜 오르는지, 왜 그곳에 가야 하는지 '의식'하지 않고 행한 일종의 '의식'이었다. 왜 사람들은 탑을 세울까. 왜 높은 곳에 오르려 할까.

그 이유는 정상에 오르자마자 드러났다. 베네치아가 눈앞에 펼쳐지고 있었다. 베네치아 사람들이 1천 년 동안 쌓아온 역사가 그곳에 있었다. 그 모습을 접하는 순간, 가장 먼저 터져 나온 것은 '탄嘆!'이었다. 베네치아가 걸어온 영예와 치욕의 덧없음에 대한 한탄이 아니었다. 그것은 경탄이었다. 낙조가 베네치아를 온통 붉게 물들이고 있었다.

- 대성당 종탑 전경
-- 대성당에서 바라본 베네치아의 일몰

건강에 대한 집단의 열망

산타 마리아 델라 살루테 성당
Basilica di Santa Maria della Salute

'화룡점정畫龍點睛.'

용을 그린 다음에 마지막으로 눈동자를 그리지 않으면 용이 아니다. 화룡점정이 없다면 용은 용이 아니다.

물 위에 세워진 도시 베네치아를 바다의 용이라고 한다면 산타 마리아 델라 살루테 성당은 용의 눈, 화룡점정이다. 이 성당은 판타지와 실제가 구분되지 않는 비현실적 풍경을 지닌 베네치아의 스카이라인을 맨 앞줄에서 이끌고 있다.

실제로 산타 마리아 델라 살루테 성당은 내륙에 있는 다른 성당들과 달리 대운하와 마르코만이 교차하는 지점에 있어, 과거부터 베네치아의 용의 눈 역할을 해왔다. 17세기 이후 풍경 화가들이

― 아카데미아 다리에서 바라본 산타 마리아 델라 살루테 성당

베네치아 풍경을 그릴 때 대부분 이 성당을 소재로 사용한 것도 그런 이유에서였다.

그런데 성당 이름이 약간 낯설다. 성당 이름에 좀처럼 붙지 않는 '살루테'라는 단어 때문이다. 살루테는 이탈리아어로 '건강'이라는 뜻. 유럽의 식당이나 식품회사 이름 중 '살루테'가 많은 것도 이 때문이다. 그렇다면 왜 성당 이름에 '건강'이라는 단어가 붙게 되었을까. 여기에는 사연이 있다.

최초의 흑사병이 1348년부터 1350년까지 전 유럽을 휩쓸었다. 대참사였다. 기록에 따라 차이를 보이지만 당시 전체 유럽 인구의 4분의 1 혹은 5분의 1이 사망했다고 알려져 있다. 흑사병은 페스트균의 감염에 의한 급성 전염병이어서 페스트라고도 한다. 이 병이 흑사병으로 불리는 이유는 살이 썩어서 검게 되기 때문이다. 페스트균은 쥐에 기생하는 벼룩에 의해 사람에게 전파된다. 그 당시 사람들은 전염병의 이름은 물론이고 원인조차 몰랐다. 공포심이 클 수밖에 없었다.

그 흑사병이 베네치아를 강타한 것이 1630년경이었다. 당시 베네치아 전체 인구의 3분의 1인 20여만 명이 몰살당했다. 오늘날 한국의 웬만한 중소도시 인구가 통째로 사라진 셈이다. 베네치아 사람들은 공황상태에 빠졌다. 의지할 곳은 신앙뿐이었다. 사람들은 기도에 매달렸다. 전염병과 관련한 수호성인 성 로코San Rocco를 모신 성당도 지었다. 하지만 효과가 없었다.

마지막 남은 의지처는 딱 한 분, 성모 마리아였다. 결국 1630년 10월, 베네치아 공화국 의회는 중대 발표를 한다. 흑사병 퇴치를 위해 베네치아의 노른자위 땅에 성모 마리아께 바치는 성당을 건축하겠다는 것이었다. 공사 책임자로는 당시 무명이었던 발다사레 롱게나Baldassare Longhena, 1598~1682가 선정됐다.

1631년 공사를 위한 첫 망치 소리가 울렸다. 그러자 기적 같은 일이 일어났다. 공사가 진행되는 동안 거짓말처럼 흑사병이 사라진 것이다. 베네치아 사람들은 자신들을 재앙에서 건져내 건강을 선물해준 성모 마리아를 찬미했고, 성당 건축에 더욱 정성을 들였다.

50년 후, 드디어 성당이 완공된다. 사람들은 건강을 되찾게 해준 성모 마리아께 감사드리는 의미에서 성당 이름을 산타 마리아 델라 살루테로 정했다. 공사 시작 당시 30대였던 건축 책임자 롱게나는 성전 축복식 1년 뒤인 1682년, 84세의 나이로 세상을 떠난다.

50년 정성이 들어간 성당이다. 외모부터 다른 성당과 다를 수밖

- 산타 마리아 델라 살루테 성당 전경

에 없다. 진복팔단(마태 5, 3-10)을 상징하는 것으로 추정되는 팔각 몸체는 이오니아 양식의 대리석을 보석처럼 두르고 있다. 그 화려함 위에 성모의 왕관을 상징하는 거대한 돔을 얹었고, 돔 주위에는 성인들의 석상을 배열했다. 특히 로마 개선문 형태를 띠고 있는 출입문과 코린토 양식 기둥들은 성전 전체 분위기를 발랄하게 하는 데 일조한다.

출입문을 밀고 들어서면 여기도 성모 마리아, 저기도 성모 마리아다. 제단을 비롯해 곳곳에 마리아 관련 성화와 석상들이 자리하고 있다. 이밖에도 이 성당은 다양한 성화들로 유명한데, 그 면면을 보면 베네치아 사람들이 얼마나 흑사병의 고통에서 벗어나고 싶어 했는지 알 수 있다. 성모 마리아의 전구 하나면 모든 것이 해결될 것이라는 희망을 담은 틴토레토의 〈카나의 혼인잔치〉, 흑사병이라는 거인을 이기게 해달라는 염원을 담은 티치아노의 〈다윗과 골리앗〉이 그렇다. 산타 마리아 델라 살루테 성당은 인간의 절망과 희망, 좌절과 용기, 무기력과 삶에의 의지를 동시에 담고 있었다.

성전을 나오니 출입문 앞에 석조 계단이 있었다. 아래에서 세 번째 칸에 앉았다. 몸이 편안했다. 성전 앞으로 잔잔한 물이 흐르고, 그 물길을 따라 배들이 한가롭게 사람들을 실어 나르고 있었다.

삶을 흔드는 흑사병이 저만치 물러나는 듯했다. 고통 없는 편안한 상태…… 화려하고 낭만적인 베네치아의 풍광 속에서 성모 마리아의 치맛자락을 붙잡고 앉아 있을 수 있다는 것. 그것은 화룡점정이었다.

고난에 동참하는
위대한 창작

산 로코 대신도 회당
Scuola Grande di San Rocco

서울 명동 가톨릭회관에 가면, 어려운 이웃을 위해 나눔을 실천하는 평신도 신앙 공동체 성 빈첸시오 아 바오로회 한국 이사회가 있다.

15세기 이탈리아 베네치아에도 이와 비슷한, 이웃 사랑 실천 단체가 있었다. 성 로코 신도회가 그것이다. 이 단체가 본부로 사용한 건물이 산 로코 대신도 회당이다.

베네치아 패키지 관광 코스에 반드시 들어가는 유명한 건물인데, 그 이유는 하드웨어 건축물이 담고 있는 특별한 소프트웨어 때문이다. 베네치아 명물 리알토 다리에서 버스 한 정거장 거리만 걸으면 된다. 덤으로 회당 바로 옆에 있는 아담하고 예쁜 산 로코 성당도 만날 수 있다. 지금 찾아가보자. 물론 걷는 동안 역사 공부도 조금 곁들이면서 말이다.

15세기 베네치아는 주머니가 두둑했다. 하지만 역사적으로 부가 공평하게 분배된 일은 거의 없다. 베네치아도 마찬가지였다. 베네치아는 부자였지만, 베네치아의 대다수 서민은 그렇지 않았다. 가난한 이들은 병에 걸려도 제대로 치료조차 받지 못했다.

1478년 그 소외된 이들을 돕기 위한 모금 운동이 벌어진다. 그렇게 탄생한 것이 성 로코 신도회였다. 성 로코San Rocco, 1295~1327는 전염병의 수호자다. 성인에게는 치유 은사가 있었는데, 아무리 고약한 병에 걸려도 성인의 기도 한 번이면 모두 낳았다고 한다.

어려운 일을 해결해달라고 전구를 청할 때는 보속이 따라야 하는 법이다. 로코 성인께 전구를 청하기 위해선 좀 더 정성을 보여야 했다. 베네치아인들은 서민 구제 활동을 지휘할 본부 건물을 지어 성 로코에게 봉헌한다.

이어 건물 내부의 미술 작품 또한 성경 말씀을 담아 최대한 정성을 들이기로 했다. 회당을 찾아올 가난한 서민들은 글을 몰랐기에 그들에게 구원 섭리를 가르치기 위해선 그림이 가장 적합했다. 인테리어 총감독은 르네상스 시대의 가장 위대한 화가 중 한 명으로 평가받는 틴토레토로 정해졌다. 그는 이후 24년 동안 이 건물에 자신이 가진 모든 탤런트를 쏟아붓는다.

1587년, 그는 마침내 50여 점에 이르는 대형 그림 작업을 완성한다. 만약 당신이 당시 전염병으로 고통받는 서민이라고 가정해보자. 당신은 지금 병 치료를 위한 금전적 도움을 받기 위해 성 로코

산 로코 대신도 회당 2층 홀 전경

대신도 회당을 방문했다. 1층에 들어서는 순간 당신은 아마도 저절로 무릎을 꿇게 하는 엄숙함에 사로잡힐 것이다. 〈성모영보〉, 〈동방박사의 경배〉, 〈이집트로의 피난〉 등 예수의 일생을 파노라마처럼 펼쳐낸 틴토레토의 대작들이 줄지어 이어지기 때문이다. 어린 시절부터 고난의 연속이었던 예수의 삶이 눈앞에 생생하게 펼쳐지고 있다고 상상해보라. 지금 겪고 있는 병의 고통은 어쩌면 그리스도의 고난에 동참하기 위한 보속의 기회로 받아들일 수도 있을 것이다.

그 엄숙함은 계단을 통해 2층을 오르면 경건함으로 바뀐다. 틴토레토의 또 다른 대작 〈최후의 만찬〉, 〈십자가에 매달린 그리스도〉, 〈그리스도의 승천〉 등 크고 작은 작품들이 모든 벽면과 천장을 빼곡히 장식하고 있다. 어쩜 이렇게 하나같이 역동적일까. 그 에너지가 5백 년이 지난 지금까지 하나도 줄지 않은 듯하다. 과연 저 위대한 창조성은 어디에서 나오는 것일까. 24년간 일관되게 혼신을 기울일 수 있었던 힘의 근원은 무엇일까. 당대의 화가 엘 그레코El Greco, 1541~1614는 2층 홀에 있는 〈십자가에 매달린 그리스도〉를 보고서 세계 최고의 작품이라고 감탄했다 한다.

24년간 제작된, 그 역동성 가득한 세계 최고의 작품들을 30분 넘게 사진기로 찍었다. 한 장 한 장 찍다가 나중에는 연속 셔터로 촬영했다. 하지만 아무리 사진을 잘 찍으려 노력해도 눈으로 느껴지는 감동을 담아낼 수 없었다. 30분이라는 시간은 24년을 담아내기에 역부족이었다.

- 산 로코 대신도 회당 외관

베네치아의 보석상자

산타 마리아 데이 미라콜리 성당
Basilica di Santa Maria dei Miracoli

1966년 11월 4일. 대홍수가 베네치아를 덮쳤다. 바닷물이 산 마르코 광장을 비롯해 도시 전체로 밀려들었고, 5백 년 이상 된 명품 성당들이 폐허로 변했다. 어디서부터 어떻게 손을 써야 할지 막막한 상황.

유네스코가 소매 걷고 나섰다. 베네치아를 돕기 위해 세계 11개 국에서 50여 개의 민간단체가 구성되었고, 이어 건축물 복원 전문가들이 투입됐다.

산 마르코 대성당과 산타 마리아 델라 살루테 성당이 속속 복구됐다. 그런데 좀처럼 복구하기 힘든 성당이 있었다. 산타 마리아 데이 미라콜리 성당이었다.

복원을 위해 이후 10년 동안 4백만 달러 이상이 소요됐다. 이 성당은 베네치아의 다른 성당에 비해 규모가 작다. 그리고 골목과 수로가 미로처럼 얽힌 외진 곳에 있는 탓에 찾아가기도 힘들다. 이런 성당에 엄청난 경비와 인력을 10년 넘게 투입한 이유는 뭘까.

베네치아 사람들은 산타 마리아 데이 미라콜리 성당을 '베네치아의 보석상자'라고 부른다. 또 선호하는 결혼식 장소 넘버원이다. 그만큼 이 성당은 베네치아 사람들의 사랑을 온몸에 받는 존재다.

산 마르코 대성당이 대장군의 위엄을, 산타 마리아 살루테 성당이 황후의 용모를 지녔다면, 산타 마리아 데이 미라콜리 성당은 아장아장 걷는 예쁜 공주다. 실제로 찾아가보면 왜 베네치아 사람들이 보석상자라고 하는지 알 수 있다. 분홍색, 회색, 흰색의 형형색색 대리석이 자아내는 은은함, 위압감을 주지 않는 외관, 경직되지 않은 부드러운 미감이 돋보이는 성당이다.

외면만 반짝이는 것이 아니다. 15세기에 이곳에 작은 경당이 있었는데, 모셔진 성모자 성화 앞에서 기도한 수많은 이들이 치유를 받는 기적이 일어났다. 성화를 보기 위해 멀리 피렌체나 밀라노에서 순례를 올 정도였다. 이에 베네치아 당국은 1489년 성모 마리아 이미지에 어울리는 아름다운 성당을 건축하고 그 이름을 '산타 마리아 데이 미라콜리 성당'이라고 붙였다. '기적의 성모 마리아 성당'이라는 뜻이다.

성당 안으로 들어가면 정면 제대 뒤에 기적을 일으켰다는 그 성모자 성화가 모셔져 있다. 옆에 베드로와 안토니오 성인이 보필하고 있고, 제대 앞에는 가브리엘 대천사와 원죄 없이 잉태되신 성모상

베네치아,   물 위의 희망

˙ 산타 마리아 데이 미라콜리 성당 내부
˙˙ 산타 마리아 데이 미라콜리 성당
˙˙˙ 성인들과 예언자 등 구약성경의 인물들을 50가지로 나눠 묘사한 천장

이 모셔져 있다. 또 그 앞에는 프란치스코와 클라라 석상이 있다. 프란치스코 석상은 성전 정문에 들어가자마자 왼쪽에도 있는데 모두 14~15세기 작품들이다. 프란치스코와 클라라 석상이 많은 것은 한때 이곳이 클라라 수녀원의 성당으로 사용되었기 때문이다.

산타 마리아 데이 미라콜리 성당이 왜 베네치아의 보석상자인지 제대로 체험하기 위해선 빛이 중요하다. 창문으로 들어오는 빛의 각도에 따라서 시감이 다르기 때문이다. 참고로 나는 오전 10시와 오후 3시, 오후 5시 이렇게 세 번 성당을 방문했는데, 대리석의 아름다운 색감을 제대로 감상하기 위해선 4월 기준으로 오전에 방문하는 것이 좋다.

구름에 가려졌던 빛이 창문을 통해 성당 안으로 스며들었다. 어둡던 성당 안이 순간 환하게 밝아졌다.

"빛과 어둠이여, 주님을 찬미하여라. 주님께 지극한 영광과 영원한 찬양을 드려라."(다니 3, 72)

형형색색 대리석이 성전 내부 전체를 온통 장악하고 있음을 그제야 알았다. 아침 햇살을 받아 대리석이 뿜어내는 시감이 대단했다. 그것은 화려한 스테인드글라스를 투과해 직진으로 들어오는 강렬함이 아니었다. 조선백자가 자아내는 은은한 빛이랄까. 담백한 색감의 향연……. 마치 거대한 도자기 안에 들어와 있다는 착각이 들 정도였다.

새삼 나 자신이 부끄러워졌다. 움직이지 못하는 대리석 돌덩이도 창조주를 이처럼 찬미하는데 말이다. 대리석 바닥이 나의 무릎을 자석처럼 끌어당겨 강제로 꿇렸다.

성화의 향연   산 자카리아 성당

Chiesa Basilica di San Zaccaria

아시시의 성 프란치스코 대성당 이후로 이런 성당은 처음 봤다. 성
화聖畵 성당이다. 성전 벽면이 온통 15~17세기 대형 성화들로 뒤덮
여 있다. 유럽 성당의 일반적 형태는 중앙제대를 중심으로 양쪽 회
랑에 경당을 배치하고, 그 경당에 성화 혹은 성물을 설치한다. 하지
만 이 성당은 그 익숙함에서 벗어나 있다. 말하자면 성화를 성전 전
체 벽면을 꾸미는 도배지로 사용한 셈이다.

산 마르코 광장에서 운하 쪽으로 나와, 두칼레 궁전을 끼고 탄
식의 다리Ponte dei Sospiri 쪽으로 가면 1870년 이탈리아 통일 위업을 달
성한 빅토리오 임마누엘 2세의 기마 동상이 보인다. 그 동상 왼쪽
에 작은 골목길이 있는데, 그 길을 통과하면 광장이 나오고 오른쪽

에 성당이 보인다. 성화로 도배한 성당, 산 자카리아 성당(성 즈카르야 성당)이다. 산 마르코 대성당이 건립되기 전에는 베네치아의 중심 성당 역할을 했다는 성당이다.

성전 정문을 들어서면 곧바로 성화의 향연을 만끽할 수 있다. 틴토레토, 조반니 도메니코 티에폴로Giovanni Domenico Tiepolo, 1727~1804 등 15~18세기 베네치아 명장들의 작품들이 병풍처럼 펼쳐져 있다.

가장 눈길을 끄는 것은 정문으로 들어가 왼쪽 제대에서 만날 수 있는 조반니 벨리니Giovanni Bellini, 1430?~1516의 〈성모자와 성인들〉(1505)이다. 그 시대에 이 그림을 본 사람은 '지금까지 한 번도 보지 못했던 그림이다'라고 감탄했을 것이다. 그만큼 이 그림은 새로웠다. 투시 원근법이 적용되어 3미터 정도 떨어져 한쪽 눈을 감고 보면 마치 3D 입체를 보는 착각을 일으킨다. 게다가 천편일률적인 어두운 톤이 아닌, 밝고 은은하며 우아한 다양한 채색을 통해 그때까지 없던 새로운 양식을 창조해냈다. 분명, 부드럽고 따뜻한 색조와 빛은 벨리니만의 독창성을 보여준다.

이 성당에 반한 이유 한 가지 더! 성당 이름이 '자카리아'인 것은, 이곳에 세례자 요한의 아버지 성 즈카르야의 유해가 모셔져 있기 때문이다. 전설에 따르면 서기 800년경 베네치아 상인들이 비밀리에 성인의 유해를 이곳으로 모셔와 무덤을 만들고 그 위에 성전을 지었다고 한다.

즈카르야는 옛 믿음과 새 믿음, 고집불통 이스라엘과 기쁜 소식에 열려 있는 새로운 백성의 연결고리에 있는 인물이다. 그래서 즈카르야는 새로운 시대의 문을 여는 지점에 서 있다. 구시대를 극복

- 산 자카리아 성당 내부

˗ 산 자카리아 성당

하고 새로운 무역의 시대를 열어가던 베네치아 사람들에게 즈카르
야 성인이 특별한 의미를 지닌 것도 바로 이러한 이유 때문이었다.

　즈카르야 성인의 유해 앞으로 다가갔다. 요한이 탄생했을 때 즈
카르야는 이렇게 노래했다.

　"이스라엘의 하느님께서는 찬미 받으소서."(루카 1, 68)

　성전을 가득 메운 성화들 또한 즈카르야와 함께 신을 찬미하고
있었다. 그 찬미의 향연 속에서 나 자신이 정화되는 느낌을 받았다.

　성화聖畫 성당, 산 자카리아 성당은 거룩함으로 초대하는 성화聖
化 성당이었다.

천상과
세속의 통합

산타 마리아 글로리오사 데이 프라리 성당

Basilica di Santa Maria Gloriosa dei Frari

역사는 통합의 천재들을 발판으로 한 걸음씩 걸어왔다.

베토벤Ludwig van Beethoven, 1770~1827은 자신의 미사곡에서 종교음악과 세속성을 통합했다. 칸트Immanuel Kant, 1724~1804는 대륙 합리론과 영국 경험론을 통합한 새로운 형이상학 체계, 즉 비판 철학을 정립했다. 스티브 잡스Steve Jobs, 1955~2011는 기존의 여러 기술과 디자인을 통합, 아이폰을 탄생시켰다. 원효元曉, 617~686가 위대한 이유는 온갖 다툼을 화해시킨 통합의 화쟁和諍을 이야기했기 때문이다.

이탈리아 회화에도 통합의 한 획을 그은 천재가 있다. 그 천재를 만난 곳이 이탈리아 베네치아 산타 마리아 글로리오사 데이 프라리 성당이었다. '프라리 지역에 있는 영광의 성모 마리아 성당'이라는 뜻의 이 성당은 프란치스코회가 1222년에 건축한 95미터 길이를 지닌 대형 성당으로, 티치아노의 걸작 〈성모 승천Assunzione della Vergine Maria〉을 품고 있는 것으로도 유명하다.

티치아노에 의해 성모 승천이라는 기적이 어떻게 회화사적으로 통합되었는지 보기 이전에, 성당 외모부터 살펴보자. 붉은 벽돌로 장식된 성당 전면부가 조금 특이하다. 화려한 장식물과 대리석 조각으로 치장한 베네치아의 다른 성당들에 비해 지극히 단순하다. 마치 현대 건축물을 보는 듯했다. 그 현대의 문을 열고 내부로 들어서면 중세의 거인이 그곳에 우뚝 서 있다. 생애 꼭 한 번은 직접 만나고 싶었던 티치아노의 〈성모 승천〉이 그곳에 있었다.

높이 7미터, 가로 4미터. 거대하다. 그 거대함에 통합이 있다. 작가 루도비코 돌체Ludovico Dolce는 1557년 이런 기록을 남겼다.

"이 그림에는 미켈란젤로의 경이로움과 라파엘로의 우아함이 함께 있다."

그림 아래쪽 제자들의 팔이 울퉁불퉁하다. 미켈란젤로의 〈최후의 심판〉에 그려진 인물들을 연상시킨다. 그런데 상승곡선을 따라 시선을 위로 이동시키면 전혀 다른 분위기가 감지된다. 부드러움이 그것이다. 라파엘로의 우아한 어머니가 그곳에 있다. 여기에 티치아노의 개인 역량이 더해진다. 등장인물들의 생생한 표정과 섬세한 동작 표현에서는 감탄이 저절로 나온다. 그런데 화풍만 통합된 것이 아니다.

상단에는 성부가 성모 마리아를 맞이하는 모습이다. 중간에는 마리아가 찬란한 황금빛을 배경으로 승천하고 있다. 아래에는 제

자들이 마리아의 승천을 바라보며 경이로워하고 있다. 속세와 천상의 통합이 마리아를 중심으로 이뤄지고 있는 모양새다.

성모 승천이라는 블록버스터급 소재를 황금색과 붉은색의 드라마틱한 연출로 이처럼 뛰어나게 통합한 화가가 또 있을까. 이러한 통합은 이 성당에 있는 티치아노의 또 다른 명작 〈페사로의 제단화〉에서도 발견할 수 있다. 성모자를 받들고 있는 베네치아 귀족의 명예와 자부심을 표현하는 이 그림에서 티치아노는 지금까지 한 번도 시도되지 않았던 '소실점의 이동 기법'을 통해 과거와 당대의 회화를 통합하고 있다.

티치아노가 그림들을 통해 말하고 있었다. '당신의 신앙은 세속과 천상의 통합을 이루고 있는가. 그 통합을 발판으로 새로운 창조에 나서고 있는가.' 우리는 혹시 구약에 주저앉아 신약의 새로운 창조를 발견하지 못하고 있는 것은 아닐까. 천상을 말하면서 세속을 소외시키거나, 세속만 강조하다가 천상을 망각하고 있는 것은 아닐까.

산타 마리아 글로리오사 데이 프라리 성당에는 티치아노의 무덤도 함께 있다. 그림(천상)을 떠나 무덤(세속)으로 발길을 옮겼다. 세속에서 천상을 떠올릴 수 있도록 해준, 천상에만 홀로 빠져서 세속 이웃의 의미를 잃을 위기에서 건져준, 통합의 천재 티치아노에게 "고마워요"라고 말했다.

- 티치아노의 묘

성녀 루치아의 빛

산 제레미아 성당
Chiesa di San Geremia

서울에 서울역이 있다면, 로마에는 테르미니 역이, 피렌체에는 산타 마리아 노벨라 역이 있다.

베네치아에는 산타 루치아 역이 있다. 왜 산타 루치아일까. 사연이 좀 길다. 우선 성녀 루치아가 어떤 인물인지 알아야겠다.

루치아는 서기 160여 년경, 이탈리아 남부 시칠리아 섬의 시라쿠사에서 태어났다. 신앙을 위해 동정을 서원한 그녀는 물려받은 유산을 모두 가난한 이들에게 나눠줬다. 이때 루치아에게 청혼했던 남자가 있었는데 자신이 받을 결혼 지참금이 사라진 것에 분노하여, 루치아가 그리스도교 신자라고 당국에 고발했다. 당시는 그리스도교 박해가 절정이던 시기였다. 루치아는 감옥에 갇혔고, 배교를 강요받았다. 불길 속에 던져지고 두 눈이 뽑히는 고문 속에서도 신앙을 버리지 않았다. 마침내 칼을 입속에 넣는 형벌을 받고 순교하는데, 그때가 서기 304년 12월 13일이다.

두 눈을 뽑는 고문을 당했던 루치아의 이름은 빛을 의미하는 룩스Lux와 연관이 있다. 성녀 루치아는 이름 그대로 어둠을 밝히는 빛나는 순교자로서, 시력이 약하거나 시력을 잃은 이들, 눈병으로 고통받는 이들의 수호성인으로 공경받고 있다.

루치아의 유해는 처음에는 시라쿠사의 한 카타콤바에 안치되었는데, 6세기에 루치아를 위한 성당이 봉헌되면서 그곳에 모셔졌다. 그런데 문제가 발생한다. 이슬람이 시칠리아를 정복한 것이다. 루치아의 유해가 훼손될 수도 있는 상황이었다. 이에 동로마제국 그리스도교인들이 비밀리에 루치아의 유해를 콘스탄티노플로 반출하는 데 성공한다.

－ 쟁반 위에 두 눈을 들고 있는 성녀 루치아

하지만 루치아의 유해는 그곳에도 오래 있지 못했다. 1204년 베네치아 총독 엔리코 단돌로Enrico Dandolo가 콘스탄티노플을 약탈하면서 루치아의 유해도 함께 베네치아로 옮겨온 것이다. 베네치아 사람들은 루치아를 위한 성당을 짓고(1204), 그곳에 유해를 소중히 모셨다.

여기서 또 문제가 발생한다. 산타 루치아 성당이 위치한 곳이 교통 요충지였던 것이다. 당국은 산타 루치아 성당을 허물고, 그 자리에 대규모 기차역을 건설(1860년 착공, 1952년 완공)한다. 기차역 이름은 원래 그 장소에 있던 성당 이름을 그대로 사용하여, 산타 루치아 역으로 정했다.

루치아 성녀의 유해를 이리저리 옮긴 것에 대한 죄책감 때문이었을까. 유해를 산타 루치아 역 인근 산 제레미아 성당Chiesa di San Geremia으로 옮긴 베네치아 사람들은 루치아 경당을 꾸미는 데 각별한 정성을 쏟았다. 1930년 이후 40여 년 동안 성녀의 무덤을 꾸몄는데, 지금도 그 화려함이 보는 이들을 경건하게 한다.

의문이 들었다. 이탈리아와 유럽을 여행하다 보면 로마, 시라쿠사, 나폴리, 오스트리아 빈 등 여러 도시에서 루치아의 유해를 모신 성당을 만날 수 있기 때문이다. 그렇다면 진짜 유해는? 의문은 베네치아에서 풀렸다. 산 제레미아 성당 안내문에는 루치아 성녀의 유해를 나눠달라는 유럽 각 도시의 요청에 베네치아가 어떻게 응했는지 자세히 나와 있었다. 말하자면 베네치아에 있는 루치아 성녀가 본체이고, 다른 유해들은 여기에서 갈라져 나간 조각인 것이다. 오늘날 시각으로 보면 좀 끔찍한 이야기지만, 성인 유해 공경이

- 산 제레미아 성당

남달랐던 당시 관점에서는 당연하게 여겨지던 일이었다.

산타 루치아 역에서 나와 왼쪽 방향, 리스타 디 스파냐 거리를 따라 걸어가면 큰 광장이 나오는데 오른편에 산 제레미아 성당이 있다. 구약성경의 예레미야 예언자를 주보로 모신 이 성당에 루치아 성녀가 잠들어 있다. 예레미야는 절망 속에 있던 이스라엘 백성을 향해 하느님의 '새 계약'을 선포한 예언자다(에레 31, 31-34 참조). 그 새 계약의 실현자 예수 그리스도를 위해 목숨 바친 루치아 성녀가 예레미야 성당에 잠들어 있는 것은 우연이 아닐 것이다.

바늘 하나가 바닥에 떨어졌다면 그 소리도 들렸을 것이다. 그 완전한 적막 속에서 순교자 루치아 성녀의 유해와 함께 한참 동안 앉아 있었다.

261

희망을 약속한 마지막 예언자

산 모이세 성당
Chiesa di San Moisè

베네치아를 방문하면 꼭 한 번은 들른다는 명품거리.

산 마르코 광장에서 지척이어서 늘 관광객들로 붐비는 이 명품거리에 명품 성당이 숨어 있다. 산 모이세 성당(성 모세 성당)이다. 8세기에 처음 지어진 후, 1천 년 동안 증축과 개축 과정을 거쳐 1668년 지금의 모습을 갖췄다.

이름에서 알 수 있듯 이 성당은 구약의 인물 모세와 관련 있다. 중앙제대 뒤를 장식하는 거대한 조형물도 모세가 시나이 산에서 십계명을 받는 장면을 묘사하고 있다. 그렇다면 왜 베네치아 사람들은 모세를 기억하려고 했을까. 베네치아는 왜 엄청난 돈과 시간, 노력을 들여 모세 성당을 건축하고 가꾸었을까.

˙ 산 모이세 성당
˙˙ 중앙제대 뒤, 모세가 시나
이 산에서 십계명을 받는
장면을 묘사한 조형물

― 화려한 조각으로 장식된 산 모이세 성당의 외관

웅장한 산 마르코 대성당이 있는데, 화려한 산타 마리아 델라 살루테 성당이 있는데, 공주처럼 예쁜 산타 마리아 데이 미라콜리 성당이 있는데 왜 또 산 모이세 성당이 필요했을까. 산 모이세 성당은 나를 3천 년 전 시나이 반도로 안내했다.

지팡이에 의지한 백발의 한 노인이 느보 산(오늘날 요르단 왕국의 마다바 읍에서 북서쪽으로 약 10킬로미터 지점에 위치한 산)의 막내 봉우리인 시야가(성경에는 피스가 : 신명 34, 1) 정상에 서서 가나안 땅을 내려다보고 있다. 죽음이 얼마 남지 않았다. 이제는 하느님과 함께한 지난 세월을 천천히 정리할 시간이다.

"37년…… 많은 일이 있었지."

모세는 기존의 질서를 파괴하고 모든 것을 새로 세웠다. 당시 세계 최강국이었던 이집트의 회유와 협박 저지에도 불구하고 이스라엘 백성을 이끌고 광야로 도주했다. 그리고 시나이 산에서 하느님으로부터 십계명을 수여받았다. 이 십계명은 이후 율법의 모태가 된다. 모세는 훗날 자신으로부터 기원을 두는 모세오경(창세기, 탈출기, 레위기, 민수기, 신명기)이 '율법'이라는 이름으로 유대민족의 신앙, 사회, 정치 제도의 모든 틀을 이루게 되리라는 사실을 예견했을까. 유대민족이 온 인류를 구원하기 위한 도구로 하느님의 백성이 되리라는 사실을 알고 있었을까.

몰랐을 확률이 높다. 정황으로 볼 때 모세는 자신을 위대한 지도자로 인식하지 않았다. 모세 자신은 지도자가 아닌 중재자로 처신했다. 중재자란 하느님과 백성의 연결고리라는 의미다. 훗날 호세아는 이러한 의미에서 모세를 예언자라고 부른다(호세 12, 14 참조).

그는 예언자 중의 예언자였다.

모세는 지팡이를 돌려 서서히 산 아래로 내려왔다. 그리고 곧 쓰러졌다. 유언을 남겼다면 성경에 남았을 텐데, 성경에는 그 기록이 없다. 갑작스러운 죽음이었던 것으로 추정된다. 성경은 모세의 죽음을 짧게 이렇게 전하고 있다.

"이스라엘에는 모세와 같은 예언자가 다시는 일어나지 않았다. 그는 주님께서 얼굴을 마주 보고 사귀시던 사람이다."(신명 34, 10)

유대민족은 그를 기억하며 눈물 흘린다. "이스라엘 자손들은 모압 평야에서 삼십 일 동안 모세를 생각하며 애곡하였다."(신명 34, 8) 그 곡성이 요르단 강 건너 가나안 땅에까지 울려 퍼졌다.

1천 년 전 척박한 환경에서 생존을 위해 몸부림쳐야 했던 베네치아 사람들에게 가장 절실했던 것은 희망의 땅으로 이끌어줄 중재자 모세였다. 그들은 젖과 꿀이 흐르는 땅 가나안을 희망하는 또 다른 이스라엘 백성이었다. 이 점에서 산 모이세 성당은 베네치아 사람들에게 있어서 중재자 모세를 기억하며 가나안 복지를 꿈꾸는 희망의 성당이 아니었을까.

베네치아 사람들에게만 그런 것이 아닐 것이다. 지금 젖과 꿀이 흐르는 땅을 소망하는 모든 이들에게 산 모이세 성당은 광야의 고통을 버텨낼 수 있는 희망이겠다 싶었다.

명품거리는 몰려든 관광객들로 소란스러웠다. 그 소란함 속에서 산 모이세 성당만 홀로 고요했다.

￣ 산 모이세 성당 내부

미움이 멈추어질 날   게토
Ghetto

2002년 한일 월드컵 16강전에서 대한민국이 이탈리아를 연장 접전 끝에 기적적으로 이긴 6월 18일. 한국인들에게는 축제였던 그날, 유대인들의 나라 이스라엘에서는 비극적인 일이 일어났다.

출근 시간, 예루살렘 시가지 도로는 차로 가득했다. 학생과 출근하는 시민을 가득 태운 버스 한 대가 횡단보도에서 신호를 기다리며 서 있었다. 그 순간이었다.

"쾅!"

버스는 커다란 폭발음과 함께 산산조각 났다. 버스 지붕이 떨어져 나갔다. 차체도 형체를 알아볼 수 없을 만큼 부서졌다. 타고 있던 유대인들은 대부분 사망했다. 시신을 수습하기조차 힘들 정도였다. 이틀 전(6월 16일) 이스라엘이 요르단 강 서안지역과 가자지구, 동예루살렘 등 팔레스타인 영토와의 경계선에 8미터 높이의 장벽을 쌓는다고 선언한 데 따른 팔레스타인 무장단체의 항의 테러였다.

하지만 유대인들이 어떤 민족인가. 협박이나 테러에 순순히 머리를 숙일 사람들이 아니다. 유대인들은 벽 쌓기를 계속 밀어붙였다. 국제사법재판소는 2004년 이 장벽이 국제법을 위반한 것이라고 판결했지만, 이스라엘은 자국민을 보호하기 위해선 어쩔 수 없는 선택이라며 공사를 강행하고 있다. 이로 인해 팔레스타인 지역은 현재 거대한 감옥으로 변해가고 있다.

아이러니하게도 이러한 유대인들의 벽 쌓기는 유대인 스스로 5백여 년 전에 직접 당했던 일이다. 자신들이 당했던 일을 팔레스타인 사람들에게 되갚고 있는 셈이다. 5백 년 전 유럽 사회는 유대인들을 격리시키고 담을 쌓았다.

게토가 그것이다. 게토라는 말의 어원에 대해선 불분명하다. 유대인 격리는 오래전부터 시행되고 있었다. 1280년 모로코에선 이슬람교도들이 유대인을 격리지역으로 강제 이주시킨 바 있다. 1300년대 중반 페스트가 유럽을 휩쓸자 그리스도교인들은 별도의 지역을 정해 유대인들을 거주하게 했다. 유대인들의 공격으로부터 스스로를 보호한다는 명목이었다. 이탈리아에선 유대인 거주지역을 담장으로 둘러싸 다른 지역과 분리시켰다. 독일의 프랑크푸르트, 체코의 프라하 등지에서도 유대인 격리지역이 생겨났다.

게토라는 말이 직접 사용된 것은 1516년 이탈리아의 베네치아에서였다. 베네치아의 귀족 돌핀에 의해 제안된 게토는 곧 대다수

시민의 호응을 얻었고, 일사천리로 진행됐다. 그해 3월 29일 반포된 베네치아 시의회의 포고령을 보자.

"유대인은 모두 게토에 있는 집단 거주지에서 공동으로 살아야 한다. 문은 아침에 열리며 자정에 보초병이 닫아야 한다. 자정 이후에 유대인은 밖을 다닐 수 없다. 보초병에 대한 급료는 유대인들이 지불해야 한다."

유대인들이 격리된 곳은 한때 주물공장이 있던 섬이었다. 그래서 학자들은 게토라는 말이 주물을 뜻하는 라틴어 게타레Gettare의 베네치아 말 '기센', '기세라이'에서 유래한 것으로 추정하고 있다.

게토에 장벽이 세워졌다. 밖으로 연결된 두 개의 통로에는 각각 두 명씩, 모두 네 명의 보초가 배치됐다. 섬 주위에는 여섯 명이 감시용 선박을 타고 수시로 순찰했다. 이들 열 명의 급료는 모두 유대인들이 지불해야 했다. 게토에 수용된 인원은 2,412명이었다. 1백 년 후에는 게토 공간을 넓혀 총 5천여 명의 유대인들을 수용했다.

유대인들은 이를 받아들였다. 저항하지 않았다. 자신들에게 좋은 점도 있었기 때문이다. 게토에 머무르는 동안은 타민족의 폭력으로부터 안전했다. 율법 준수 및 회당에서의 모임도 보장받을 수 있었다. 유대인들로부터 그리스도교인들을 보호하기 위한 취지에서 만들어진 게토는, 동시에 그리스도교인들로부터 유대인들을 보호하는 기능을 했다. 게토는 또 이슬람교도들의 인신매매에서도 안전할 수 있었다. 당시 이슬람교도들은 유대인 납치에 적극 나섰는데, 이는 납치당한 사람을 구하기 위해 유대인 사회가 많은 돈을 지불했기 때문이다.

- 베네치아 게토

˚ 베네치아 게토

게토의 '효용성'이 베네치아에서 증명되자, 유럽 각국은 게토 설치에 적극적으로 나섰다. 18세기에 들어서야 이 게토들이 유대인들에 대한 차별 철폐와 더불어 하나둘 사라졌다. 하지만 러시아와 폴란드, 체코 등지에서는 20세기까지 그 명맥을 유지했다.

가장 유명한 것이 나치 독일이 폴란드 바르샤바에 설치한 게토이다. 높이 3미터, 길이 18킬로미터의 담장으로 둘러싸인 3,399평방미터의 게토 안에는 50만 명의 유대인들이 수용됐다. 1943년 유대인 젊은이들은 유대인 투쟁조직을 결성하여, 게토 안에서 50여 명의 독일군을 사살하고 강제 수용소로 이송될 예정이었던 수많은 유대인들을 구출했다. 하지만 기쁨은 잠시뿐이었다. 보복에 나선 독일군은 파스카 축일에 게토에 진입하여, 5만 6천여 명의 유대인을 체포하고 7천여 명을 처형했다. 당시 친위대장 슈트로프는 상부에 이렇게 보고했다. "이제 예전의 바르샤바 게토는 없습니다."

당시 바르샤바 게토의 처참함을 배경으로 하는 영화가 2002년 로만 폴란스키 감독의 〈피아니스트〉이다. 가톨릭교회는 유대인들이 받았던 박해에 대해 다음과 같이 통탄했다.

"누구를 박해하든 박해라면 무엇이든 배격한다. 교회는 유대인들과의 공동유산을 상기하며, […] 유대인들에 대한 온갖 미움과 박해와 데모와 같은 것을 언제 누가 감행하였든 차별 없이 통탄하는 바이다."(제2차 바티칸공의회 '비그리스도교에 관한 선언' 4항)

오늘날 유대인을 대상으로 하는 게토는 모두 사라졌다. 하지만 게토는 또 다른 모습으로 아직도 이어지고 있다. 유대인들은 지금 팔레스타인 지역을 게토화하는 작업에 진력하고 있다.

로미오와 줄리엣의
도시

이탈리아의 소도시들을 여행하면서 언제부터인가 나도 모르게 이상한 습관 하나가 생겼다. 이탈리아와 우리나라 도시들을 지리적, 문화적, 역사적 특성에 따라 병치시키는 것이 그것이다. 베네치아-강릉, 제노바-인천, 바리-포항, 시칠리아-제주도. 이런 식으로 연결하면 이탈리아 각 도시에 대한 이해가 보다 명확해진다.

베로나Verona에선 우리나라 남원이 오버랩 됐다. 남원에 이몽룡과 성춘향의 신분 초월 사랑 이야기가 있다면, 베로나에는 로미오와 줄리엣의 죽음 초월 사랑 이야기가 있다.

설화로 내려오던 「춘향전」이 한글 소설로 정착되던 그 시기(약 450년 전), 유럽 사람들은 고개 젖혀 하늘을 바라봤다. 미술, 음악,

시 등의 소재가 거의 신앙에 한정되어 있던 시기였다. 하지만 위대한 이야기꾼 셰익스피어William Shakespeare, 1564~1616는 땅을 바라봤다. 청춘 연애 작품의 최고봉인 「로미오와 줄리엣」을 통해 땅에 발 디디고 살아가는 청춘들의 애끓는 사랑을 노래했다. 그 로미오와 줄리엣 사랑 이야기의 무대가 바로 베로나이다.

베로나에 가면 줄리엣의 집이 있다. 이 집은 과거 카펠로 가문이 소유한 적이 있는데, 줄리엣의 카풀렛Capulet 가문과 이름이 비슷하다는 이유로 베로나 당국에 의해 1905년 줄리엣의 집으로 지정됐다. 실제 줄리엣의 집과의 연관성은 1도 없다. 그런데도 이 집의 벽에는 영원한 사랑을 꿈꾸는 전 세계 수많은 연인이 찾아와 소망을 적은 포스트잇이 가득하다. 마당에는 줄리엣 동상이 있는데, 동상의 가슴을 만지면 사랑이 이뤄진다는 속설 때문에 지금도 수많은 이들이 줄리엣의 가슴에 손을 얹고 사진을 찍는다. 동상 우측의 집 발코니는 로미오가 사랑을 고백할 때 줄리엣이 서 있던 장소라고 한다.

베로나에는 줄리엣의 집 외에도 베로나 시내 전경을 한눈에 내려 볼 수 있는 람베르티 탑, 로마 시대의 포럼이 있었던 고풍스러운 에르베 광장, 베로나의 관문인 포르타 누오바Porta Nuova, 로마 시대까지 거슬러 올라가는 피에트라 다리Ponte Pietra 등 볼거리가 많다. 이탈리아에서 세 번째로 큰 규모로 2만 2천 명을 수용할 수 있다는 고대 원형 경기장 아레나에서는 매년 여름 세계적인 오페라 축제가 열리기도 한다.

˙ 이탈리아에서 세 번째로 큰, 베로나의 고대 원형 경기장
˙˙ 카스텔 베키오

줄리엣이 서 있었다는 발코니에 서서 영원한 사랑을 생각했다. 베로나 여행에 앞서 읽었던 「로미오와 줄리엣」을 다시 떠올렸다. 오! 로미오, 오! 줄리엣. 처절하게 사랑한다. 「로미오와 줄리엣」이 셰익스피어의 다른 작품에 비해 완성도가 떨어진다는 폄하도 일부 있지만, 개인적으로는 뛰는 심장을 눌러 진정시켜야 했을 정도로 진한 감동을 받았다. 순수한 사랑이 주는 무게 때문이었다. 사랑이라는 단어 앞에 '순수한'이라는 수식어를 붙이는 것은 요즘 사랑들이 그리 순수하지 않아 보여서다. 로미오와 줄리엣의 사랑은 영혼을 내어주는, 죽음까지 공유하는 사랑이었다. 남자와 여자는 모든 것을 내어주고, 모든 것을 받아들인다.

순수한 사랑을 발견하기 힘든 것이 우리 잘못만도 아닐 것이다. 인간이 원래 그렇게 생겨 먹었기 때문일 수 있다. 예수를 사랑한다고 고백했던 베드로 사도도 새벽닭이 울기 전에 세 번이나 예수를 배반하지 않았던가.

이런 나약한 인간을 위로하는 것이 로미오와 줄리엣의 순수한 사랑이다. 줄리엣의 집 발코니에서 다시 한번 확신했다. 사랑은 인간을 구원한다. 사랑은 영혼의 발암물질, 이를테면 불안과 분노를 없애고, 암을 말끔히 치료한다. 그리고 희망과 뿌듯함과 같은 항암물질을 키운다. 이렇게 사랑에서 희망이 나온다. 그래서 사랑은 희망의 다른 말이다. 로미오와 줄리엣은 말한다.

로미오: 저 은빛 달님에 걸고 맹세하겠소.
줄리엣: 오, 달님에게 대고 맹세하시지 마세요. 달은 찼다가 기

˚ 줄리엣의 집
˚˚ 베로나 줄리엣의 집 마당에 있는 줄리엣 동상

우니까 영원하지 못해요.

로미오: 무엇에 대고 맹세하지요?

줄리엣: 맹세하지 마세요. 하지만 당신이 원하신다면 나의 마음이 자리 잡고 있는 당신의 가슴에 대고 맹세하세요.

로미오: 내 가슴에 손을 얹고 맹세하오니, [⋯].

나도 가슴에 손을 얹었다. 이렇게 고백하고 싶었다.

'사. 랑. 합. 니. 다. 당신을⋯⋯.'

세 가지
다른 기도의 공간

베로나의 산 제노 마조레 대성당
베로나 대성당
아나스타시아 성당

Basilica di San Zeno Maggiore, Verona
Duomo di Verona
Chiesa di Santa Anastasia

"하나는 모두를 위하여, 모두는 하나를 위하여."

뒤마Alexandre Dumas père, 1802~1870의 『삼총사』에서 아토스, 프로토스, 아라미스 세 검객이 이 구호를 외치는 순간, 그들은 그야말로 무적이었다. 과묵한 아토스, 활기찬 성격의 포르토스, 패기 넘치는 잘생긴 청년 아라미스.

베로나에 가면 이들을 쏙 빼닮은 삼총사 성당이 있다.

과묵한 산 제노 마조레 대성당, 활기찬 베로나 대성당, 패기 넘치는 잘생긴 청년 아나스타시아 성당. 삼총사의 구호대로 세 성당 하나하나는 모두의 희망(신앙의 완성)을 노래하고, 그 모두의 희망은 각 성당의 완성도를 성취해낸다.

사람마다 평가가 다르겠지만, 나에게 있어서 베로나의 삼총사 성당 중 리더(아토스)는 단연코 산 제노 마조레 대성당이다. 과묵하고 소란스러움을 피하는 성격 탓인지 줄리엣 생가 등 관광 명소가 밀집해 있는 구도심에서 뚝 떨어져 있다.

　이 성당은 4세기 베로나에서 활동했던 성 제노San Zeno 주교의 유해를 모시고 있다. 그렇다면 성당에 들어서기 전에 우선 성 제노가 누구인지 알아야겠다. 같은 시대 사람인 밀라노의 주교 성 암브로시우스San Ambrosius는 성 제노가 베로나에서 순교했다고 기록하고 있다. 성 제노는 북아프리카 사람이었는데, 뛰어난 학식을 지니고 있었으며, 그 지식을 바탕으로 수많은 이교도를 개종시켰다고 한다. 베로나 선교에 큰 공로를 세운 그는 371년 예수 부활 대축일을 즈음해서 순교한 것으로 보인다.

　베로나 사람들은 성 제노를 잊지 않았다. 9세기부터 12세기에 걸쳐 대형 성당을 지어 제노의 유해를 모시고, 지금까지 그 영성을 기억해오고 있다. 베로나의 다른 성당들과 달리 전형적인 로마네스크 건축양식을 표방하는 산 제노 마조레 대성당은 조용하고 과묵한 외관, 절제미를 자랑하는 종탑(이 종탑은 단테의 『신곡』 18편에 언급되어 있다), 로마네스크의 평온함을 선사하는 회랑 등으로 유명하다.

　성당 안으로 들어서면 1천 년 전에 만들어놓은 타임캡슐로 들어간 듯한 착각이 일어난다. 12세기에 그려진 프레스코화들이 성당 전체를 장식하고 있고, 역시 12세기에 만들어진 청동 문에는 성 제노의 일생이 생생하게 부조되어 있다.

- 산 제노 마조레 대성당 내부   -- 산 제노 마조레 대성당

산 제노 마조레 대성당이 은둔과 과묵함을 선택했다면, 아나스타시아 성당은 활기를 선택했다. 고딕 양식의 아나스타시아 성당은 늘 사람들로 북적이는 줄리엣의 집 인근에 위치해 있다. 로미오와 줄리엣이 자주 방문했을 법한 이 성당은 몸(외양)과 마음(내부 인테리어)이 활기 넘치고 힘 있는 모습이다. 15세기에 완공됐는데, 베로나에서 가장 큰 규모라고 한다. 산 제노 마조레 대성당에서 중세 박물관을 찾은 느낌을 받았다면, 아나스타시아 성당에서는 고급 성찬을 대접받는 기분이었다. 고개를 젖혀 아름다운 천장화를 마음으로 바라보면, 또 수많은 성물과 성수대의 조각들에 심취하다 보면, 중세의 왕과 왕비들이 누렸던 그 호사를 마음껏 누릴 수 있을 것이다.

베로나 대성당은 아나스타시아 성당 지척에 있다. 어쩜 이렇게 개성이 강할까. 베로나 사람들은 성당 하나를 짓더라도 각각 다른 기도와 정성을 담은 것이 분명하다. 천편일률적인 오늘날 우리의 종교 시설과 달리 베로나 대성당은 산 제노 마조레 대성당, 아나스타시아 성당과는 또 다른 개성을 드러낸다. 성모 마리아의 원죄 없는 잉태를 표현한 천장화, 가로축의 확장을 통해 웅장한 모습을 구현한 대담성, 여기에 1510년에 제작된 이름 모를 조각가의 위대한 성모자상 등 성당 구석구석을 채우고 있는 성스러움까지.

베로나에서 로미오와 줄리엣만 보았다면, 혹은 원형 경기장 아레나의 웅장함만을 보았다면 그것은 실패한 여행이다. 삼총사 성당 하나하나는 마음과 몸을 함께 쉬도록 돕는 힘을 가지고 있다. 각 성당에서 받은 힘을 퍼즐 조각처럼 모아보니 완전한 평화와 희

¯ 아나스타시아 성당
¯¯ 베로나 대성당

망이라는 글자가 새겨져 있었다.

"하나는 모두를 위하여, 모두는 하나를 위하여."

숙소에 돌아와 창밖을 보니 멀리 베로나의 야경이 펼쳐지고 있었다. 세 성당의 첨탑에서 올라온 각각의 가상의 선은 하늘 저 위, 완전한 평화와 희망이라는 하나의 꼭짓점을 향하고 있었다.

건축의 도시에
이어진 신앙

비첸차의 몬테 베리코 대성당
비첸차 대성당

Basilica di Santa Maria di Monte Berico, Vicenza
Duomo di Vicenza (Cattedrale di Santa Maria Annunziata)

비첸차Vicenza를 이야기하면서 건축을 말하지 않을 수 없다. 건축
을 전공하는 사람이라면 반드시 한 번쯤 들러야 하는 도시가 바로
비첸차다. 16세기의 위대한 건축가 안드레아 팔라디오Andrea Palladio,
1508~1580 때문이다. 비첸차 시내 중심가에는 팔라디오가 고대 건축
물과 르네상스 양식을 조화롭게 융합한 스물세 채의 독창적인 건
축물과 세 채의 빌라가 있다. 모조리 유네스코 세계문화유산이다.

이 가운데 현재 박물관으로 사용되고 있는 귀족 광장 중심부
의 팔라디아나Basilica Palladiana, 시의회 건물로 사용되었던 팔라초 델
카피타니아토Palazzo del Capitaniato는 꼭 봐야 할 명작이다. 비첸차에서
시작된 이러한 팔라디오 양식의 유행은 들불 번지듯 전 유럽으로

˚ 바실리카 팔라디아나
˚˚ 안드레아 팔라디노 석상

퍼져갔고, 그 물결이 흐르고 흘러 우리나라의 덕수궁 석조전, 국회의사당, 한국은행 본관에까지 밀려들었다.

비첸차에서 건축의 진수를 맘껏 보고 즐기는 것은 행복한 일이다. 하지만 거기에 만족하지 말고, 그 위대한 건축을 땀으로 일궈낸 사람들의 삶과 신앙 안으로 들어가보는 것은 어떨까.

150개의 아치로 구성된 길이 7백 미터에 이르는 계단을 땀 뻘뻘 흘리며 올라, 간신히 승리의 광장Piazzale della Vittoria에 도착했다. 비첸차 시가지가 한눈에 보이는 풍광 좋은 이곳에 몬테 베리코 대성당(베리코 산의 성모 마리아 성당)이 있다. 체력의 무리를 느끼면서까지 힘든 등산을 감행한 것은 5백 년 전 이곳에서 신비한 일이 일어났다는 소문을 들어서이다.

비첸차 가톨릭교회 당국이 공식 인정한 자료에 따르면, 이곳에서 1426년 3월 7일과 1428년 8월 1일 두 번에 걸쳐 성모 마리아가 발현했다. 당시 비첸차에는 끔찍한 전염병이 돌았다고 한다. 전염병의 확산세가 수그러들지 않을 경우, 비첸차 전체가 위험에 처할 상황이었다. 이때 성모 마리아가, 농부인 남편에게 새참을 전하기 위해 산을 올랐던 빈첸시아 파시니Vincenza Pasini라는 여성에게 발현한다. 성모 마리아는 이렇게 말했다.

"비첸차 사람들이 마음을 모아 이곳에 성당을 만드는 정성을 보인다면 전염병이 사라질 것이다."

발현 소식을 전해 들은 비첸차 사람들은 곧 공사에 착수했고, 3개월 만에 작은 경당 규모의 마리아 성당을 만들어 봉헌했다. 그러자 전염병이 거짓말처럼 사라졌다고 한다.

˙ 몬테 베리코 대성당
˙˙ 몬테 베리코 대성당 내부

1430년 11월 교회는 이 기적을 믿을 수 있는지 공식 조사를 벌였는데, 성모 발현이 확실하다는 결론을 내렸다. 당시 공식 조사 기록은, 베르톨리아나 도서관Biblioteca Civica Bertoliana에 가면 볼 수 있다.

공식 조사 직후 교회 당국은 발현한 성모 모습에 대한 증언을 바탕으로 성모상을 만들었고 지금도 성당 제대 뒤편에 가면 그것을 볼 수 있다. 성당 운영은 마리아의 종 수녀회에 맡겨졌으며, 현재의 성당은 1475년, 1688년, 두 차례에 이어 1703년 카를로 보렐라Carlo Borella에 의해 최종적으로 지어졌다. 종탑은 1825~1852년에 안토니오 피오베네Antonio Piovene가 디자인한 것이다.

비첸차 대성당은 아름다운 건축물이 즐비한 비첸차 시가지 중심부에서 약간 벗어나 있다. 동정녀 마리아가 구세주의 어머니가 되리라는 가브리엘 대천사의 계시를 기념하는 이 대성당은 1482년 착공하고 1566년 완공한 유서 깊은 성당이다. 2차대전 때 폭격으로 비첸차 시내가 초토화될 때도 이 성당만은 멀쩡했다고 한다.

성당 안에 들어가면 첫 번째로 그 규모에 놀라고, 두 번째로 미술관만큼 많은 예술작품들에 놀란다. 제대 주위를 둘러싼 회화들을 비롯해, 알렉산드로 마간Alessandro Maganza, 1556~1630의 〈성모자에게 경배하는 천사와 성인들〉, 세례자 요한 경당, 성 예로미오 경당 등이 볼만하다.

승리의 광장에서 비첸차 시내를 내려보았다. 1420년대 후반 전염병에서 살아남은 사람들의 후손들이 그곳에 있었다. 그들이 만들고 쌓아온 건축의 역사가 그곳에 있었다. 지금도 성모 마리아의 전구를 믿고 의지하는 이탈리아 신앙인들의 삶이 그곳에 있었다.

˹ 비첸차 대성당
˹˹ 비첸차 대성당 내부

성인의 말의 힘

파도바의 산 안토니오 대성당
Basilica di San Antonio, Padova

이탈리아인들이 가장 좋아하는, 최애 성인은? 딱 부러지게 1등 2등 3등 순위를 매기기 힘들지만 아마도 다음의 세 성인은 반드시 다섯 손가락 안에 들어갈 것이다.

파도바의 성 안토니오San Antonio di Padova, 1195~1231, 오상의 성 비오 Sanctus Pius de Petrapulsina, 1887~1968, 시에나의 가타리나는 이탈리아의 어느 성당을 가더라도 석상과 동상, 그림으로 쉽게 만날 수 있다. 그만큼 전국구 인기 성인이라는 뜻이다. 물론 성 프란치스코, 교황 요한 바오로 2세, 아네스 성녀에 대한 인기도 만만치 않지만, 대중 성이라는 차원에서는 위 세 성인의 인기가 워낙 넘사벽이다.

파도바의 성 안토니오가 인기가 많은 이유는 그가 대중을 대상으로 귀에 쏙쏙 들어오게 연설을 하는 등 대중 친화적인 모습을 보였기 때문이다. 그의 설교를 들으면 눈물을 흘리지 않은 사람이 없었다고 한다. 수많은 이들이 그의 설교를 듣고 회개의 길을 걸었다. 또 서민의 아픔을 치유하는 다양한 기적을 일으킨 장본인이었다.

로마 교황청이 이처럼 대중적 인기가 높은 성인을 그냥 지나칠 리 없다. 성인의 유해를 모시고 있는 파도바의 산 안토니오 대성당은 지역 교구 소속이 아닌 교황청 직속 대성당Basilica Pontificia이다. 특별한 성당이고 중요한 의미를 지녔기에 교황청에서 직접 관리한다는 뜻이다. 이 모든 이야기의 중심에 선 파도바의 성 안토니오는 어떤 인물일까.

˙ 산 안토니오 대성당

이탈리아인들이라면 누구나 사랑하는 성인이지만, 정작 그는 이탈리아인이 아니다. 선종한 장소만 이탈리아 파도바이다. 그는 1195년 포르투갈 리스본의 부유한 가정에서 태어나 자랐다. 안토니오가 포르투갈 리스본을 비롯해, 포르투갈이 점령했던 브라질 등 남미 여러 나라의 수호성인인 이유도 여기에 있다.

15세에 출가한 그는 리스본 외곽에 있는 성 빈센트 수도원을 거쳐 포르투갈, 이집트, 모로코, 시칠리아, 볼로냐 등지에서 수련 생활과 학문연구, 강론 등의 활동을 이어나갔는데, 가는 곳마다 사람들을 구름처럼 몰고 다녔다. 소문이 퍼지자 교황이 호출해 직접 그의 설교를 들었을 정도였다. 1228년 그의 강론을 들은 교황 그레고리우스 9세는 그를 가리켜 '성경의 언약궤Doctor Arca testamenti'라고 불렀단다. 이때 교황 앞에서 강론한 내용이 나중에 책으로 묶였는데, '성경의 보물창고'라는 극찬을 받기도 했다. 물고기에게 강론을 했더니 물고기들이 모여들었다는 이야기는 전승이 워낙 강해 전적으로 부인하기 힘들 정도다.

성 안토니오에 대한 또 하나의 재미있는 이야기는 '물건을 잃어버렸을 때 성 안토니오에게 전구를 청하면 다시 물건을 찾을 수 있다'는 것이다. 안토니오가 소중하게 여기던 시편 책이 있었는데, 한 수도자가 그만 그 책을 가지고 다른 지역으로 가버렸다. 인쇄기가 발명되기 전의 일이다. 책 한 권을 생명처럼 소중하게 여기던 시기였다. 안토니오는 간절히 시편을 다시 찾게 해달라고 기도했다. 그러자 기적적으로 그 수도자가 다시 시편을 가지고 돌아와 안토니오에게 전해주었단다.

이런 연유로 지금도 이탈리아 사람들은 잃어버린 물건이 있을 때 성 안토니오에게 전구를 청한다. 혹시 이탈리아인 친구가 있는가. 그가 물건을 잃어버렸을 때를 자세히 관찰해보라. 십중팔구 성호를 그으며 '성 안토니오여, 내 물건을 다시 찾을 수 있도록 도우소서'라고 기도할 것이다.

파도바에서 수도 생활과 강론을 병행하던 안토니오는 35세의 젊은 나이로 선종하는데, 불과 1년 뒤인 1232년 5월 30일 교황 그레고리우스 9세에 의해 성인 반열에 오른다. 전설에 의하면 그가 선종하자 갑자기 길거리의 모든 어린이들이 소리 높여 울고, 모든 성당의 종들이 동시에 울렸다고 한다. 30년 후 교회가 다시 그의 시신을 발굴했을 때, 시신이 먼지가 되었음에도 턱 부분과 혀만 살아 있는 것처럼 생생했다고 한다. 말 그대로 '입만 살았다!' 파도바의 산 안토니오 대성당에는 지금도 성인의 턱과 혀가 전시되고 있는데, 수많은 순례객을 파도바로 끌어당기는 자석이 되고 있다.

대성당 건축은 안토니오 선종 후 즉시 시작되었을 것으로 추정된다. 1310년에 완공되자마자 성인의 유해가 안치됐다. 이후 순례객들이 폭발적으로 늘어나 1410년부터 몇 차례에 걸쳐 증축 공사를 했는데, 그 바람에 성당의 정확한 건축양식이 모호해졌다. 수 세기에 걸쳐 다양한 건축양식이 동시에 버무려졌기 때문이다. 베네치아의 산 마르코 대성당의 모습도 보이고, 외벽에서는 밀라노 대성당의 냄새도 풍긴다. 로마네스크와 이슬람 혹은 비잔틴 건축 양식도 엿보인다. 위대한 성인이다 보니 이름난 예술가들이 성당 내부 작업에 참여했고 〈가타멜라타 장군의 기마상〉, 〈안토니오 성인의

˚ 산 안토니오 대성당 내 안토니오의 유해를 모신 경당
˚˚ 산 안토니오 대성당 내부

생애〉 등 수준 높은 예술작품을 남겼다.

성 안토니의 혀를 전시하고 있는 곳에 한참 머물렀다. 저 혀로 인해 얼마나 많은 사람이 회개의 눈물을 흘렸을까. 얼마나 많은 사람이 죽었던 신앙의 박동이 살아나는 것을 느끼고 환호했을까.

성 안토니오의 혀는 금으로 만든 상자에 보관되어 있었다. 우리나라에서는 과거에 말 잘하는 사람, 뛰어난 언변을 가진 사람을 두고 '금구金口'라 불렀고 이 단어는 부처님의 입, 부처님의 설법이라는 뜻도 지녔다. 나는 금 상자에 담긴 혀 앞에서 다시 한번 성인의 설교를 천천히 곱씹어보았다.

"인간보다 바다의 물고기들이 창조주의 말씀을 더 잘 알아듣습니다."

영원의
시간을
건너다

파도바 대성당
세례당

Duomo di Padova (Basilica Cattedrale di Santa Maria Assunta)
Battistero

시간은 선물일까? 할아버지 할머니들을 보면 존경심이 저절로 우러나온다. 세상을 살아내는 것은 쉬운 일이 아니다. 그 힘든 세월을 어떻게 버텨왔을까……. 어르신들에게 물어보면 세월이 시속 3백 킬로미터로 달린다고 말한다. 청년과 장년의 시계는 그렇게 빨리 흐르지 않는다.

링 위에서 일방적으로 맞고 있는 권투 선수에게 3분은 영원한 시간이다. 더 큰 문제는 허락받기 전에는 링에서 내려갈 수 없다는 점이다. 그래서 링 위에서의 혈투는 외롭다. 누구도 도와주지 않는다. 혼자 힘으로 버텨야 한다.

백전백승을 했건, 백전백패를 했건 어쨌든 할아버지 할머니들

은 그 힘든 시간을 견뎌낸 분들이다. 그 링 위에서 70~80년을 버텨
온 어르신들이 존경스럽지 않을 수 없다.

이 점에서 파도바 대성당은 경이롭다. 세상을 살아내는 것은 쉬
운 일이 아니다. 그 힘든 세월을 어떻게 버텨왔을까……. 나이가 무
려 1천7백 세다.

나는 파도바 대성당이 걸어온 인생을 추적해보기로 했다. 그러
면 그 힘든 세월을 어떻게 버텨왔는지, 조언을 들을 수 있을 것만
같았다. 태어난 연도를 추적하는 일은 쉽지 않았다. 아마도 서기
313년 밀라노 칙령 이후 그리스도교가 종교의 자유를 얻었던 즈음
이 아닐까 추정된다.

1천7백 년 전, 지금 파도바 대성당이 있는 그 자리에 작은 경당
하나가 있었다. 1백 명 정도 수용 가능한 규모였을 것으로 보인다. 이
후 성당의 삶은 험난했다. 서기 620년에 노후화를 막기 위해 강화
공사를 했지만, 9세기 후반 화재로 소실되었고, 9백 년에 다시 재
건되었다. 이후 계속 개보수를 거치며 사용되던 성당은 1117년 1월
3일 대지진으로 붕괴된다. 파도바 교회 당국은 7백 년 동안 이어
오던 성당을 그냥 놔둘 수 없었다. 1180년 4월 24일 로마네스크 양
식으로 재건하고, 1227년에는 종탑을 재건했다. 당시 성당 모습은
프레스코화로 그려 남겨놓았는데 현재 대성당 바로 옆의 세례당
에 가면 확인할 수 있다. 그러고도 다시 4백 년이 흘러 노후화되자,
1551년에 새롭게 건축이 이뤄져 1754년에 현재의 모습으로 완공되
었다. 지금의 모습은 3백 년 전에 새롭게 재건 성형 수술한 얼굴인
셈이다.

￢ 파도바 대성당

ˉ 파도바 대성당 내부

파도바 대성당이 견뎌온 세월이 주름살을 하나씩 만들어가는 형태였다면, 즉 시골의 농부처럼 평범한 삶이었다면, 대성당 바로 옆의 세례당은 완전히 다르다. 시대를 뛰어넘어 모든 이로부터 찬사를 받는 엄청난 업적을 남긴 위대한 예술가의 삶을 닮았다.

12세기에 만들어진 세례당은 예술의 향연 그 자체다. 눈길을 확 끈다. 들어서는 순간 감탄사가 저절로 터져 나온다. 주스토 디 메나부오이Giusto de' Menabuoi, 1320~1391의 프레스코화가 세례당 벽면 전체를 휘감고 있다. 이탈리아 그 어디에서도 보기 힘든 압도감이다.

천지창조, 천국과 지옥, 그리스도의 탄생과 공생활, 그리고 죽음과 부활, 성령의 강림과 재림, 요한 묵시록 이야기 등이 파노라마처럼 펼쳐져 있다. 그 어떤 현대 미술에서도 이런 감동을 받지 못했다. 14세기의 그림이 7백 년 시간을 넘어 지금을 살아가는 우리에게도 이러한 압도감을 주는데, 이 그림을 처음 본 사람들의 감동은 어떠했을까.

세례당의 프레스코화는 시간을 이야기하고 있었다. 파도바 대성당의 1천7백 년 시간을 넘어서는 영원한 시간을 이야기하고 있었다. 창조 이후 영원히 이어질 우주의 시간, 영혼의 시간을 말하고 있었다. 시간을 초월하지만, 시간 안에서 역사를 움직이고, 시간의 마지막에 나타날 그리스도를 표현하고 있었다. 그 모든 시간이 인간에게 주어진 선물임을 말하고 있었다.

괴테는 이렇게 말했다.

"시간은 신이 인간에게 준 가장 큰 선물"이다.

˚ 파도바 세례당 내부
˚˚ 파도바 세례당

바리,
남쪽의
빛

ari

빛이 논다.
빛은 마을 이곳저곳을 휘돌며 골목과 담벼락에서 신나 있었다.
강렬한 춤사위 때문일까.
빛은 평소의 은은함이 아닌, 황금빛으로 상기되어 있었다.
서기 1년과 서기 2020년의 황금빛이 함께 어울려 놀고 있었다.

간절함이
켜켜이 쌓인 곳

바리의 산 니콜라 대성당

Basilica di San Nicholaus, Bari

♣주의 : 아이들이 이 글을 읽지 않도록 해주십시오. 산타클로스 할아버지가 아직 살아 계시다고 믿는 아이들에게 실망을 주지 않기 위해서입니다. 이탈리아 바리 성 니콜라오 대성당에는 산타클로스 할아버지의 유해가 모셔져 있습니다.

크리스마스는 성부가 연출하고 예수 그리스도가 주인공으로 나서는 블록버스터 영화다. 그런데 이 영화가 더욱 맛깔나게 느껴지는 것은 명품 조연들의 존재 때문일 것이다.

산타클로스Santa Claus 할아버지. 매년 크리스마스가 되면 빨간 옷을 입고 어김없이 찾아오는 '동심 유발자'다. 어린 시절 12월 24일

밤에 잠 설치게 했던 그 유명한 할아버지를 이탈리아 바리에서 만났다.

산타클로스는 4세기 터키 남부 미라Myra에서 사목했던 주교 성 니콜라오San Nicholaus를 지칭한다. 이 니콜라오를 주보 성인으로 모시는 산 니콜라 대성당이 풀리아Puglia주 바리 구시가 광장에 있고, 성당 지하 경당에 산타클로스 할아버지의 유해가 모셔져 있다.

니콜라오의 부모님은 부자였다. 그 부모님이 갑자기 돌아가셨다. 니콜라오는 엄청난 재산을 상속받는다. 많은 재산을 물려받은 재벌 2세들은 보통 두 가지 행동 양식을 보인다. 착실하게 가업을 물려받아 재산을 불리거나, 혹은 흥청망청 쓰면서 낭비하거나. 니콜라오는 이 두 가지 모습에서 모두 비켜났다. 그는 가진 전 재산을 가난한 이들과 나누는 일에 사용했다. 특히 어린이들을 사랑하여 많은 선물을 나눠주었다. 돈이 없어 팔려가는 가난한 집 딸들과 가뭄으로 죽어가는 사람들을 도와주고, 난파의 위험에 처한 선원들을 돕는 등 자선을 실천했다. 모든 재물은 신이 준 선물이라고 믿었기 때문이다. 이러한 선행 때문에 성 니콜라오는 동서방 교회 전체에서 가장 인기 있는 성인이 됐으며, 가난으로 고통받는 많은 이가 그에게 전구를 청했다.

성 니콜라오가 산타클로스 할아버지로 둔갑한 사연은 다음과 같다. 성 니콜라오의 이야기가 전설로 이어져오면서, 이후 유럽에는 성 니콜라오 축일(12월 6일)에 자선을 실천하는 전통이 자리 잡는다. 이 풍습이 신대륙 발견 이후 네덜란드 개신교 신자들에 의해 미국으로 전파된다. 네덜란드인들은 가톨릭 주교인 성 니콜라오를

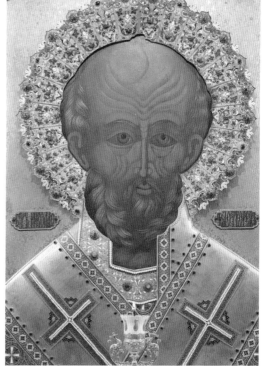

⁻ 산 니콜라 대성당
⁻⁻ 산 니콜라 대성당의 성 니콜
    라오 황금 부조

'산테 클라스Sante Claas', 즉 '자비로운 요술쟁이'라고 불렸고, 이 말이 영어 '산타클로스Santa Claus'가 됐다. 또 산타클로스의 복장은 가톨릭 주교 복장에서 유래하는데, 현재 우리가 아는 모습은 1931년 코카콜라 광고 그림이 시초라고 한다.

산 니콜라 대성당에 들어서면 이 성당이 왜 산타클로스 성당인지 알 수 있다. 천장에는 난파 직전의 위기에 처한 선원들을 구하고 어린이와 가난한 이들에게 자선을 베푸는 성 니콜라오의 일생을 그린 대형 프레스코화를 볼 수 있다. 그런데 이 프레스코화는 단순히 성 니콜라스의 생애만 알려줄 뿐 아니라 성당 내부의 화려함을 극대화하는 데 기하고 있한다. 실제로 니콜라오 대성당은 12세기 초 건립 당시와 17~18세기 재건 때, 금과 은과 보석 등을 사용해 화려함에 올인했다. 건축에 들인 정성을 볼 때, 바리 사람들이 성 니콜라오에게 가졌던 애정이 얼마나 대단한지 알 수 있다.

그 화려함을 가로질러 지하 경당으로 들어서면 성 니콜라오의 유해를 만날 수 있다. 소아시아에 있던 성 니콜라오의 유해가 이곳에 모셔진 것은 십자군 전쟁 직전인 1087년이라고 한다.

이후 바리는 1천 년 가까운 세월 동안 유럽 전체에서 가장 유명한 순례지 중 하나가 된다. 삶이 행복으로만 가득하다면 성 니콜라오는 큰 의미가 없었을 것이다. 삶이 고통이기에 성 니콜라오가 반드시 필요했다.

지하 경당에 들어섰을 때 가장 먼저 눈에 들어온 것은 간절함이었다. 10여 명의 사람이 성 니콜라오 무덤 앞에서 무릎 꿇고 기도하며 좀처럼 자리를 뜨지 않았다. 각자의 간절함이 지하 경당에 가득했다. 지하 경당에 배어 있는 것은 나무의 나이테처럼, 1천 년 세월 동안 켜켜이 쌓인 무수한 간절함이었다.

많은 이들이 이탈리아 여행은 봄이 제격이라고 한다. 하지만 이탈리아의 겨울도 제법 운치 있다. 그 중심에 바리 산 니콜라 대성당이 있다. 12월에 산타클로스를 만난 것은 기쁜 우연이었다. 탄생과 끝이 공존하는 '새로운 끝' 겨울, 그 희망의 12월이 산타클로스 할아버지의 무덤 앞에서 깊어가고 있었다.

이천 년 전의 빛   마테라 대성당
Cattedrale di Matera

빛이 논다.

빛은 마을 이곳저곳을 휘돌며 골목과 담벼락에서 신나 있었다. 강렬한 춤사위 때문일까. 빛은 평소의 은은함이 아닌, 황금빛으로 상기되어 있었다. 이곳이 불과 30년 전만 해도 빛이 꼭꼭 숨어 움츠러들었던 어둠의 마을이었다고 누가 상상이나 하겠는가.

이탈리아 남동부 바실리카타Basilicata주의 작은 마을 마테라Matera는 인근의 알베로벨로Alberobello와 함께 최근 세계적 관광지로 급부상하고 있는 핫 플레이스다. 마테라는 기원전 7천 년부터 인간이 거주해온 것으로 추정되는 사시Sassi로 유명하다. 사시는 바위를 뚫어 만든 동굴 거주지를 말하는데, 현재 약 1천5백 개가 발굴되었

다. 이탈리아 반도에서 최초로 인간이 거주한 마테라에는 이후 그리스인, 로마인, 터키인, 바이킹 등이 잇달아 자리를 잡았고, 그들의 후예가 지금도 같은 장소에 거주하고 있다.

하지만 30년 전만 해도 마테라는 사람들의 기억에서 잊힌 마을이었다. 오지였던 이곳 주민들은 외부와 단절된 채 자급자족하는 생활 형태를 이어오고 있었는데, 상하수도, 전기, 화장실 등 문명의 혜택과는 거리가 먼, 거의 원시적 형태의 삶이었다. 1926년 한 고고학자가 마테라를 방문한 후 이곳을 "단테의 지옥"으로 불렀을 정도였다. 도저히 사람이 살 수 없는 마을이라는 소문이 퍼지자 이탈리아 정부는 미국 빈민구호 단체의 도움을 바탕으로 주민 이주 정책을 편다. 그렇게 인근 지역으로 주민 이주가 완료된 것이 1954년. 이후 유령 마을이 된 마테라에는 마약중독자, 집시, 고아들이 몰려들었다. 상하수도 시설과 전기시설, 화장실 없는 동굴집에서 원시인처럼 살아가는 이들이 20세기 후반까지 이탈리아에 존재했다는 사실이 믿어지는가.

그러던 마테라에도 변화의 바람이 불기 시작한다. 1961년 한 기자의 보도로 유령 도시 마테라의 실상이 알려졌고, 정부는 본격적으로 마테라의 근대화 작업에 나섰다. 이주시켰던 주민을 다시 마테라로 불러오는 새로운 차원의 정책을 발표한 것이다. 전기시설과 상하수도 시설, 화장실 등이 갖춰졌고, 1991년에는 교황 요한 바오로 2세가 마테라 대성당을 방문했다. 사람들이 마을로 돌아오자 학교, 관공서, 식당, 호텔 등이 들어서기 시작했고 1993년에는 마을 전체가 유네스코 세계문화유산으로 지정되었다. 이는 관광객 증가

- 마테라 전경

와 지역 사회 활기로 이어졌다.

마테라가 또 주목받은 것은 멜 깁슨의 2004년 영화 〈패션 오브 크라이스트〉의 배경이 되면서다. 예수가 십자가를 메고 골고타에 오르는 장면이 마테라에서 촬영됐다. 이렇게 차츰 마테라가 세상 밖으로 나오자, 유럽연합은 마테라를 '2019년 유럽을 상징하는 문화 수도'로 선정하기도 했다.

문명의 손길에서 비켜서 있었던 마을이었기에 순수한 모습을 잃지 않았고, 그 '시간이 멈춘 마을'이 입소문을 타면서 지금 마테라는 활기를 찾고 있다. 오랫동안 잊혔기에 다시 기억되는 모순. 2천 년 전으로 여행을 떠나고 싶어 하는 전 세계 관광객들은 오늘도 마테라로 향한다.

동시에 마테라는 신앙인들에게도 호기심으로 다가온다. 50여 미터 종탑을 가진 13세기 마테라 대성당(베네딕토회 수도원 대성당)을 비롯해, 마테라 전체를 조망할 수 있는 자리에 위치한 성 아우구스티누스 성당(1592년 건립), 마테라의 대표적 암굴 성당인 산타 마리아 데 이드리스 동굴 성당 등은 고대로부터 이어지는 신앙을 피부로 느끼기에 부족함이 없다.

가장 눈길을 끄는 것은 마테라 정상에 위치한 마테라 대성당이다. 1230년 공사가 시작되어 1270년에 완공되었는데, T자형으로 설계된 독특한 구조다. 8백 년 전 건축물이라고 보기 힘들 정도로 동안童顔이다. 앞으로 1천 년은 너끈히 건강하게 버틸 수 있을 것 같은 젊음이 느껴졌다. 역사가 오래된 만큼 장인들의 한 땀 한 땀 예술작품들도 눈길을 끈다. 작자 미상의 〈최후의 심판〉 벽화를 비롯

- 마테라 대성당
-- 마테라의 대표적 암굴 성당인
   산타 마리아 데 이드리스 동굴 성당

- 마테라 대성당 내부

해 석회암에 부조로 장식된 주님 탄생 예고 대축일 예배당, 알토벨로 페르시오Altobello Persio, 1507~1593와 야코포 사나자로Jacopo Sannazzaro, 1456~1530가 함께 만든 예수 탄생 경당의 예수 탄생 장면이 볼만하다. 1453년에 만들어진 목조 합창단석도 인상적이다.

대성당에서 나오니 눈 아래로 소설과 고전에서만 만날 수 있었던 고대 도시가 눈 아래로 펼쳐졌다. 그것은 비현실이었다. 서기 2020년에 만나는 서기 1년이었다. 천년이 하루와 같다고 했던가.

빛이 논다. 서기 1년과 서기 2020년의 황금빛이 함께 어울려 놀고 있었다.

동화 마을
언덕 위의 성당

알베로벨로의 산 안토니오 트룰리 성당
Chiesa a Trullo Parrocchia sant'Antonio, Alberobello

아까부터 내 기억을 간질이는 이 기시감의 정체는 뭘까? 처음 방문한 풀리아주의 알베로벨로(Alberobello, 아름다운 나무라는 뜻)에서 나는 이미 오래전에 경험한 것 같은 어떤 친숙함을 느꼈다.

고대부터 알베로벨로 지역에 전해오는 독특한 모습의 주거용 건축, 트룰로(Trullo, 복수형은 Trulli)는 낯설지 않았다. 어디서 봤더라……. 처음에는 개구쟁이 스머프들의 집과 닮아서, 혹은 영화 〈반지의 제왕〉의 호빗들의 집과 닮아서 그러려니 했다. 하지만 그것이 아니었다.

가물거리는 기억의 간질거림에서 벗어난 것은 한국에 돌아와서였다. 강원도에서 성장한 나는 어린 시절 부모님과 함께 정선에

⁻ 고대부터 알베로벨로 지역에 전해오는 주거용 건축 트룰로

갔다가 알베로벨로의 트룰로와 비슷한 집을 봤었다. 강원도 돌집 石頭房은 정선에서 유래하는 독특한 형태의 집으로 두께 2센티미터 정도의 얇은 돌판으로 기와처럼 지붕을 올린 집이다. 현재는 대부분 사라지고 없지만 1970년대까지도 정선읍에는 돌집이 많이 남아 있었다.

11세기까지 거슬러 올라간다는 알베로벨로의 트룰로는 강원도 정선의 돌집과 비슷한 양식으로 지어졌다. 트룰로는 원통 모양이나 네모 모양의 벽을 올리고, 그 위에 이 지방에서만 나는 키안카렐레Chiancarelle라는 두께 5센티미터쯤의 납작한 돌로 원뿔 모양의 지붕을 얹은 형태이다. 한 개의 방마다 한 개의 트룰로 지붕이 올려지며, 이 같은 방이 여러 개 모여 한 채의 트룰리를 이룬다. 방 안의 난로와 오븐에서 나오는 연기는 모두 지붕의 돌 틈으로 배출되는 구조. 현재 알베로벨로에는 옛 시가지인 몬티 지역을 중심으로 1천 여 채의 트룰리가 밀집해 있다.

알베로벨로의 트룰로는 타인의 접근을 완전히 차단하겠다는 굳은 의지가 보이지 않는다. 군사 요새와도 같은 우리들의 집과는 완전히 다르다. 열려 있고 소통한다. 떠나고 싶다면 언제든 쉽게 허물 수 있고, 정착하고 싶다면 언제든 쉽게 다시 지을 수 있다.

하지만 이 아름다운 건축물이 만들어진 배경은 각박한 사정 때문이었다. 중세 교회가 주택의 지붕 수에 따라 세금을 매겼기 때문에 서민들이 감당하기 어려운 세금 조사를 피하기 위해 지붕 해체와 재건이 쉬운 트룰로를 선호했다는 것이다. 그 독특한 건축양식으로 인해 1970년대 이후 알베로벨로는 관광지로 급부상했고, 지금은 중세 이탈리아의 멋을 만끽할 수 있는 동화 마을로 자리를 잡아가고 있다.

그 동화 마을의 언덕 제일 높은 곳에 세계 유일의 트룰리 성당인 산 안토니오 성당이 있다. 본당과 사무실, 사제관, 종탑으로 이뤄진 고깔 지붕 네 개를 머리에 얹은 소박한 성당인데, 귀여운 외모와 달리 내부는 15세기의 십자가상과 제단화가 고풍스러움을 선물한다. 산 안토니오 성당이 서민을 위한 성당이었다면, 귀족들은 건너편 언덕 중턱에 있는 산 고스마와 다미아노 성당에 갔다. 안토니오 성당보다 훨씬 더 장엄한 모습인데, 전통적인 트룰로 양식이 아닌 타지에서 공수해온 흙벽돌로 정성을 다해 건축했다. 피렌체의

˚ 성 고스마와 다미아노 대성당
˚˚ 산 안토니오 트룰리 성당
˚˚˚ 산 안토니오 트룰리 성당 내부

르네상스를 이끈 메디치 가문이 건축비용을 냈는데, 이는 알베로 벨로 지역 귀족과의 유대를 통해 피렌체의 영향력을 확대하기 위한 것이었다고 한다.

산 고스마와 다미아노 대성당이 로마 베드로 대성당의 장엄한 매력을 뽐낸다면, 산 안토니오 성당은 동네 성당 성체 조배실의 고요한 매력을 지녔다. 트룰로 마을에는 트룰로 성당이 제격이다 싶었다.

돌 지붕 때문인지 성당 내부 공기가 외부 공기와 원활하게 소통하고 있었다. 외부 공기를 내부 공기로 빌려 즐기는 건축 장치. 그 소통하는 공간에서 나오자 트룰로 마을 모습이 한눈에 들어왔다. 예쁘다. 성당 문 앞에 앉아 먼 곳 경치를 빌려 즐겼다.

오상의 성 비오와 믿음

산 조반니 로톤도 대성당
성 비오 성당

Basilica di San Giovanni Rotondo
Santuario di San Pio

나는 믿지 않았다.

임꺽정이 축지법을 사용했다느니, 관우의 적토마가 하루에 천리를 달렸다느니 하는 이야기와 별반 다름없으려니 했다.

오상을 받았다는 아시시의 성 프란치스코 이야기 말이다. 조미료가 가미된, 조금 부풀려진 이야기려니 했다. 프란치스코 성인이 살았던 8백 년 전에는 1천2백만 화소 AF 망원 카메라를 장착한 최신 스마트폰이 없었다. 사진도 없고. 그러니 지금 내 눈으로 직접 확인할 방법이 없지 않은가. 프란치스코의 몸에 예수의 상처가 생기고, 그 상처에서 피가 줄줄 흘렀다는 말을 어떻게 믿겠는가.

이탈리아 남동부 아풀리아Apulia주의 작은 마을인 산 조반니 로

⁻ 오상의 성 비오

톤도San Giovanni Rotondo를 찾았을 때 나는 전설과 현실의 경계가 무너지는 것을 느꼈다. 카푸친 수도회 성 비오 신부의 오상은 전설이 아니다. 사진이 남아 있다. 현대 의학의 검증과정도 거쳤다. 비오 신부의 몸에 일어난 기적은 불과 50년 전에 우리와 함께 살았던 사람에게서 일어난 생생한 실재였다.

　그 실재를 찾아가는 길은 쉽지 않았다. 산타클로스의 유해를 모신 선물의 도시 바리에서 북쪽으로 기차로 한 시간 30분을 달려 포자Foggia에 도착한 후, 다시 버스로 갈아타 미카엘 대천사가 발현(5세기)했다는 가르가노Gargano 산을 향해 한 시간 동안 달렸다. 강 건너, 산 넘어 그렇게 나는 산 조반니 로톤도에 도착했다. 비오 성인과의 만남은 가르가노 산 중턱 커브 길을 돌면서 툭 하고 찾아왔고, 그곳에 오상은 실재했다.

손바닥만 한 마을에 산 조반니 로톤도 대성당, 십자가의 길 동산, 카푸친 작은형제회 은총의 성모 마리아 수녀원, 성 비오 성인이 미사를 봉헌하고 고해성사를 집전했던 옛 수도원 성당, 성인의 유해를 모신 성 비오 성당 등이 다닥다닥 모여 있다. 대성당은 컸지만, 생각보다 웅장한 느낌은 아니었다. 마을 전체에 흐르는 공기 또한 의외로 열광적인 분위기가 아니었다.

성 비오 성당에서 성인의 유해를 만나자, 왜 이 작은 마을에 연간 수백만 명의 순례자들이 몰려드는지 알 수 있었다. 성인의 시신은 화학처리를 거쳐 유리관 안에 안치되어 있었다. 코앞에서 성인을 만나는 순간 팔에 소름이 돋았다. 애끊는 마음으로 연인의 볼을 어루만지듯, 내 손은 성인이 잠들어 있는 유리관을 더듬었다.

1887년생. 1903년 카푸친 수도회 입회. 1907년 종신서원, 1910년 사제 수품. 이때까지는 평범했다. 오상의 기적이 그의 몸에 뚜렷하게 나타난 것은 1918년. 비오 성인의 두 손과 두 발, 옆구리에서 피가 터졌고, 그와 함께 극심한 고통이 찾아왔다.

오상의 기적은 입소문을 타고 유럽 전역으로 퍼져 나갔고, 수많은 사람이 비오 신부를 보기 위해 로톤도로 몰려들었다. 기적을 의심하는 이들도 있었다. 몇몇 사람이 "기적은 가짜다"라며 비오 신부를 사기 혐의로 고소했고, 이에 교황청은 최신 과학적 기법을 동원하여 엄밀한 조사를 진행한다. 마침내 교황청은 비오 성인의 오상이 과학적으로 설명 불가능한 신비라고 결론지었다. 이후 로톤도는 기적의 성지가 된다.

사람들이 비오 신부에게 매료되었던 것은 단순히 오상의 기적 때문이 아니다. 비오 신부는 오상의 기적을 넘어서는 '최고 수준의 영성'을 보여주었다. 비오 신부가 경험했던 처절한 영적 투쟁은 그의 일기에 자세히 나타나 있다.

　"악마는 어떤 때는 실오라기 하나 걸치지 않은 나체 상태로 저속한 춤을 추는 젊고 아리따운 여자로, 어떤 때는 십자가에 못 박히신 예수님으로, 또 어떤 때는 교황님이나 수호천사, 성 프란치스코의 모습으로 가장하여 나를 괴롭혔다."

　이러한 영적 투쟁을 통해 그는 높은 차원의 영적 경지에 오르게 됐고, 그 넘쳐흐르는 영성의 물이 사람들의 마음속으로, 세상 속으로 흘러 들어갔다. 비오 신부를 만난 수많은 쉬는 신자가 냉담을 풀었고, 죄인이 회개했고, 반목하던 이들이 화해했다. 사람들은 비오 신부를 통해 하느님을 만났고, 복음의 신비를 체험했다.

　1968년 9월 23일. 비오 신부는 50년 동안 짊어졌던 십자가의 고통에서 벗어난다. 1981년 삶의 마지막 날, 그가 침상에 누워 마지막으로 한 말은…… "성모님"이었다.

　비오 성인은 죽음을 얼마 남겨놓지 않았을 즈음, 이런 말을 했다고 한다.

　"고통은 인생을 공로로 채웁니다. ……나의 가시적인 십자가의 삶이 영혼들의 구원을 위해 여러분의 마음을 움직였으면 합니다."

　예수의 상처를 직접 몸으로 받아낸 실재의 증언이 내 마음을 움직였다. 사진 속 비오 신부가 내 마음을 움직였다. 이제 나는 믿는다.

⁻ 산 조반니 로톤도 대성당
⁻⁻ 성인의 유해를 모신 성 비
오 성당 내부

흰색 도시의 중심에서

오스투니 대성당
Duomo di Ostuni

천사 하면 떠오르는 이미지는? 어떤 이는 가브리엘처럼 칼 들고 악마를 무찌르는 어른 천사를 떠올릴지도 모르겠다. 하지만 난 천사 하면 앙증맞은 날개를 등 뒤에 달고 파닥이는 천진난만한 아기가 먼저 생각난다.

아기의 모습에서 천사가 오버랩 되는 것은 어쩌면 흰색 때문인지도 모른다. 환한 미소를 띤 천사의 색은 환한 흰색이다. 딸이 어린 시절 흰색 원피스를 입고 환하게 웃으며 찍은 사진은 천사 그 자체다. 흰색은 빛의 색이고, 숭고한, 순결함, 단순함, 순수함, 깨끗함을 상징한다. 그 옆에 어떤 색이 서 있어도 돋보이게 하는 것 또한 흰색이다.

풀리아주 오스투니Ostuni는 나에게 천사의 도시로 다가왔다. 도시가 온통 흰색 물결이다. 그 어떤 원색의 옷을 입고 가건 나를 돋보이게 하는 흰색 도시, 오스투니는 최근 이탈리아의 산토리니라는 입소문이 나면서 관광객이 급증하고 있다. 평소 인구는 3만 2천 명 정도에 불과하지만, 매년 여름이 되면 10만 명 가까이 관광객이 몰린다고 한다. 물론 코로나19 이전 이야기지만. 최근에는 영국인들이 집들을 사들이기 시작하면서, 이탈리아에서 세 번째로 영국인 소유 부동산이 많은 도시가 됐다고 한다.

물자가 풍부한 바다를 옆에 끼고(8킬로미터 거리) 있어서일까. 석기시대부터 사람이 거주했고, 철기시대 초기(BC 9세기~BC 7세기경)

에 이미 메사피Messapii라는 이름을 가진 부족이 이주한 것을 볼 때, 이 땅은 애초부터 많은 사람이 탐내던 노른자위 땅이었을 것이다. 카르타고의 한니발 장군이 로마로 진군하면서 이 지역을 초토화시켰다는 기록 역시 이 땅에 많은 사람이 거주했음을 짐작하게 한다. 폐허가 된 이 도시를 다시 일으킨 것은 그리스인들이었다. 그들은 '새로운 도시'라는 뜻을 가진 '오스투니'를 재건했고, 1천 년 뒤인 서기 996년에는 해발 230미터의 언덕 위에 하얀색 중세 성채 도시가 세워졌다.

그 흰색의 향연 속에서 유일하게 흰색을 거부하는 건물들이 있다. 여성화가 마리 세르Marie Serre, 1659~1753의 〈성 모데스토와 성녀 크레센티아와 함께 있는 성 비토〉를 감상할 수 있는 성 비토 성당(체코 프라하의 성 비투 성당과 같은 성인을 주보로 모신 성당), 프란치스코회 수도원 성당인 성 프란치스코 성당, 오스투니 대성당 등이 그러하다. 이들은 흰색의 물결 속에서 각자 나 홀로 황갈색이다.

특히 오스투니 대성당은 그 웅장함 때문인지, 황갈색이 품어내는 위용이 대단하다. 흰색 건물이 다닥다닥 붙은 좁은 골목길 바로 옆에 있어 광각 카메라가 아니면 온전히 한 렌즈에 담아내기 힘들 정도다. 둘러싼 흰색들의 찬양을 한 몸에 받는 듯한 이 황갈색 대성당의 공식 명칭은 성모 승천 대성당Basilica di Santa Maria Assunta. 성모 마리아가 하늘로 불림 받아 올라간 것을 기념하는 성당인데, 명칭만 그러하고 실제로는 성 요셉, 성 마리아, 아기 예수, 성가정에 봉헌됐다.

서기 1000년 이전에는 동로마제국에 속해 있어서 정교회 성당

- 오스투니 성 비토 성당
-- 오스투니 성 프란치스코 성당

으로 지어졌는데, 이후 신성로마제국에 편입되면서 로마 가톨릭교회 성당으로 바뀌었다. 1456년 대지진으로 일부 피해를 보았으나 그것이 전화위복이 됐다. 1469년부터 1495년까지 대대적인 재건축이 이뤄지면서 아름다운 장미창을 비롯한 현재의 모습을 갖추게 됐다.

내부 또한 이탈리아 대부분의 대성당이 그러하듯 도미니코 안토니오 바카로Domenico Antonio Vaccaro, 1678~1745의 알렉산드리아의 성녀 가타리나 프레스코화 등 수많은 화가의 예술작품으로 도배되어 있다. 원죄 없이 잉태되신 마리아의 경당Cappellone dell'immacolata, 성 아우구스티누스 경당, 성녀 루치아 경당 등이 눈길을 끄는데, 모두 15~18세기의 걸작들이다. 15세기에 제작된 예수 그리스도 수난상, 12세기에 작성된 2백여 건의 양피지 문서들도 이 성당의 보물이다.

무엇보다 눈길을 끄는 것은 제대에 있는 '성 푸블리오 오론초

- 오스투니 대성당
-- 갈라치아 광장의
  성 푸블리오 오론초 동상

Sant' Publio Oronzo'이콘icon이다. 푸블리오 오론초 성인의 흔적은 대성당 외에도 오스투니 시내 곳곳에서 발견할 수 있다. 오스투니의 중심 광장인 자유 광장Piazza della Liberta에 20미터 높이의 첨탑이 있는데, 꼭대기에 있는 조각상(1771년 작) 또한 성 푸블리오 오론초이다.

왜 오스투니 사람들은 '신앙의 중심부'인 대성당에 우리에게는 이름도 낯선 한 성인을 수백 년 동안 소중히 모시고 기억했을까. 그리고 '삶의 중심부'인 광장의 가장 잘 보이는 곳에 성인을 모시고 기억한 이유는 또 무엇일까. 오스투니 사람들이 한 인물에 이렇게 정성을 모은 이유는 무엇일까. 그 의문은 인근의 또 다른 역사 도시 레체Lecce에서 풀렸다.

무른 돌,
순한 신앙

레체 대성당
산타 크로체 성당

Duomo di Lecce
Basilica of Santa Croce

장화 모양의 이탈리아 반도 뒤꿈치에 있는 도시가 바리라면, 그 뒤
꿈치에서 조금 내려와 구두 뒷굽 즈음에 레체가 있다.

이 도시에 악몽이 찾아온 것은 1656년. 당시 페스트가 유행해
인근 도시 오스투니를 포함해 약 1만 5천 명의 주민 중 6천여 명이
사망했다. 엄청난 재앙 앞에서 레체와 오스투니 사람들이 선택한
것은 기도였다. 그들은 최초의 레체 교구장이자 레체의 수호성인인
성 푸블리오 오론초에게 매달렸다.

전설에 의하면 푸블리오 오론초는 지중해 몰타섬의 로마 집정
관이었는데, 바오로 사도에게 감화를 받아 신앙을 갖게 되었다고
한다. 이후 레체와 오스투니의 초대주교로 활동하다가 로마 박해

때 순교했다고 전해진다. 레체와 오스투니에 처음 그리스도교 신앙을 심어준 인물. 레체 사람들은 고난이 있을 때마다 그에게 전구를 청했고, 그때마다 위기를 넘길 수 있었다.

페스트가 레체를 휩쓸었을 때도 마찬가지였다. 그들은 성 푸블리오 오론초에게 전구를 청하는 간절한 기도를 했고, 그 기도는 곧 효험(?)을 보았다. 1백 일 넘는 기도가 끝나갈 즈음, 기적적으로 페스트가 사라진 것이다. 레체 사람들은 이후 도시 곳곳에 성인의 동상과 기념물을 세우고 그를 통한 기적을 기억했다.

레체의 영적 자산이 성 푸블리오 오론초라면, 레체의 물질적 자산은 '레체 석재'라고도 불리는 이탈리아 석회암이다. 부드럽고 가공이 쉬운 이 돌은 레체 지역에서만 나오며, 르네상스 시절 이탈리아 곳곳에 세워진 화려하고 아름다운 성당의 건축 재료로 사용되었다. 캄보디아 앙코르 와트에서 가공하기 쉬운 돌을 사용한 것과 마찬가지다.

따라서 레체에는 유난히 화려한 성당이 많다. 진흙처럼 쉽게 다룰 수 있는 돌이 지천에 널려 있다 보니, 성당들도 그만큼 화려해진 것이다. 레체가 '남쪽의 피렌체'라고 불리는 이유도 도시 전체에 넘치는 르네상스풍의 화려함 때문이다.

대표적인 성당이 레체 대성당이다. 앙코르 와트가 건축되던 시기인 1144년에 지어진 이 성당 북쪽 출입구 윗부분(파사드)은 바로크 예술의 걸작으로 손꼽힌다. 이 걸작의 중심을 잡고 있는 조각 역시 성 푸블리오 오론초이다. '성모 승천 기념성당'이라는 이름이 붙은 이 성당은 3백 년의 역사를 가진 종탑, 주교관, 교구청, 신

¯ 레체 대성당

˘ 레체 대성당 내부

학교를 동시에 거느리고 있다. 말하자면 레체 신앙의 코어인 셈이다. 1757년 대리석과 금으로 도금해 제작한 화려한 청동 제대가 눈길을 끄는데, 성당 내 화려한 제대를 가진 열두 개의 경당도 눈여겨볼 만하다. 16세기에 제작된 예수 탄생 경당, 세례자 요한 경당(1682), 파도바의 산 안토니오 경당(1674), 산 필립보 네리 경당(1690), 산 안드레아 사도 경당(1687) 등이 이에 속한다.

레체 대성당의 화려함에 마음이 조금 흔들렸다면, 산타 크로체 성당에서는 아예 마음을 송두리째 빼앗길 준비를 해야 한다. 돌을 이토록 정교하게 다듬을 수 있다는 사실이 놀랍다. 스페인 그라나다 알함브라 궁전에 온 것 같은 착각을 일으킬 정도다.

레체 대성당이 기도와 영성에 초점을 맞췄다면, 산타 크로체 성당은 아예 작정하고 예술로 방향을 잡은 듯하다. 특히 1571년 그리스도교가 이슬람과의 대규모 전쟁을 벌여 승리한 레판토 해전을 상세하게 묘사한 부분은 탄성이 절로 나온다. 교황 그레고리우스 13세와 당시 전투에 참여한 귀족들, 심지어는 헤라클레스와 같은 가상 인물까지 조각되어 있다. 이밖에도 다양한 동물과 식물 등을 조각했는데 이는 용맹한 그리스도교 군사와 선량한 그리스도교 신앙인들을 상징한다.

산타 크로체 성당의 화려함은 여기에 그치지 않는다. 조각만으로는 한계가 있다고 느꼈는지, 프란치스코 안토니오 짐발로 Francesco Antonio Zimbalo, 1567~1631의 〈성 프란치스코〉, 잔세리오 스트라펠라Gianserio Strafella, 1520~1573의 〈성 삼위일체〉, 오론초 티소Oronzo Tiso, 1726~1800의 〈파도바의 성 안토니오〉 등 걸작 회화들을 성당 곳곳에

- 산타 크로체 성당 내부

채위 넣었다. 이렇게 정성을 들이다 보니 성당 건축 기간이 레체 대성당보다 세 배나 더 들었다(1353~1695).

레체에는 이 밖에도 화려함의 절정을 보여주는 1438년 건축물 산타 키아라 성당, 파사드 없는 교회로 유명한 맨발의 성 프란치스코 성당, 레체 성당 중 가장 큰 제대를 자랑하는 산 이레네오 성당 등 보석 같은 성당들이 많다.

이 모든 것이 레체 석재라는 훌륭한 건축 자재가 있었기에 가능했던 일이다. 도화지와 색연필을 쥔 아기는 화가가 된다. 쉽게 다룰 수 있는 돌을 손에 쥔 레체 신앙인들은 건축가였다. 돌을 다루기 힘들었다면, 그토록 아름다운 성당을 지속적으로 건축할 생각을 하지 못했을 것이다.

레체의 아름다운 성당들은 다루기 쉬운 무른 돌 때문만은 아니었을 것이다. 마음이 굳어 있었다면 성당을 지어 봉헌하겠다는 생각조차 하지 못했을 테니 말이다. 딱딱하고 굳은 마음에는 깃들지 않는 참 신앙이 그들을 움직였다는 표현이 정확할 것이다.

어쩌면 흑사병을 몰아낸 것은 한 성인의 전구 때문만은 아니었을 것이다. 순하고 착하고 무른 신앙, 그 신앙이 하늘에 닿았기 때문이 아닐까.

˗ 산타 키아라 성당
˗˗ 레체의 로마 유적

밀라노,
부활과
안식

Lano

이탈리아 건축에서 세례당과 종탑, 대성당은 삶의 축소판이다.
태어나는 모든 아기는 세례당에서 유아세례를 받았고,
전쟁이 나거나 자연재해로 목숨이 경각에 달렸을 때는
종탑에 올라 피신했고,
삶의 마지막 순간에는 대성당에서 장례를 치렀다.

풍요의 땅, 롬바르디아

롬바르디아Lombardia주는 장화 모양의 이탈리아 반도에서, 장화를 신을 때 손으로 잡는 바로 그 부분에 해당하는 지역이다. 유럽 대륙과 이탈리아 반도를 잇는 사통팔달 교통 중심지, 그리고 비옥한 평야로 인해 오래전부터 군침 흘리는 사람들이 많았던 땅이다.

원래 켈트족이 살던 땅이었지만, 로마의 지배하에 들어간 후에는 북부 이탈리아의 최대 도시로 급부상했다. 그러다 374년에 성 암브로시우스가 밀라노의 대주교가 되면서 롬바르디아는 북부 이탈리아의 종교 중심지가 되었다. 하지만 5~6세기에는 훈족과 고트족의 침입으로 시련을 겪는다. 찬란했던 종교 및 문화 중심지는 그렇게 쇠퇴의 길을 걸었다. 서기 700년경, 무주공산의 이 비옥한 땅을 차지한 것은 독일 지역에서 남하한 랑고바르드족이었다. 그때부터 이 땅은 쭉 랑고바르드족의 땅, 즉 롬바르디아로 불리고 있다. 이후 샤를마뉴 대제의 손에 들어갔다가, 신성로마제국의 지배를 거쳤으며, 16~18세기에는 스페인, 오스트리아, 나폴레옹이 차례로 지배했다. 오늘날의 이탈리아에 귀속된 것은 1859년이다.

롬바르디아가 이렇게 오랜 시간 많은 사람의 손을 탄 이유는 땅이 비옥했기 때문이다. 지역민들이 먹고도 남을 작물들이 매년 쏟아져 나왔다.

우리나라 세계지리 교과서에 '쌀은 아시아뿐 아니라 미국 서부와 이탈리아 북부에서도 생산된다'라고 나와 있는데, 이 이탈리아 북부가 바로 롬바르디아를 가리킨다. 그래서 이 지역 사람들은 파스타가 아닌 리소토를 즐겨 먹는다. 포도 생산량도 많아서 포도주 산지로도 유명하다. 돈이 많다 보니 상업 또한 발전했다. 이후 롬바르디아는 전통적인 섬유공업의 명품 1번지 명성의 바탕 위에 금속·화학·기계공업 등의 중화학공업이 비약적으로 발달하게 된다. 한때 우리나라에서 군산·사북·태백에 돈이 몰렸던 것처럼 롬바르디아는 돈을 끌어들이는 블랙홀이었다. 롬바르디아는 지금도 이탈리아에서 가장 부유한 지역에 속한다.

돈이 많다 보니 자연스레 성당 건축과 종교 예술이 발전했다. 롬바르디아의 최대 도시 밀라노에는 1천5백 년을 훌쩍 넘긴 성 암브로시우스 성당이 지금까지 옛 모습을 간직하고 있다. 일본인 관광객들이 '쓰고이(すごい, 대단하다, 굉장하다는 뜻의 일본말)'를 연발한 탓에 '쓰고이 성당'이라고 불리기도 하는 밀라노 대성당은 지금도

밀라노 스칼라 광장에서 두오모를 연결하는 아케이드인 비토리오 에마누엘레 2세 갈레리아

 밀라노의 명동, 비아 토리노

연간 천만 명이 넘는 관광객들을 롬바르디아행 기차에 오르게 하고 있다. 또 성 마리아 성당과 그 성당에 전시된 레오나르도 다빈치의 〈최후의 만찬〉, 수많은 미술 작품들이 소장된 브레라 미술관, 오페라극장인 라스칼라 극장은 롬바르디아가 물질적 풍요만이 아닌 영적·정신적·문화적 풍요까지 두루 섭렵했음을 드러낸다.

포도주보다는 소주를 즐긴다. 리소토 한두 끼 먹으면 질리는 식성이다. 패션 혹은 명품은 거의 문외한에 가깝다. 어떤 이는 롬바르디아를 여행하는 데 패션과 리소토, 포도주와 거리가 멀다면 거의 재앙에 가깝다고 할지도 모르겠다. 그러나 롬바르디아에서 나를 사로잡은 것은 따로 있었다. 2천 년 가까이 이어져온 명품 성당의 향연이 바로 그것이다.

소박함을 곁에 둔 화려함

밀라노 대성당
Duomo di Milano

불교 경전 『법화경』의 「견보탑품見寶塔品」에 이런 이야기가 있다.

석가여래釋迦如來가 법화경을 설법하고 있는데, 갑자기 아름다운 탑이 나타났다. 법화경을 설법하는 곳이면 어디라도 탑의 모양으로 나타나겠다고 약속했던 다보여래多寶如來였다. 다보여래는 석가모니 부처님 이전의 부처다. 갑자기 나타난 다보여래는 석가여래에게 '참으로 설법을 잘하십니다'라고 했다. 극적이지 않은가. 두 명의 부처님이 동시에 한 자리에 나타났으니 말이다.

이 내용을 독창적으로 해석한 위대한 예술이 경주에 있다. 불국사 대웅전 앞에 있는 석가탑釋迦如來常住說法塔과 다보탑多寶如來常住證明塔이 그것이다. 석가탑은 바윗돌 위에서 석가여래가 설법하는 모습을 표현한 것이고, 다보탑은 다보여래가 석가여래의 설법이 진리라고 증명하는 것을 형상화한 것이다.

밀라노에서 다보탑과 석가탑을 떠올린 것은 두 성당을 만나면서였다. 밀라노 대성당과 성 암브로시우스 대성당Basilica di Sant'Ambrogio이 그것이다. 밀라노의 신앙은 성 암브로시우스에 의해 자리 잡았고, 뿌리 내렸고, 퍼져 나갔다. 암브로시우스는 밀라노의 석가모니인 셈이다.

그 신앙이 뿌리를 내리고 열매를 맺는 지점에 밀라노 대성당이 있다. 암브로시우스가 그토록 원했던 '믿음이 강물처럼 흐르는 시절'에 대성당이 건설된 것이다. 그래서 성 암브로시우스 성당이 신앙의 진리를 설법하는 석가탑이라면, 밀라노 대성당은 그 신앙을 증거하는 다보탑이다.

외양도 닮았다. 성 암브로시우스 성당이 석가탑처럼 소박하고 단아한 미를 자랑한다면, 밀라노 대성당은 다보탑처럼 아름다운 처녀가 치맛자락 휘날리며 공중부양하는 환상적인 자태를 드러내고 있다.

135개의 첨탑(최고 높이 157미터)과 3천 개가 넘는 조각상 등 현대 건축에서 볼 수 있는 세련미와 웅장함, 화려함을 모두 갖추고 있다. 그런데 이 성당을 두고 위대하다고 말하는 이유는 화려함 때문만은 아니다. 시간과의 싸움을 이겨냈기 때문이다. 1386년 밀라노 대주교 안토니오 다 살루초Antonio da Saluzzo는 355년과 836년에 각각 지어졌다가 화재로 파손된 성당을 다시 중건하겠다는 결심을 한다. 피렌체와 베네치아의 대성당에 버금가는 성당을 건축하겠다고

- 밀라노 대성당

- 밀라노 대성당 첨탑

말이다.

　피렌체에 메디치 가문이 있었다면 밀라노에는 비스콘티 가문이 있었다. 재정적 도움을 충분히 받을 수 있었다. 하지만 잦은 설계 변경 등으로 건축 기간이 늘어나면서 밀라노 시민들은 지치기 시작했다. 세월이 흐르면서 건축은 지지부진해졌고, 18세기 후반에 들어서야 다시 본격화됐다. 1762년 108.5미터 높이의 성모 첨탑이 세워졌고, 1805년 나폴레옹이 이탈리아를 점령한 후 대성당 건축이 활기를 띠었으며, 1829~1858년에 스테인드글라스가, 20세기 초반에

- 밀라노 대성당 내부

내부 및 외부의 세부 장식이 이뤄졌다. 지금도 공사가 부분적으로 계속되고 있지만(대성당 정면은 2009년까지 공사가 계속됐다), 성전 출입문이 완성되고 문이 열린 것은 1965년 1월 6일이었다. 첫 삽이 떠진 이후 우리 앞에 명작이 모습을 드러내는 데 무려 6백 년이라는 긴 시간이 필요했다.

성전 내부로 들어가면 규모에서 오는 위압감을 피부로 느낄 수 있다. 엄청난 높이를 떠받들고 있는 육중한 기둥들은 마치 '이래서 두오모다!'라고 자랑스럽게 외치는 듯하다. 335년 건축된 것으로 추정되는 팔각형의 세례당을 비롯해 화려한 조각으로 장식한 수많은 경당은 인간이 얼마나 하느님을 찬미할 수 있는지 보여주겠다는 고집처럼 다가온다.

특히 눈길을 끄는 것은 중앙제대 오른편에 있는 다소 엽기적인 모습의 조각이다. 온몸의 피부를 벗기는 형벌을 받고 순교한 성 바르톨로메우스San Bartholomaeus다. 몸에 두르고 있는 것이 벗겨진 피부다. 조각 밑에 새겨진 라틴어(NON ME PRAXITELES SED MARCO FINXIT AGRAT)를 직역하면 '이것은 프락시텔레스의 조각품이 아

˙ 조각가 마르코 다그라테가 1562년에 제작한 성 바르톨로메우스

니라 마르코의 작품'이라는 뜻이다. 말하자면 '작품이 너무 위대하게 보여서 고대 그리스의 전설적인 조각가 프락시텔레스의 작품처럼 보일지 모르나, 사실은 1562년에 나, 마르코 다그라테가 만든 작품이다'라는 것이다.

중앙제대 아래에서는 암브로시우스 주교 사후 1천 년 뒤, 혼란했던 교회를 바로잡고 트리엔트 공의회에서 영웅적 활동을 선보였던 성 가롤로 보로메오San Carolus Borromaeus 추기경의 유해를 만날 수 있다.

성전을 나오면서 거대한 다보탑을 빠져나오는 듯한 느낌을 받았다. 그 다보탑 인근에 소박함의 극치를 보여주는 성 암브로시우스 성당이 있다. 화려함과 소박함을 구현해낸 신앙의 절정을 한 도시에서 동시에 만날 수 있다는 것, 이것이 밀라노가 주는 행복이다.

불자들은 다보탑과 석가탑이 있는 불국사를 두고 정토淨土가 구현되는 공간이라고 말한다. 그렇다면 그리스도교 신앙인들은 이렇게 말할 수 있다. 다보탑 밀라노 대성당과 석가탑 성 암브로시우스 성당이 있는 밀라노는 하느님 나라Regnum Dei가 구현되는 공간이라고.

민중이 세운 성인   성 암브로시우스 대성당
Basilica di Sant'Ambrogio

'교육부 지정 초중고 필수 단어 목록'이라는 것이 있다. 영어 공부를 하려면 반드시 알아야 할 중요 단어부터 먼저 암기한 후 덜 중요한 단어를 학습하는 것이 상식이다. 그리스도교 신앙 역사에도 '필수 성인 목록'이라는 것이 있다. 기본적으로 꼭 알고 넘어가야 하는 성인이 있다는 말이다.

로마 베드로 대성당 제일 안쪽에 있는 베드로 청동 성좌(교황좌)는 네 분의 성인이 받치고 있다. 각각 암브로시우스, 아타나시우스Athanasius, 요한 크리소스토무스Johannes Chrisostomus, 아우구스티누스인데, 이 네 명이 필수 암기 성인 목록에 들어간다. 이 네 명이 없었다면 오늘날 우리가 알고 있는 그리스도교의 존재는 불가능했을

- 성 암브로시우스 대성당

지도 모른다. 그리고 네 명 중에서도 단연 두각을 나타내는 이가 바로 성 암브로시우스다.

밀라노를 여행하면서 언급하지 않을 수 없는 성인이 암브로시우스다. 밀라노 하면 암브로시우스이고, 암브로시우스 하면 밀라노이다. 밀라노 암브로시우스 대성당에 들어가기 전에 암브로시우스에 대해 먼저 알아야 한다.

옛날 옛적, 간신히 박해의 터널을 통과한 교회가 이제 막 신앙의 자유를 누리던 때였다. 서기 340년, 암브로시우스는 그 평화의 시기에 독일 트리엘에서 태어난다. 어린 시절부터 남다른 지적 성취를 보였던 그는 성장한 후 변호사의 길을 걷는다. 탁월한 사람은 언젠가는 주목받게 마련이다. 뛰어난 학식과 언변을 가진 그에 대한 소문은 로마제국 곳곳으로 퍼져 나갔다. 로마 정치권에서도 그를 주목하기 시작했고, 마침내 밀라노 총독의 자리에 오른다. 오늘날로 말하면 사법계에서 주목을 받다가, 정치권에 의해 발탁돼 도지사에 당선된 상황으로 보면 된다. 그런 그가 종교계의 수장으로 새롭게 급부상하는 계기는 이렇다.

당시에는 그리스도교 교리에 관한 정립이 이뤄지지 않았고, 그에 따른 이단이 속출하던 시기였다. 이때 밀라노 주교가 갑자기 사망하고 이어 후임 선발 문제로 심각한 잡음이 일었다. 이단 측에서 자신들의 교리를 따르는 이를 밀라노 주교에 선임하고자 했기 때문이다. 종교계가 혼돈을 거듭하자 이를 바로잡기 위해 나선 것은 대중 신앙인이었다. 신자들은 복잡한 교리체계엔 관심이 없었다. 자신들이 보기에 훌륭한 인품과 공명정대함을 가진 인물이 주교가 되길 원했다.

민중은 암브로시우스를 떠올린다. 전설에 따르면 암브로시우스가 종교 다툼이 벌어진 현장을 찾아 화해 설득에 나섰을 때 한 어린이가 이렇게 외쳤다고 한다. "암브로시우스님이 주교가 되어야 해요!" 그러자 군중이 함께 이구동성으로 외치기 시작했다. "암브로시우스 주교님! 암브로시우스 주교님!"

당황한 암브로시우스는 손사래를 쳤다. 아직 세례도 받지 않은 상황이었을뿐더러 성직자가 된다는 생각은 꿈에도 없었기 때문이다. 하지만 군중은 요구를 멈추지 않았다. 거듭하여 주교 취임을 요구하며 소란을 피웠다. 심지어 친구 집에 숨어 있기까지 했던 암브로시우스를 찾아내 주교직에 오를 것을 요청했다. 그가 얼마나 백성의 신임을 받고 있었는지 알 수 있는 대목이다. 대중이 이토록 원하자 인근 지역의 주교들과 밀라노 교구 사제들도 암브로시우스에게 주교직을 권유하기에 이른다.

결국 암브로시우스는 374년 12월 7일 34세가 되던 해에 세례성사를 받고 주교직에 오른다. 당대 최고 지식이었던 암브로시우스는 주교가 된 후, 모든 열정을 다해 직무에 임했다. 기도와 교리연구, 강론에 전념했으며 가는 곳마다 그의 가르침을 듣기 위해 사람들이 몰려들었다. 단식을 실천하고, 순교자들을 공경하고, 신학 정립에 힘썼다. 성사와 전례에 대한 그의 다양한 저술은 오늘날 교회의 초석이 된다. 암브로시우스는 자선 실천에도 소홀하지 않아, 가난한 이들을 위해선 가진 것을 모두 내어주었다. 죄인에게는 애정과 친절로 대했으며, 이교도들의 회개를 위해서도 끊임없이 노력했다. 성녀 모니카가 눈물 흘리며 아들 아우구스티누스의 회개를 위해 기도해줄 것을 청하자 암브로시우스는 이렇게 말했다.

"안심하시오. 그런 눈물을 가진 어머니의 아들은 결코 멸망하지 않습니다."

예언은 적중한다. 이교도였던 아우구스티누스는 암브로시우스와의 대화를 통해 회개하고 훗날 위대한 가톨릭교회의 성인이 된다. 출중한 지식인이었던 아우구스티누스조차 무릎 꿇린 것을 볼 때 암브로시우스의 지적 성취와 영적 깊이가 얼마나 대단했는지를 알 수 있다. 암브로시우스가 교회의 뿌리 내림 과정에서 중요했음을 알려주는 또 하나의 사건이 있다.

서기 390년, 테살로니카 사람들이 반란을 일으켰다. 이에 격분한 로마 황제 테오도시우스는 군대를 파견하여 반란에 가담한 7천여 명을 몰살한다. 소식을 접한 암브로시우스는 놀랐다. 아무리 테오도시우스 황제가 그리스도교 신자라고 해도, 하느님의 뜻을 어기는 그 잔인성을 간과할 수 없었다. 암브로시우스는 즉각 황제에게 편지를 썼다. 통회와 보속, 고행을 권유했고, 통회하지 않으면 당분간 성당에 나올 수 없다고 전했다. 황제는 처음에는 반발했으나 결국 자신의 잘못을 뉘우치고 회개한다.

테오도시우스 황제는 죽을 때 암브로시우스의 품에서 죽었다. 황제는 이런 고백을 했다. "내게 진리를 말해준 사람은 한 사람뿐이다. 그는 불의와 타협하지 않는 신의 일꾼, 밀라노의 주교 암브로시우스다."

암브로시우스 또한 황제를 존경의 마음으로 대했다. 테오도시우스 황제 장례 미사에서 암브로시우스가 강론한 내용이 시오노 나나미의『로마인 이야기』14권에 자세히 나와 있다.

"테오도시우스 황제는 죽지 않았습니다. 뒤에 남은 두 아들을 통해 살아 계십니다. 아버지는 하늘에 있어도 지상에 남은 두 아들 한테서 눈을 떼지 않고 지켜주고 계십니다."

얼마 뒤, 암브로시우스도 황제의 뒤를 따랐다. 397년 4월 3일 성 금요일, 암브로시우스는 마지막으로 성체를 모시고 숨을 거뒀다. 57세의 나이였다. 죽음을 앞둔 암브로시우스 주교의 마지막 말은 유명하다.

"오! 세상을 떠날 날이 어찌 이리 많이 남았는지! 아! 주여 어서 빨리 오소서. 지체치 마시고 저를 거절치 마옵소서."

이 암브로시우스의 유해를 모신 성당이 밀라노에 있다. 암브로시우스 대성당이다. 386년에 지어진 후, 7백 년 후인 9세기에 일부 개축되었으며, 1140년에 대대적인 공사를 거쳐 지금까지 이어지고 있다. 현재 베네딕도회 수도원이 대성당에 붙어 있는데, 이 수도원 건물은 8~10세기에 들어선 것이다.

1천7백 년의 역사를 간직한 성당, 개축한 시점으로 봐도 8백 년을 훌쩍 넘긴 성당이다 보니 성당 안으로 들어서면 고풍이 온몸을 휘감는 것을 느낄 수 있다. 바실리카와 로마네스크 양식이 혼합된 이 성당은 그 모양 자체로 로마 시대로 거슬러 올라가는 역사를 증명하고 있다.

건물 내부 곳곳에서 초기 교회의 흔적들을 볼 수 있고, 초기 그리스도교 시대에 만들어진 석관 앞에서는 숙연함마저 든다. 이

- 성 암브로시우스 대성당 내부
-- 초기 그리스도교 시대의 석관과 그 위를 덮고 있는, 12세기에 제작된 설교단
-- 성 암브로시우스 대성당에 모셔진 성 암브로시우스의 유해

밖에도 8~10세기에 제작된 것으로 추정되는 황금 제단과 암브로시우스를 묘사한 부조 작품들, 초기 그리스도교 시대의 석관을 덮고 있는 12세기의 설교단 등도 1천 년 전의 시간을 만나는 흥분을 선물한다.

그 가운데에서도 눈길을 끄는 것은 중앙제대 뒤에 있는 성 암브로시우스의 유해다. 1천6백 년 전, 교회의 기둥을 눈앞에서 직접 만난다는 것은 먼 길 달려와 현장을 직접 찾은 사람만 누릴 수 있는 호사였다. 암브로시우스를 중앙으로 양쪽에 두 명의 유해가 있는데, 성 제르바시우스Gervasius와 성 프로타시우스Protasius다. 전설에 의하면 쌍둥이였던 두 사람은 신앙을 굽히지 않다가 로마의 박해로 2세기에 밀라노에서 순교했다고 한다.

암브로시우스 대성당에서 1천6백 년 전으로의 시간 여행을 마치고 나오다, 불현듯 한국의 한 팔십 대 원로 사제를 떠올렸다. 한국교회에도 암브로시우스 사제가 있다. 한국교회 전례학의 초석을 놓은 최윤환 암브로시오 몬시뇰은 서울가톨릭대학교와 수원가톨릭대학교에서 총장을 역임하는 등, 평생 신학교에서 성직자를 양성해왔다. 우연일까. 최 암브로시오 몬시뇰은 암브로시우스가 태어난 독일 트리얼의 트리얼 신학대학에서 1969년 전례신학 박사학위를 받았다. 지금은 공직에서 은퇴하고 수원의 한 작은 아파트에서 생활하고 있다. 소주 서너 병 들고 한번 찾아뵈어야겠다.

명화의
고요한 힘

산타 마리아 델레 그라치에 성당
Santa Maria delle Grazie

❖ 순례巡禮 : 종교 발생지, 성인 무덤, 유서 깊은 건축물 등 종교
적 의미가 있는 곳을 찾아다니며 참배함.

❖ 관광觀光 : 다른 지방이나 다른 나라에 가서 그곳의 풍경, 풍
습, 문물 따위를 구경함.

❖ 여행旅行 : 일이나 유람을 목적으로 다른 고장이나 외국에 가
는 일.

순례, 관광, 여행을 동시에 만족시키는 성당이 밀라노에 있다.

우선 순례의 만족. 도미니코 수도회 수도원 성당인 밀라노의
산타 마리아 델레 그라치에 성당(은총의 성모 마리아 성당)은 5백

년의 신앙 역사를 품고 있다. 줄여서 '밀라노 마리아 성당'이라고
도 하는데, 기니포르테 솔라리Guiniforte Solari의 설계로 1463년 기공,
1490년 완공됐다. 5백 년 동안 얼마나 많은 도미니코 수도회 수사
들이 이곳에서 하느님을 체험했을까.

그다음, 관광. 르네상스 양식의 원형 지붕과 설교단 등은 성전
완공 후, 7년 뒤에 별도로 만든 것이다. 그래서 이 성당은 깔끔하고
세련된 고딕 양식의 몸에 화려한 르네상스의 족두리를 올린 모습

⁻ 산타 마리아 델레 그라치에 성당 내부

이다.

450여 년 동안 무탈하게 지내던 성당은 2차대전을 맞아 수난을 겪는다. 독일군 점령하에 있던 밀라노는 당시 연합군 비행기의 융단폭격을 피할 수 없었는데, 이때 산타 마리아 델레 그라치에 성당 또한 예외가 아니었다. 하지만 지역 주민들이 성당을 보호하기 위해 모래주머니로 벽을 쌓는 등 노력을 기울인 끝에 다행히 원형 지붕과 중요한 부속 건물의 원래 모습을 보존할 수 있었다.

마지막으로 미술사 여행+α. 산타 마리아 델레 그라치에 성당은 "좋다~ 좋다~" CM 송으로 유명한 모 여행사 TV 광고에 배경으로 나올 정도로 밀라노 여행의 대표적인 방문 코스다. 수많은 사람이 이곳을 찾는 이유는 무엇일까.

성당 부속 수도원 식당 벽에 그려진 레오나르도 다빈치의 명작 〈최후의 만찬〉 때문이다. 워낙 사람들이 몰리다 보니 인터넷 예약으로만 관람 신청을 받는데, 그것도 20명씩 입장해서 15분간만 관람할 수 있다. 그림이 그려진 장소가 수도원 식당이라는 점에 주목할 필요가 있다. 수도자들은 식사 때마다 레오나르도 다빈치의 작품을 보며 그리스도의 마지막 식탁을 묵상했을 것이다.

레오나르도 다빈치의 〈최후의 만찬〉이 유명한 것은 미적 기교의 탁월함 때문만은 아닐 것이다. 그림을 보면, 2천 년 전 예루살렘의 한 다락방에서 있었던 역사적 순간을 생생하게 증언하고 있다.

"나를 팔아넘길 자가 지금 나와 함께 이 식탁에 앉아 있다."(루카 22, 21)는 스승의 폭탄선언에 제자단은 벌집 쑤셔놓은 듯하다. 그림 왼쪽의 베드로가 놀라서 "저는 아니겠지요?"라며 예수 쪽으로

 산타 마리아 델레 그라치에 성당
⁻⁻ 레오나르도 다빈치의 〈최후의 만찬〉

다가가고 있고, 그 왼쪽에는 놀라서 양손을 든 안드레아가 야고보, 바르톨로메우스와 함께 스승을 바라보고 있다. 예수 오른편에는 알패오의 아들 야고보가 놀라서 두 팔을 벌리고 있고, 그 뒤에서 토마가 손가락을 세워 위를 가리키고 있다. 이는 의심을 나타내는 동작이다. 그 옆에는 필립보가 자신의 결백을 주장하고 있다. 돈주 머니를 들고 있는 유다가 제자들과 동렬로 배치되어 있는 것도 흥미롭다. '나=우리=유다'라는 화가의 인식을 엿볼 수 있다.

개인적으로 이 그림에서 가장 눈길을 끄는 인물은 예수 왼쪽에 있는 요한이다. 혼란과 의심, 논란이 가득한 식탁에서 홀로 평온하다. 그 미동 없음이 이 그림의 중심을 잡아주고 있다. 만약 요한의 고요함이 없었다면, 이 그림은 혼란만 가득한 시끄러운 작품이 되었을 것이다. 요한은 사랑받던 제자였다. 십자가상의 예수는 그에게 당신 어머니를 맡겼다. 부활 아침에 베드로보다 먼저 예수의 빈 무덤으로 달려간 사람도 요한이었다. 요한은 예수의 부활을 믿었고, 티베리아 호숫가에서 부활한 예수를 제일 먼저 알아봤다.

레오나르도 다빈치는 이런 예수의 복심, 요한을 통해 자신의 묵상을 전달하려고 했을지도 모른다. 세속적 생각과 판단에서 벗어나 요한처럼 예수의 참 평화를 구현하라고 말이다.

"내 아버지께서 나에게 나라를 주신 것처럼 나도 너희에게 나라를 준다."(루카 22, 29)

요한은 이 유언의 효력과 의미가 어떤 것인지 어렴풋이나마 알았을 것이다. 그래서 혼돈과 혼란, 의심과 불안 속에서 평화를 유지할 수 있었을 것이다.

종종 마음의 평화가 흩어지는 것을 느낀다. 그럴 때면 나는 밀라노 여행에서 만난 산타 마리아 델레 그라치에 성당을 떠올린다. 그리고 레오나르도 다빈치의 〈최후의 만찬〉 속 요한의 모습을 소환해낸다. 그러면 한결 편안해진다.

참 신앙의 이름으로

산 로렌초 마조레 성당
Basilica di San Lorenzo Maggiore

밀라노에도 '더 큰', '더 중요한', '위대한'이라는 뜻의 '마조레'가 이름 꼬리에 붙는 특별한 성당이 있다. 산 로렌초 마조레 대성당이 그것이다. 암브로시우스 대성당 지척이므로 걸어서 조금만 가면 된다. 성당 역사는 1천5백 년 전으로 거슬러 올라간다. 오랜 역사만큼 이야깃거리도 풍성하다.

지금은 산 로렌초 마조레 대성당이 가톨릭교회 성당이지만, 360년경 처음 건립될 당시에는 그렇지 않았다. 이 성당과 암브로시우스 대성당은 신앙 신조를 달리하는 두 그룹이 각각 설립한 것이다. 비유가 적절할지 모르겠지만, 오늘날 장로교회와 감리교회가 대로를 사이에 두고 서로 마주 보는 형국이라고 보면 된다. 즉 암브

로시우스 대성당은 정통 가톨릭 신앙을 따르는 이들이, 산 로렌초 마조레 대성당은 아리우스 이단이 세운 성당이었다. 어려운 말이 나왔다. 아리우스 이단? 차근차근 짚어보자.

처음 그리스도교가 정착해 나가던 시기에는 교리가 명확히 정립되지 않았었다. 특히 삼위일체 교리와 관련해서는 혼란이 거듭됐다. 어떤 이는 성부께서도 성자와 함께 똑같은 수난을 받았다고 주장했다. 그런가 하면, 어떤 이는 성자의 신성 자체를 부정했고, 또 다른 이는 순수 인간이었던 예수가 성부에 의해 양자로 입양되는 은총을 받아 하느님과 동등한 위치가 되었다고 했다.

이때 이집트 알렉산드리아의 본당 신부였던 아리우스Arius, 250?~336는 아무리 생각해도 삼위일체의 신비를 이해할 수 없었다. 그는 이성적 숙고를 통해 다음과 같이 결론 내린다.

'성자는 성부와 본성에 있어서 완전히 똑같지 않고 성부에 종속되어 있다. 삼위는 대등하고 영원한 것이 아니라, 성부만 영원하다. 중개자 역할을 하는 성자는 창조되었다.'

이는 정통 교회가 주장하는 '그리스도의 영원으로부터의 신성'을 부정하는 것이었다. 그럼에도 아리우스 신부의 사상을 따르는 아리우스주의Arianismus는 순식간에 전 유럽과 아시아로 퍼져 나갔다. 신앙인은 물론이고 성직자와 주교들까지 아리우스주의에 현혹됐다. 알쏭달쏭하고 이해하기 힘든 정통 삼위일체 교리와 달리, 아리우스의 삼위일체 설명은 이성적으로 합리적이었고 이해하기 더 쉬웠다.

그 아리우스주의가 4세기 후반 밀라노에 큰 세력을 가지고 있었다. 그들은 정통 교회가 암브로시우스 대성당을 짓자, 인근에 산 로렌초 마조레 대성당을 세우며 맞섰다. 하지만 아리우스주의는 7세기에 들어서면서 쇠퇴했고, 이후 그들이 세운 성당 대부분이 정통 교회에 귀속되어 지금에 이르고 있다. 산 로렌초 마조레 대성당이 바로 그런 경우다.

성당은 아리우스 이단과 관련한 또 하나의 이야기를 품고 있다. 좁은 통로를 지나 성당 지하로 내려가면 작은 경당이 나오는데, 그곳에 성 아퀼리누스San Aquilinus, ?~650?의 유해가 있다. 아리우스주의

- 성 아퀼리누스의 유해

와 맞서 싸운 인물이다. 아리우스주의의 부당함을 알리기 위해 프랑스와 이탈리아 전역을 다니며 설교하던 그는 밀라노를 방문했다가 아리우스 신봉자들에게 살해당했다.

아리우스 성당에, 아리우스의 칼에 암살당한 인물이 누워 있는 아이러니……. 죽인 사람과 죽은 사람이 공존하는 공간, 그릇된 신앙과 참 신앙이 공존하는 공간, 오만한 신앙과 우직한 신앙이 함께하는 공간, 그곳이 바로 산 로렌초 마조레 대성당이었다.

성당 안에는 이 밖에도 3세기 및 그 이후에 제작된 모자이크가 파편적으로 남아 있어, 1천5백 년 전으로의 시간 여행을 돕는다. 특히 '12사도로 둘러싸인 옥좌의 그리스도(Majestas Domini, 영광의 그리스도)' 모자이크는 단순하고 간결한 묘사로 인해 현대의 걸작을 보는 듯한 착각을 불러일으킨다.

옥좌에 앉은 그리스도가 왼손으로는 두루마리를 들고, 오른손으로 축복을 내리고 있다. 그 주위로 제자들이 순진무구한 표정으로 도열해서 단체 사진을 찍고 있다. '찰칵!' 하는 그 순간, 나도 사도들 몰래 끄트머리에 살짝 까치발을 하고 섰다. 그러고 싶었다.

- 산 로렌초 마조레 성당

성의를 벗고 부활로

토리노의 산 조반니 대성당
Cattedrale di San Giovanni Battista, Torino

✤ 2천 년 전 : "두 사람이 함께 달렸는데, 다른 제자가 베드로보다 빨리 달려 무덤에 먼저 다다랐다. 그는 몸을 굽혀 아마포가 놓여 있는 것을 보기는 하였지만, 안으로 들어가지는 않았다. 시몬 베드로가 뒤따라와서 무덤으로 들어가 아마포가 놓여 있는 것을 보았다."(요한 20, 4-6)

✤ 현재 : 이탈리아 북부 피에몬테주의 주도, 토리노Torino의 중앙역에 내린 후 바로 산 조반니 대성당으로 달려갔다. 성당 안에서 나는 2천 년 전 베드로가 보았던 그 아마포(사본)를 보았다.

밀라노에서 토리노까지 거리는 약 145킬로미터. 서울에서 대전까지 166킬로미터이니 고속철도로 대략 한 시간쯤 걸린다고 보면 된다. 밀라노에서 아침밥 먹고 후다닥 서두르면 하루 일정으로 토리노의 모든 것을 경험할 수 있다.

토리노는 로마제국의 지배를 받으며 많은 문화유적을 남겼으며, 이후에도 사보이 공국의 수도로, 통일 이탈리아 왕국의 수도로 다양한 건축물과 유산을 남겼다. 특히 17세기에 건축된 바로크 양식의 카펠라 성당, 아름다운 예술품과 내부 장식으로 유명한 산 가롤로 보로메오 성당과 산타 크리스티나 오라리 성당에서 종교 미학의 절정을 체험할 수 있다. 또 토리노는 1859년 보스코Don Giovanni Bosco, 1815~1888가 살레시오회를 창립한 곳이기도 하다. 만약 고고학에 관심이 있다면 세계 3대 이집트 박물관 중 하나인 토리노 이집트 박물관도 둘러볼 수 있다. 더 나아가 알프스를 등에 지고 있어 트레킹 여행을 즐기기 좋고, 겨울에는 스키도 마음껏 즐길 수 있다. 게다가 세계적인 축구 스타 크리스티아누 호날두가 뛰고 있는 유벤투스 FC가 연고지로 삼고 있는 곳이라, 축구 팬이라면 축구장을 찾아 열정적인 이탈리아 축구를 만끽할 수 있다.

하지만 내가 제일 먼저 달려간 곳은 15세기에 건축된 토리노 산 조반니 대성당, 그리고 성당 내에 있는 성의 경당Cappella della Sacra Sindone이었다.

예수의 시신을 감쌌던 성의(聖衣, 길이 436센티미터, 폭 109센티미터)를 만나기 위해서였다. 눈으로 확인하는 순간……. 그 엄청난 영적 무게에 나는 가만히 서 있을 수 없었다. 성의는 그렇게 내 무릎

을 강제로 꿇렸다. 나는 2천 년 전 베드로가 보았던 그 아마포(사본)를 보았다!(요한 20, 46 참조)

그것은 예수로부터 나온 신비한 힘(루카 8, 46 참조)이었다. 신장 175센티미터, 삼사십 대 남성. 가혹한 고문을 당한 흔적과 십자가에 못 박힌 자국이 뚜렷하다. 양쪽 발과 옆구리에는 혈흔이 남아 있고, 얼굴도 심하게 구타를 당해 양쪽 볼과 오른쪽 눈꺼풀이 부었다. 오른쪽 갈비뼈 부근에 큰 상처 자국이 있다. 또 이마와 뒤통수에 가시관에 의한 것으로 보이는 상처도 선명하다.

십자군 전쟁 당시 성전기사단이 손에 넣은 후 14세기부터 알려지기 시작하다가 15세기 중반 사보이 왕가에 의해 처음 세상에 모습을 드러냈으며, 1578년 토리노로 옮겨졌다. 하지만 이후 4백 년 넘게 많은 이가 성의의 진위를 의심했다. 그러자 1988년 토리노 대교구가 성의에 대한 과학적 조사를 허용했다.

결과는 가짜! 과학자들은 방사성 동위 원소 연대 측정법을 사용해 연구한 결과, 이 성의가 위조된 것이며 1260년에서 1390년 사이에 만들어졌을 것으로 추정된다는 조사 결과를 내놨다.

하지만 반박이 이어졌다. 성의가 1532년 토리노 대성당 화재로 인해 탄소동위원소 수가 부정확해졌으며, 화재로 손상된 부분을 수선하기 위해 덧댄 천을 샘플로 사용했을 수 있다는 주장이 그것이었다. 이에 과학자들은 샘플 채취와 실험 방법에 논란의 여지가 있음을 인정했다. 또 과학자들은 성의 형상에서 붓을 댄 흔적을 발견하지 못했다. 누군가 인위적으로 그린 것이 아니라는 것이다.

가장 유력한 반박은 다음의 것이었다. 사람이 죽으면 묻기 전에

＊ 토리노 대성당
＊＊ 토리노 성의

시신의 눈에 동전을 얹는 것이 유대인의 관습이었다. 2017년 6월, 프랑스의 고대 화폐 연구가 아고스티노 스페라차 박사는 "토리노 성의에 나타난 남성의 시신 형상 가운데 눈 부위에 불룩하게 솟은 것을 정밀 조사한 결과 서기 29년쯤 빌라도 총독 시절에 부조되고 36년까지 유통된 렙톤 동전과 일치한다"고 주장했다. 이 동전은 예루살렘 이외 지역에서는 발행되지 않은 동전이다.

사실 나에게는 성의를 둘러싼 이러한 오랜 진위 논쟁이 중요하지 않았다. 성의가 가짜로 판명 난다고 해도 문제 될 것 없다. 성의로 인해 흘린 눈물이 나로 하여금 새로운 삶을 걷게 했기 때문이다.

성경과 성의, 전례는 방편이고, 부활(새로운 삶)은 목적지다. 방편을 통해 의미를 깨달았다면, 그 방편은 버리는 것이다. 부활, 새로운 삶을 얻었다면 성경도, 성의도 버리는 것이다. 중요한 것은 방편이 부활에 이르는 길을 돕느냐, 그러지 않느냐이다. 2015년 6월, 토리노를 찾아 성의 앞에 무릎을 꿇은 교황 프란치스코의 기도를 함께 바친다.

"주님, 저로 하여금 사람들에게 당신을 증거하는 이콘이요, 성의가 되게 하소서."

토리노 대교구는 오는 2025년, 성의를 일반 대중에게 공개할 예정이라고 한다. 비가 내린다. 벗에게 문자를 보냈다. 2025년 이탈리아 토리노에 함께 가자고.

˚ 토리노 대성당 내부

바다로 열린 곳의 신앙

제노바의 산 로렌초 대성당
안눈치아타 대성당

Cattedrale di San Lorenzo, Genova
Basilica dell'Annunziata

가끔 이탈리아 제노바Genova를 스위스 제네바Geneva와 혼동하는 사람이 있다. 이탈리아 사람들이 들으면 서운해할지도 모른다. 독도를 다케시마라고 하면 누가 좋아하겠는가.

게다가 제노바는 규모 면에서 이탈리아 제1의 항구도시이다. 이탈리아의 유명한 항구도시는 베네치아가 아니냐고? 이탈리아 반도의 동쪽 바다(아드리아해)에 베네치아가 있다면, 반도 북서쪽 바다(리구리아해)에는 제노바가 있다. 베네치아가 우리나라의 강릉이라면, 제노바는 인천인 셈이다.

10세기 이후 유럽의 돈은 바다에 있었다. 항구도시 제노바는 돈이 몰려드는 이탈리아 맨션의 현관이었다. 제노바 사람들의 눈

앞에는 바다가 열려 있었다. 그들은 배를 타고 더 넓은 세상으로 나갔다. 신대륙을 발견한 콜럼버스가 제노바 출신인 것은 우연이 아니다. 그래서 현재 제노바 공항의 이름도 크리스토퍼 콜럼버스 공항이다.

¯ 제노바 중앙역 앞 콜럼버스 기념탑

해양 무역을 통해 돈이 쌓이자 제노바 사람들은 더 많은 선박을 건조했고, 그래서 더 많은 돈을 벌어들일 수 있었다. 돈이 많아지면서 먹고사는 문제에서 자유로워지자 그들의 관심은 문학과 예술로 향하기 시작했다.

제노바의 대주교 야코부스 데 보라지네Jacobus de Voragine, 1230~1298가 편찬한 『황금전설Legenda Aurea』은 중세 라틴 문학의 진수를 담고 있는 중요한 문헌이다. 이 책은 우리나라 보각국사 일연(1206~1289)의 『삼국유사』에 비유할 수 있는데, 그때까지 전해오던 순교자 관련 전설을 집대성했다. 음악도 발전했는데 위대한 바이올리니스트 니콜로 파가니니Niccolò Paganini, 1782~1840가 바로 제노바 출신이다. 파가니니가 가장 아꼈던 '과르네리Guarneri 바이올린'도 제노바 시청에 가면 감상할 수 있다.

문학과 예술의 발달과 함께 건축 붐도 일었다. 제노바 사람들은 여윳돈이 생기면 풍요를 누리도록 선물해주신 신을 찬미하며 성당을 지었다. 그중 눈에 띄는 성당이 콜럼버스 생가에서 그리 멀지 않은 곳에 위치한 안눈치아타 대성당이다. 중세 제노바 사람들은 '신을 얼마나 사랑해?'라는 질문에 '이만큼'이라며 안눈치아타 성당을 건축했다. 대성당의 화려한 프레스코화를 보면 하느님을 사랑했던 제노바 사람들의 신앙의 깊이를 느낄 수 있다.

하지만 제노바의 대표적 신앙유산은 뭐니 뭐니 해도 성 라우렌시오를 주보로 모신 산 로렌초 대성당이다. 14세기 제노바 사람들의 신앙 열정이 결집된 성당이다.

서기 600년경으로 역사를 거슬러 올라가는 시간의 묵직함이

﹃ 안눈치아타 대성당 내부

˚ 산 로렌초 대성당
˚˚ 산 로렌초 대성당 장미창

성당 곳곳에 배어 있다. 특히 회색, 검정색 대리석을 교차로 쌓아 올린 외관에서는 경직되지 않은 부드러운 미감이 돋보인다. 마치 피에로 복장을 차린 듯 활기차 보이는 대성당은 내부 또한 형형색색 대리석이 자아내는 은은함이 일품이다.

웅장하면서도 위압감을 주지 않는 대성당의 모습은 구름에 가려졌던 빛이 스며들면서 전혀 다른 모습을 드러냈다. 성모자 장미창을 통해 들어오는 빛이 뿜어내는 시감이 대단했다. 그것은 직진으로 눈을 향해 들이치는 강렬함이 아니었다. 그 빛의 향연을 만끽하며 오른 대성당 큐폴라에서 제노바 전경을 만났다. 그 너머에 펼쳐진 쪽빛 바다의 물비늘 또한 눈부셨다.

"빛과 어둠이여, 주님을 찬미하여라. 주님께 지극한 영광과 영원한 찬양을 드려라."(다니 3, 72)

- 제노바 풍경

세월의 위대함을
마주치다

베르가모의 산타 마리아 마조레 대성당
콜레오니 경당

Basilica di Santa Maria Maggiore, Bergamo
Cappella Colleoni

여행은 나그네의 터벅터벅 발걸음이다. 그 발걸음 자락에는 늘 우
연한 만남이 겹쳐지게 마련이다. 그 우연의 기쁨 때문에 나그네는
걷는 것인지도 모른다. 하지만 여행에서 만나는 모든 인연은 우연
이 아닌 필연이다. 여행은 그 자체로 우연한 만남을 필연적으로 내
포하고 있는 것인지도 모른다. 여행할 때마다 우연한 만남의 화살
이 어김없이 피부 진피층까지 파고드니 말이다.

　기원전 200년으로 거슬러 올라가는 이탈리아의 고도, 베르가
모와의 인연은 우연처럼 다가온 필연이었다. 밀라노 중앙역에서 무
작정 올라탄 기차가 베르가모행이었고, 그렇게 밀라노 북동쪽 50킬
로미터 지점에서 만난 산타 마리아 마조레 대성당은 망각 속에 파

묻어놓았던 옛사랑의 또 다른 이름이었다. 그렇다. 나는 필연적으로 베르가모에 가게 되어 있었다. 베르가모와의 만남이 순전히 우연이었다면 나는 베르가모가 선물하는 행복을 그렇게 고스란히 받아내지 못했을 것이다.

베르가모 산타 마리아 마조레 대성당은 고대 그리스 아테네의 여제관의 모습이었다. 소박한 외관과 달리 내부는 경건함의 절정이었다. 속된 것은 한 움큼도 허용치 않는 고결함, 그 자체였다. 화려함이 휘몰아치는가 하면, 이내 경건함이 들뜸을 지그시 누르고, 그 평온함 속에서 속세의 산란한 정신이 청학동의 마음으로 대체된다.

불로무영不勞無榮, 고진감래苦盡甘來라지만, 베르가모와의 만남은 고생한 것 하나 없이 횡재한 순전한 불로소득이었다. 은총만 거저 받는 것으로 생각했는데, 몸과 마음의 환희 또한 거저 받을 수 있다는 사실이 새삼스러웠다.

1137년에 착공해 1521년에 완공된 대성당은 세월의 내공을 작심하고 뿜어내고 있었는데, 유럽에 창궐하던 흑사병에서 벗어나기를 기원하며 세운 것이라고 한다. 몽골의 침략이 팔만대장경을 탄생시켰듯이, 십자가 수난이 부활로 이어졌듯이, 흑사병이 대성당을 가능하게 했다. 고난이 숭고함의 제1 원인이라는 이 아이러니는 베르가모에서도 여전히 굳건했다.

대성당은 또 하나의 아이러니를 품고 있다. 아름다움이 가지런히 놓인 그 질서의 중심에 혼돈Chaos을 품고 있다. 파격의 이탈리아 화가 로렌초 로토Lorenzo Lotto, 1480~1556가 대성당 제단에 '위대한 혼돈

﹣ 산타 마리아 마조레 대성당 내부

밀라노,　　　　부활과 안식

Magnum Chaos'를 그린 것은 1524년이었다. 팔과 다리가 달린 태양 중심에 눈을 그린 그는 모든 생명이 위대한 혼돈을 뚫고 세상에 나왔다는 상념을 대성당의 심장에 박았다. 대성당은 그렇게 소박함과 화려함, 고난과 영광, 혼돈과 질서를 묘하게 하나로 버무려내고 있었다.

대성당 바로 옆에서 팔짱을 끼고 있는 콜레오니 경당은 아예 화려함을 드러내기로 작정한 모습이다. 분홍색, 흰색 대리석을 총동원했다. 산타 마리아 마조레 대성당이 천상의 것을 품고 있다면, 콜레오니 경당은 지상의 것을 품고 있다. 신적 신비를 표현한 공간인 대성당과 달리 콜레오니 경당은 베르가모 출신으로 베네치아 공화국 총사령관 지위에 오른 바르톨로메오 콜레오니Bartolomeo Colleoni, 1400~1475를 위한 공간이다.

베르가모 사람들은 콜레오니의 묘가 있는 이 경당에서 전쟁에서의 승리를 간구했다. 베르가모 사람들은 하늘만 바라보고 살았던 성인 성녀가 아니었다. 먹고살아내야 했던 그들은 당장 눈앞에 닥쳐오는 고난을 위대한 전사인 콜레오니를 통해 이겨내고 싶었을 것이다.

각각 기도와 희망의 공간인 대성당과 콜레오니 경당을 나오면 그곳에서 비로소 현실이 보인다. 구시가Citta Alta에는 5백 년 전의 시간, 곧 중세의 현실이 스며 있었다. 베르가모 대성당, 베키아 광장, 라조네 궁, 시민의 탑 등이 세월의 위대함을 각자의 언어로 이야기하고 있었다.

내가 베르가모를 찾은 날은 '주님 수난 성지주일(예수가 에루살

˚ 산타 마리아 마조레 대성당과 콜레오니 경당
˚˚ 주님 수난 성지주일 행사

렘에 입성할 때 군중이 환영한 것을 기념하는 날)'이었다. 한 사람이 나에게 종려나무 가지 하나를 나눠 주었다.

베르가모 기차역에 가기 위해 구시가 버스 정류장에서 버스를 탔다. 1.3유로. 밀라노 중앙역으로 가는 기차표를 샀다. 5.5유로. 플랫폼에 움츠리고 서 있는데 한 예쁜 아이가 내가 들고 있는 종려나무 가지에 관심을 보였다.

너 가져라.

아이의 엄마가 환한 얼굴로 고맙다고 한다. 아이도 깡충깡충 좋아한다.

어깨가 펴졌다. 따뜻하다. 좋다.

삶의 축소판의
광장에서

크레모나 대성당
종탑
세례당

Duomo di Cremona
Campanila
Battistero

비가 내린다.

여름비와 달리 겨울비는 소리가 없다. 나뭇잎 툭툭 떨어져 앙상한 나무는 하늘에서 쏟아지는 비에 저항하지 않는다. 하지만 여름비는 요란하다. 무성한 나뭇잎이 빗줄기를 고스란히 받아내며 요란스럽게 후두둑거린다. 게다가 바람이라도 한번 불면, 푹 젖은 나뭇잎들이 이리저리 몸을 흔들어 서로 비비며 쏴아 소리를 낸다.

내가 생애 처음 바이올린 독주회를 들으러 간 곳은 서울 중구 장충단로 59, 국립극장이었다. 그날 비가 참 요란스러웠다. 그래서 나에게 여름비의 요란함은 바이올린의 선율로 기억된다. 그 여름비와 바이올린을 다시 만난 것은 이탈리아에서였다.

여름, 밀라노의 아침 또한 요란스러웠다. 원래는 호반의 도시 코모Como에 가려고 했는데, 폭우로 발이 묶였다. 대신 어디를 갈까? 그렇게 여름비에 등 떠밀려 우연히 가게 된 곳이 밀라노 중앙역에서 기차로 40분 거리에 있는 진품명품 도시 크레모나다. 크레모나는 바이올린의 도시다. 16~17세기 이래 스트라디바리Stradivari, 아마티Amati, 과르네리 등 이탈리아 바이올린 3대 명장이 모두 이곳에서 악기를 만들었고, 그 아들에 아들, 또 그 아들이 지금까지 진품명품 명기名器 제작의 명성을 이어오고 있다. 가극의 창시자인 몬테베르디Monteverdi, 1567~1643도 크레모나 출신이다. 소리를 만들어내는 도시답게 크레모나의 골목길에서는 바이올린의 선율을 쉽게 들을 수 있었다. 아마도 악기를 제작한 후 시음試音하는 것이리라. 그런데 그 귀 호강의 끝자락에서 눈 호강을 만났다.

시민광장Piazza del Comune에서 만나는 크레모나 대성당과 종탑, 세례당이 그것이다. 대성당은 세월의 내공이 만만찮다. 지금으로부터 9백 년 전(1107년)에 첫 삽을 뜨고, 무려 3백 년의 공을 들여 15세기에 완공했다. 지금의 성당은 1592년 전쟁으로 일부 파괴된 것을 재건한 것이다.

첫인상이 강렬하다. 성당에 들어서기도 전에 외모의 화려함에 사로잡힌다. 성당 앞에 설치된 안내판에는 대성당을 두고 이렇게 설명했다. "르네상스의 영예를 배가시킨 아름다운 외관을 가진 건축물." 그랬다. 수십 개의 크고 작은 아치들은 로마네스크의 화려함을 서서히 끌어올리고 있었고, 중앙 장미창은 오밀조밀한 장식으로 화려함의 절정을 선물하고 있었다. 대성당 내부는 또한 마리

- 크레모나 대성당

¯ 크레모나 대성당 내부

밀라노,   부활과 안식

아와 예수의 일대기를 화려한 프레스코화로 뒤덮고 있었다.

　성당 옆의 아득한 종탑 또한 볼거리다. 높이만 무려 112미터. 이탈리아에서 가장 높은 벽돌조 종탑이다. 통통 튀는 이십 대 체력이 아니라면 오르겠다는 생각을 아예 접는 것이 좋다. '오르고 오르면 못 오를 리 없다'는 말은 틀렸다. 종탑 위의 풍경이 아무리 좋다고 하더라도 못 오르는 것은 못 오르는 것이다.

- 크레모나 대성당 종탑

종탑 오르기를 포기했다고 해서 아쉬워할 것은 없다. 종탑에 오르는 것보다 더 큰 만족감을 줄 수 있는 단아하고 아름다운 세례당이 대성당 바로 옆에 있으니까. 대성당이 지어지기 시작한 후, 60년 뒤인 1167년에 공사가 시작되어 5백 년 뒤인 17세기에 완공되었다고 한다. 그런데 뜻밖에도 세례당은 소박했다. 피렌체나 피사에서 볼 수 있었던 화려함이 크레모나의 세례당에서는 없다. 3백 년은 훌쩍 넘었을 법한 세례자 요한의 목상에는 세월의 무게만 얹혀 있을 뿐 그 어디에서도 들뜬 화려함이 보이지 않는다.

이상하지 않은가. 일반적으로 이탈리아 건축에서 세례당과 종탑, 대성당은 삶의 축소판이다. 크레모나에서 태어나는 모든 아기는 세례당에서 유아세례를 받았고, 전쟁이 나거나 자연재해로 목숨이 경각에 달했을 때는 종탑에 올라 피신했고, 삶의 마지막 순간에는 대성당에서 장례를 치렀다. 그렇다면 세례당에서는 약동하는 생의 활기가, 종탑에서는 고통스러운 삶을 이어나가야 했던 크레모나 사람들의 땀이, 대성당에서는 종내에는 흙으로 돌아갈 수밖에 없는 인간의 어두운 나약함이 묻어나야 옳다.

그러나 크레모나의 세례당은 소박했고, 크레모나의 종탑은 장엄했으며, 크레모나의 대성당은 화려했다. 탄생은 소박하고, 삶은 장엄하고, 죽음은 화려했다.

대성당, 종탑, 세례당……. 그 역설의 광장 위로 서서히 빛이 스며들고 있었다. 전날 밤 과음으로 온종일 고통스러워했던 몸이 한결 가벼워졌다.

비가 그쳤다.

˙ 크레모나 대성당 부속 세례당 내부
˙˙ 크레모나 대성당 부속 세례당

예수의
피와 신앙

만토바의 산 안드레아 대성당
만토바 대성당

Basilica di Sant'Andrea, Mantova
Duomo di Mantova (Cattedrale di San Pietro Apostolo)

앞에서 제노바를 여행할 때 언급했듯, 유럽에는 제노바 대주교였
던 야코부스 데 보라지네의 『황금전설』이 있다. 『삼국유사』를 알지
못하면 한국인을 이해하기 힘들듯, 『황금전설』을 알지 못하면 유
럽인들의 삶에 접근하기 힘들다. 그 『황금전설』에 만토바Mantova와
관련한 흥미로운 이야기가 있다.

　예수가 십자가에서 죽음을 맞은 직후였다. 빌라도는 로마 병사
들에게 예수가 확실히 죽었는지 확인하라는 지시를 내린다. 이에
한 병사가 예수의 옆구리를 창으로 푹 찌른다. 『황금전설』은 그 군
인의 이름을 '론지노Longinus'라고 기록하고 있다. 그는 예수의 옆구
리에서 피와 물이 흘러나오는 것을 목격한다(요한 19, 34). 곧 예수

의 죽음이 로마 당국에 공식 보고되었다.

　론지노는 공포에 휩싸였을 것이다. 예수의 죽음 직후 해가 어두워지고 성전 휘장이 두 갈래로 찢어지는 불길한 일이 일어났기 때문이다. 그 때문이었을까. 그는 무슨 생각이었는지, 자신의 창을 타고 흘러내린 예수의 피를 병에 담아 보관했다. 그렇게 시간이 얼마 흐른 뒤였다. 눈병을 앓아 눈이 거의 보이지 않게 된 론지노는 문득 예수의 피를 기억해냈다. 그는 예수의 피를 자신의 눈에 발랐고, 곧바로 눈이 완치되는 기적을 체험한다. 이후 론지노는 열렬한 그리스도교 신자가 된다. 직업군인의 길을 포기하고 사도들의 제자가 된 그는 오늘날 터키 지역인 카파도키아Cappadocia의 카이사레아Caesarea에서 수도 생활을 했고, 이어 박해 시절에 순교했다. 『한국 가톨릭 대사전』 등 국내 자료에는 론지노의 유해가 훗날 만토바에 모셔졌다고 나오는데, 만토바 현지에서 아무리 수소문해봐도 론지노의 무덤을 찾을 수 없었다. 아마도 초기에 확인되지 않은 기록이 이곳저곳에 인용되면서, '론지노 만토바 무덤설'이 확산된 것으로 추정된다.

　어쨌든 론지노는 자신의 눈을 뜨게 해준 예수의 피Preziosissimo Sangue di Cristo를 조금씩 나눠 질병으로 고통받는 이들에게 보냈는데, 믿거나 말거나이지만 놀랍게도 아직도 그 일부가 만토바에 보관되어 있었다.

　만토바의 산 안드레아 대성당이 바로 그곳이다. 『황금전설』에 의하면 당시 론지노는 로마와 파리 등지에도 예수의 피를 보냈는데, 그 유물이 현재 로마 라테라노 대성당, 파리 생트샤펠 성당 등

- 산 안드레아 대성당 내부

에도 보관되어 있다. 그럼에도 만토바가 주목받는 것은 만토바에 가장 많은 피가 보관되어 있기 때문이다.

산 안드레아 대성당에 들어가면 돔 아래에 유독 많은 사람이 몰려 있는 것을 목격할 수 있다. 그곳 대리석 아래에 론지노가 만토바로 가져온 예수의 피가 모셔져 있다.

이 피가 예수의 피로 인정받은 역사도 흥미롭다. 신성로마제국 카를 대제Carolus, 742~814는 804년 만토바를 찾았을 때 안드레아 대성당의 성소에 보관되어 있던 예수의 피를 보고 감동받는다. 이에 교황 레오 3세에게 샘플을 보내 이 피가 예수의 피라는 교회의 공식 인준을 내려달라고 요청했다. 이후 교황청은 공식 인준을 미루다 1053년 최종적으로 "만토바 안드레아 대성당에 보관된 피는 예수 그리스도의 피"라는 것을 인준한다. 이후 만토바에서는 지금까지 매년 성 금요일이 되면 예수의 피를 앞세우고 행렬을 하는데, 이때 전 유럽에서 순례객이 몰린다고 한다.

예수의 피를 모신 성당인 만큼, 성당 건축에 들어간 정성도 훨씬 지극했다. 그래서 만토바의 산 안드레아 대성당은 인근의 만토바 대성당보다 더 화려하고 웅장하다. 북부 이탈리아 15세기 르네상스 건축을 이야기할 때 안드레아 대성당을 빼놓을 수 없는 이유도 여기에 있다. 게다가 성전 내부에 들인 공도 만만치 않다. 15세기 이탈리아 미술을 대표하는 화가 안드레아 만테냐Andrea Mantegna, 1431?~1506와 라파엘로의 제자였던 줄리오 로마노Giulio Romano, 1499~1546, 코레지오Correggio, Antonio Allegri, 1489~1534 등 쟁쟁한 화가들의 작품이 수직 벽면을 빽빽이 채우고 있다.

일반적으로 이탈리아 도시에서는 대성당이 가장 크고 화려하게 마련이다. 하지만 만토바의 경우는 산 안드레아 대성당이 워낙 귀한 보물을 보유하다 보니, 만토바 대성당이 약간 밀리는 형국이다. 종탑에 있는 일곱 개의 종도 파리의 노트르담 대성당에 비하면 규모가 작다. 하지만 내부의 아기자기하고 다양한 주제를 담은 경당은 만토바 두오모가 왜 도시의 중심 성당인지를 잘 보여주고 있다. 성 요셉 경당, 성 도미니코 경당, 성 삼위일체 경당, 성 요한 경당 등이 그러하다. 만토바 두오모는 그렇게, 예수의 피라는 기적에

˚ 만토바 대성당 내부

만 관심을 둘 것이 아니라 스스로의 신앙 안에서 진지하게 삶을 돌아볼 것을 권유하고 있었다.

한 번으로도 족한데……. 두 대성당으로 눈 호강을 두 번이나 시켜준 만토바가 고마웠다. 7백 년의 시간을 화목하게 지내온 한 지붕 두 가족을 만난 것 같아서 행복했다.

⁻ 산 안드레아 대성당
⁻⁻ 만토바 대성당

전구를 청하다   모데나 대성당

Duomo di Modena (Cattedrale Metropolitana di
Santa Maria Assunta e San Geminiano)

유럽 도시들을 여행할 때, 유난히 친근감이 가는 도시들이 있다.
보고 싶은 작품을 소장한 미술관이 있는 도시, 존경하는 유명인의
묘가 있는 도시, 좋아하는 유명인이 태어난 도시 등이 그렇다.

이 점에서 에밀리아로마냐Emilia-Romagna주의 모데나Modena는 방
문 전부터 나를 설레게 했다. 세계적인 테너 루치아노 파바로티
Luciano Pavarotti, 1935~2007가 태어나고 죽은 도시이기 때문이다. 모데나
에서 태어난 파바로티는 어린 시절 모데나 대성당 합창단에서 활
동한 경험을 바탕으로 세계적인 테너가 됐다. 모데나에 도착하자마
자 가장 먼저 달려간 곳은 모데나 대성당이었다.

1184년 7월 12일 교황 루시우스 3세에 의해 봉헌된 모데나 대성

당을 만난 첫인상은 파바로티의 유려한 테너 음색이었다. 아름다운 고음의 떨림처럼, 대성당은 이제 막 날개를 푸드덕 펴고 하늘로 날아오르는 천사를 닮은 듯했다. 이탈리아에서 가장 우아한 로마네스크 성당이라는 평가는 과장된 것이 아니었다.

화려한 장미창과 아치, 기둥으로 이뤄진 정면부에는 '아담과 이브의 창조', '낙원에서의 추방', '노아의 홍수' 등 구약성경 창세기의 다양한 이야기가 부조로 새겨져 있다. 북쪽 문에 새겨진 물고기 등은 세속적 소재로 흥미를 돋우기 위해 성당에 사용된 사례로 평가받고 있다. 입구의 기둥을 지지하는 두 마리의 사자 조각은 로마 시대로 거슬러 올라가는데, 12세기 당시 성당공사를 위해 땅을 파다가 나온 유물을 성당 입구에 배치한 것이다.

성당 내부는 외부만큼 화려하지 않다. 하지만 이런 단점을 복층 구조 설계가 거뜬히 보완하고 있다. 이는 지하에 모셔진 성인의 유해를 부각하기 위함인 동시에, 성전의 위용을 배가하기 위한 의도로 보인다. 이러한 설계를 더욱 돋보이게 하는 것은 예술품들이다. 2층으로 올라가는 대리석 난간은 안셀모 다 캄피오네Anselmo da Campione, 1130~1210의 작품인데, '최후의 만찬' 등을 정교하게 조각해 놓았다. 이 밖에도 14세기에 제작된 나무 십자가, 아리고 다 캄피오네Arrigo da Campione, 1220~1270가 점토로 정성스럽게 구워낸 조각상으로 장식된 제대 등이 화려함을 더한다.

모데나 대성당이 무엇보다도 중요하게 여기는 보물은 따로 있다. 모데나의 수호성인인 성 제미니아노의 유해가 그것이다. 모데나 사람들은 이 성인의 유해를 대성당 지하 경당에 1천7백 년 넘게 소

중히 보관해오고 있다.

피렌체 인근의 도시 산 지미냐노를 설명할 때 이 성인에 대해 잠깐 언급했듯, 350년경 성 제미니아노는 아틸라의 훈족의 침략을 기도와 중재를 통해 물리쳤다. 모데나의 주교였던 그는 안개를 일으켰다는 기록, 폭우를 내리게 했다는 기록, 화재를 일으켰다는 기록 등 방법에 대해 전해오는 이야기는 다양한데, 어쨌든 전쟁 없이 적을 물리쳤다! 오직 기도로 도시를 구한 기적을 일으킨 성인이었기에, 어려움을 겪는 중세의 많은 도시들이 성 제미니아노에게 전구를 청했다. 산 지미냐노처럼 아예 도시 이름을 성인의 이름으로 정하고, 외세의 침략에서 벗어나고자 염원했던 곳도 있을 정도였다.

그 모든 이탈리아 소도시의 종손이 모데나다. 모데나 사람들은 제미니아노의 유해를 모시고 매년 정기적으로 제사를 드리며 이탈리아 각 도시의 안녕을 빌었던 종손이었다. 모데나 두오모의 원래 이름이 '성 제미니아노와 성모 승천을 기념하는 대주교좌 대성당'인 것도 이런 이유에서이다.

나 또한 성 제미니아노에게 전구를 청했다. 시시각각으로 찾아오는 삶 안에서의 불편함을 지워달라고 말이다. 삶을 이어가다 보면 마음이 불편할 때가 많다. 돌이켜 보면 타인의 잘못이라기보다는 내 잘못일 때가 많았던 것 같다. 타인이 아름답지 않아서가 아니라, 내가 아름답지 않아서 일어난 일들이었다. 모데나 두오모는 불편해 보이지 않았다. 아름다우니까.

그 안에 앉아 기도하는 나도 편안했다. 누군가 아름다운 꽃을 들고 성당 안에 들어온 모양이다. 등 뒤에서 꽃향기가 났다.

- 모데나 대성당 내부

커다란 십자가의
성당

파비아의 산 미켈레 대성당
파비아 대성당

Basilica di San Michele Maggiore, Pavia
Duomo di Pavia

이탈리아 소도시들을 여행하다 보면 미로처럼 얽힌 골목길 사이에서 길을 잃기 쉽다. 이름난 식당을 찾기도 쉽지 않다. 관공서를 찾는 것은 더더욱 어렵다. 이럴 때 가장 쉬운 방법은?

일반적으로 해결책은 대성당이 쥐고 있다. 대성당만 찾아가면 그곳에 모든 답이 있다. 높은 첨탑 혹은 종탑을 가진 대성당은 도시 중심부에 있어 어느 곳에서도 쉽게 보일 뿐 아니라, 대성당을 중심으로 대부분의 상업 활동이 이뤄지기 때문이다.

하지만 파비아Pavia에서는 좀 다르다.

이런 비유가 맞을지 모르겠다. 족발 요리로 유명한 장충동, 혹은 떡볶이로 유명한 신당동에 가면 모든 상점 간판에 '원조'가 붙어 있다. 원조는 딱 하나여야 할 텐데, 너도나도 원조라고 주장하니 처음 방문하는 사람은 난감할 따름이다. 핸드폰을 두드려봐도 해답이 없다. 이럴 때 사용하는 방법이 있다. 동네 사람에게 물어보는 것이다. 그 사람들은 진짜 원조를 알고 있다.

파비아를 찾는 관광객이 가장 먼저 들르는 곳은 파비아 대성당이다. 돔의 규모로만 비교하자면 로마 베드로 대성당, 피렌체 대성당 다음으로 이탈리아에서 가장 큰 서열 3위 성당이다(성당 아

¯ 파비아 대성당

닌 일반 건축물까지 포함할 경우 로마 판테온에 이어 서열 4위 규모다). 높이 97미터, 성당에 들어간 돌의 무게는 2만 톤에 달한다. 1488년에 공사를 시작하여 1898년에 현재의 모습을 갖췄다. 두오모 옆 종탑은 1330년에 1차 완공되었다가 1583년 건축가 펠레그리노 티발디 Pellegrino Tibaldi, 1527~1596에 의해 재건축됐는데, 1989년 3월 17일 지진으로 붕괴됐다. 성당의 원래 전체적 형태는 그리스 십자가 형태, 즉 가로와 세로가 각각 84미터인 정사각형 구조이다. 도나토 브라만테 Donato Bramante, 1444~1514가 만든 제의실(1488), 조반니 피에트로 리촐리giovanni pietro rizzoli, 1495~1549가 1521년에 만든 제대 등이 볼만하다. 이 밖에도 파비아 교회의 초대 주교로 아리우스 이단과 싸웠던 1세기의 성자 시로San Syrus의 유해, 그리스도가 머리에 썼던 가시관의 가

⁻ 파비아 대성당 내부

시 한 조각이 보관되어 있다.

관광객들이 이러한 파비아 대성당을 먼저 찾는 이유는 물론 그곳이 원조라고 소문났기 때문이다. 하지만 파비아 동네 사람에게 물어본 결과, 진짜 원조는 따로 있었다.

산 미켈레 대성당이 바로 그곳이다. 파비아에서 가장 화려한 성당이고, 희귀한 보물을 다수 소장하고 있으며, 게다가 1천 년 전 황제들의 대관식이 열린 성당이다. 더 이상 어떤 원조 논쟁이 필요하겠는가.

전형적인 북부 이탈리아 로마네스크 양식을 보이는 산 미켈레 대성당의 역사는 서기 800년경으로 거슬러 올라간다. 1004년 화재로 소실되었지만, 1155년에 다시 재건축되었는데, 이후 지금까지 파비아의 원조 성당 지위를 잃지 않고 있다.

특히 이 성당은 카롤링거 왕조의 루이 3세Louis III, 863?~882와 신성로마제국의 속국이었던 바르바로사Barbarossa의 황제 프리드리히Frederick, 1122~1190의 대관식이 열린 곳이다. 벽돌이나 대리석처럼 단단한 건축 재료가 아닌 사암으로 지어진 성당이 그 오랜 천 년의 시간을 인간 역사와 함께 버텨왔다는 점도 경이롭다.

하지만 성당 내부는 기대와 달리 실망스러웠다. 천 년 세월의 고풍스러움을 기대했지만, 여러 차례의 보완 공사 때문인지(사암으로 지어진 성당 특성상 지속적인 보수가 필요했을 것이다) 평범한 여느 이탈리아 성당과 별반 다를 바 없었다. 팸플릿은 천 년의 역사를 지닌 성당 바닥 모자이크에 대해 자세히 설명하고 있지만, 색이 바랜 탓인지 별다른 감흥을 주지 못했다.

밀라노,　　　　　부활과 안식

- 산 미켈레 대성당

이런 실망감은 이 성당의 보물 테오도테 십자가Teodote Crucifix를 만나면서 단번에 사라졌다. 위에서 아래까지의 길이가 3미터에 이르는 이 대형 십자가는 나무에 순도 1백 퍼센트 은을 도금한 것으로, 서기 900년경 제작된 것으로 알려져 있다. 파비아 사람들에게 있어서 이 십자가의 의미는 우리나라 사람들이 신라 금관에 대해 느끼는 자부심과 비슷하다. 서기 900년경에 이런 대형 도금 십자가를 제작할 수 있다는 것 자체가 놀라웠다.

이 십자가는 그 모양새의 독특함과 고풍스러움으로 인해 세계적으로 많은 성당에서 채택되고 있는데, 일반인들도 인터넷에서 '테오도테 십자가'를 검색하면 산 미켈레 대성당에 보관된 십자가와 똑같은 모양의 십자가를 구입할 수 있다. 그만큼 유명하다.

그런데 이내 궁금증이 생겼다. '테오도테'는 무슨 뜻일까. 테오도테 십자가는 어떤 의미일까. 여러 자료를 뒤져봤지만, 정확한 단서는 어느 곳에서도 찾을 수 없었다. 개인적인 추정이긴 하지만, '테오도테'는 아마도 성녀 테오도시아Santa Theodosia를 지칭하는 것으로 보인다. 비잔틴 귀족이었던 테오도시아는 황제의 계속되는 청혼을 뿌리치고 콘스탄티노플의 한 수녀원에 들어갔다. 어느 날 황제가 수도원 십자가와 성모상 등 성물을 모두 파기하라고 했는데 성녀 테오도시아는 이에 강렬히 저항했고, 결국 양의 뿔에 목을 찔려 죽는 형벌을 받고 729년 순교했다.

이후 순교자 테오도시아는 콘스탄티노플에서 가장 존경받는 성녀 중 한 명이 되었다. 로마 가톨릭교회는 성녀 테도오시아의 축일을 7월 18일에 기념하고, 러시아와 그리스 등 정교회에서는 5월

29일에 성대히 기념하고 있다. 이후 그녀가 소중하게 여겼던 십자가를 똑같이 만들어 목에 걸고 다니는 신심이 생겨났는데, 그 목걸이 십자가의 확장형이 바로 산 미켈레 대성당에서 볼 수 있는 대형 테오도테 십자가이다.

원조 성당에서 만난 원조 십자가. 한국에 돌아온 뒤 내가 가장 먼저 한 일은 인터넷 해외 직구로 테오도테 십자가를 구입한 것이었다.

당신 안에
쉬기 전까지

파비아의 산 피에트로 인 치엘 도로 대성당
코페르토 다리

Basilica di San Pietro in Ciel d'Oro, Pavia
Ponte Coperto

박경리의 『토지』에 이런 말이 있다. "동생이 지원병으로 나갔으면
형은 더욱 모범을 보여야 하거늘." 이때의 모범模範은 '본받아 배울
만한 대상'이다. 음은 같은데 또 다른 뜻을 지닌 모범暮帆이 있다.
'저녁에 돛을 달고 가는 배'라는 뜻이다.

그리스도교 2천 년 역사에서 모범模範, 모범暮帆의 요건을 충족
하는 딱 한 사람을 꼽으라면 나는 주저 없이 말할 수 있다. 성 아우
구스티누스Augustinus, 354~430다.

아우구스티누스의 말과 글, 삶 전체가 서방 그리스도교의 모범
模範이었다. 신앙의 암울한 현실 속에서 큰 돛에 의지해 밤 파도를
뚫고 우리보다 앞서 항해한 배, 모범暮帆이었다.

성 아우구스티누스의 무덤

서기 395년 북아프리카 히포의 주교가 된 아우구스티누스는 반달족이 히포를 포위 공격하던 430년 8월 28일 소천했다.

그런데 이후 그의 유해가 사라진다. 당대의 위대한 사상가였던 만큼 그의 유해와 관련한 전설과 일부 기록이 남아 있긴 하지만 그마저도 이슬람의 유해 훼손을 우려한 거짓 정보일 가능성이 크다.

전설에 의하면 이슬람 세력하에 있던 북아프리카를 탈출한 주교들이 아우구스티누스의 유해를 이탈리아 반도 서쪽 해상에 있는 사르데냐Sardegna 섬으로 옮겼다. 이후 샤르데냐 섬에도 사라센인들의 침략이 이어지자, 교회 당국은 서기 720년경 성인의 유해를 파비아로 모신다. 1362년 성인의 석관이 만들어졌고, 1327년에는 교황 요한 23세가 성인의 유해임을 공식 인정했다.

하지만 기록은 여기까지다. 아우구스티누스의 무덤은 이후 잦은 전쟁과 기록 분실 등으로 인해 사람들의 기억에서 잊혔고, 17세기에는 아예 무덤이 어디에 있는지조차 모르는 상황에 이르렀다.

그로부터 350년이 지난 1695년 10월 1일. 산 피에트로 인 치엘 도로 대성당을 대대적으로 리모델링하는 작업이 한창이던 시기였다.

성당 지하를 파 내려가던 석공들이 대형 상자를 발견했다. 상자를 뜯어내자 대리석 석관이 나타났다. 석관을 열자 작은 상자 하나가 또 나타났다. 안에는 뼛조각들과 정체를 알 수 없는 액체를 담은 작은 유리병이 흩어져 있었다.

상자를 살펴보던 석공들은 경악했다. 작은 상자 상단에 '아우구스티누스Augustinus'라는 글자가 선명했기 때문이다. 석관의 제작 연도도 1362년이라고 정확히 적혀 있었다. 아우구스티누스의 유해가 세상 밖으로 나오는 순간이었다.

놀란 것은 교회 당국도 마찬가지였다. 뼈의 진위에 대한 오랜 연구와 논쟁이 이어졌고, 마침내 1728년 교황 베네딕토 13세는 파비아의 산 피에트로 인 치엘 도로 대성당에서 발굴된 석관이 아우구스티누스의 석관이라고 공식 선언한다.

하지만 아우구스티누스의 유해는 이후에도 만만치 않은 고난의 가시밭길을 통과해야 했다. 정치적 이유로 아우구스티누스의 정신을 따르는 수도자들이 1700년에 추방되었고, 이후 아우구스티누스의 유해 중 일부가 밀라노 등지로 흩어졌다. 아우구스티누스의 유해가 최종적으로 완전히 수습되어 현재의 위치에 봉안된 것

- 산 피에트로 인 치엘 도로 대성당

은 1896년에 와서였다.

그렇다면 왜 이 성당이었을까. 왜 파비아의 많은 성당 중 이 성당이 아우구스티누스의 묘를 안치하는 장소로 선택되었을까. 답은 간단하다. 정치권이 원했기 때문이다.

서기 604년경 이미 작은 경당 형태로 존재했던 베드로 성당은 이탈리아 랑고바르드 왕국의 왕 리우트프란드Liutprand가 자신의 무덤을 조성하기 위해 720~725년에 새로 단장하면서 대형 성당의 면모를 갖추게 됐다. 왕은 아우구스티누스의 무덤 옆에 자신의 무덤을 조성하면 천국에 쉽게 들어갈 수 있으리라고 생각했다.

그러기 위해서는 정성을 더 보여야 했다. 그래서 엄청난 돈을 들여 성당을 금으로 치장한다. 산 피에트로 인 치엘 도로 대성당을 우리말로 옮기면 '황금 하늘의 성 베드로 성당'이라는 뜻이 된다. 이는 베드로 성당의 천장이 찬란한 황금색 도금 모자이크로 덮여 있어서 붙여진 이름이다. 현재는 대부분 뜯겨 나가 소실되었는데, 애프스 부분에 황금 모자이크의 흔적이 일부 남아 있다.

성당을 나오는데, 제대 오른쪽에 있는 아우구스티누스 조형물이 뒤늦게 눈에 들어왔다. 알 수 없는 힘에 끌리듯 다가갔다. 성인이 들고 있는 책에 라틴어 글귀가 적혀 있었다. 아우구스티누스의 명저 『고백록』 첫머리에 나오는 말이었다.

어설픈 실력으로 더듬더듬 번역했다.

"신은 당신을 위해 우리를 창조하셨기에, 당신 안에 쉬기 전까지 우리는 불안할 수밖에 없습니다(사랑 자체이신 신이 사랑으로 창조한 우리이기에, 우리는 당신 안에서 쉴 때에야 영원한 안식을 느낍니다)."

- 코페르토 다리

아……. 나는 쉬기로 했다.

파비아의 명소 코페르토 다리(1354)로 향했다. 이탈리아 관광청
이 추천하는 '이탈리아에서 가볼 만한 다리 TOP 15'에 이름을 올
린 다리다. '코페르토'가 '덮개'라는 뜻이니 '덮개가 있는 다리' 혹
은 '지붕이 있는 다리'라는 뜻 정도가 될 것이다. 그곳에서 쉬었다.

노을이 하늘을 붉게 물들이고 있었다. 지붕 다리 아래를 흐르
는 티치노Ticino강이 편안했다. 강도 쉬면서 흐르고 있었다.

성당 평전

이탈리아 성당 기행

2020년 12월 11일 초판 1쇄 발행
2021년 1월 11일 초판 3쇄 발행

지은이 | 최의영 우광호
발행인 | 윤호권 박헌용

발행처 | (주)시공사
출판등록 | 1989년 5월 10일(제3-248호)

주소 | 서울시 성동구 상원1길 22 (우편번호 04779) 7층
전화 | 편집(02)2046-2867·마케팅(02)2046-2800
팩스 | 편집·마케팅(02)585-1755
홈페이지 | www.sigongsa.com

ISBN 979-11-6579-319-7 03810

본서의 내용을 무단 복제하는 것은 저작권법에 의해 금지되어 있습니다.
파본이나 잘못된 책은 구입한 서점에서 교환해 드립니다.